Après la nuit

Fred B Blanc

Après la nuit

Roman

© 2023 Fred B Blanc

Édition : BoD – Books on Demand, info@bod.fr
Impression : BoD – Books on Demand, In de Tarpen 42, Norderstedt (Allemagne)

Impression à la demande

Illustration : Philippe Léogier

février 2023

ISBN : 978-2-3224-5367-2
Dépôt légal : février 2023

Je remercie chaleureusement tou-te-s les ami-e-s qui ont accompagné cette création ainsi que la Société des Gens De Lettres.

Ma gratitude particulière à Anne-Marie Dalles-Leberche, Philippe Léogier, Anne Nourry-Chrétien et Lucile Plantel pour la transmission d'un peu de leur savoir dans leurs domaines de connaissance respectifs.

À la mémoire de ma mère et de mon père, Monique et Maurice, de mon frère Jean-Pascal et de mes amis Guy Arset, Jerzy Jurek Jurkiewicz et Jean-Marc Silvestre.

AU LECTEUR

Toute ressemblance avec des personnages ou des situations ayant existé ne saurait être que fortuite. Cependant, je te laisse, lectrice, lecteur, la liberté de lire et considérer ou pas cette histoire comme une fiction renvoyant à une « vérité » de la société contemporaine ou de la « nature humaine ».

PREMIÈRE PARTIE :

SE SAUVER

*Tu pourras jamais tout quitter, t'en aller
Tais-toi et rame.*

Alain SOUCHON

Iana, tu sais ce qu'il advient de nous lorsqu'on ne rêve plus, je veux dire : plus du tout ? T'es-tu jamais posée la question ?

Quand on ne rêve plus, ça fait quelqu'un qui survit ou agonise avec pour ce quelqu'un au moment où ça se produit, l'impossibilité de déterminer s'il est en train de mourir ou pas.

Ce quelqu'un, moi je l'étais, il y a très peu temps. C'est à dire qu'en mode garçon, je ressemblais à cette « pauvre petite fille sans nourrice arrachée du soleil » de la chanson de HFT- Hubert-Félix, Thiéfaine - qui parle de mathématiques souterraines. Des mathématiques souterraines, j'en faisais sans arrêt. Autrement dit, je gambergeais dur. Et HFT aurait pu me chanter à moi comme à celle à qui il fait mine de s'adresser dans sa chanson : « Il pleut toujours sur ta valise, t'as mal aux oreilles »... Et quand je revenais de mes cogitations : « Tu remontes à contrecœur l'escalier de service /

Tu voudrais qu'y ait des ascenseurs au fond des précipices. » Moi aussi, en ce temps-là, comme à la fille de *Mathématiques souterraines* j'aurais cruellement eu besoin de « quelque chose qui me foute en transe, qui fasse mousser mes bulles ».

Faut dire, là où je vis le spectacle n'est pas des plus réjouissants. À la station de tram : des gueules cassées, des mendiants battant de l'aile avec difficulté. Toute une humanité de souffrance, fatiguée, lasse, éreintée, épuisée de ne parvenir à se dépêtrer du mauvais sort ; des qui grimacent, des qui geignent, des qui implorent du regard ; des qui baissent la tête ou courbent l'échine à la manière de ces boxeurs vaincus à l'issue d'un combat titanesque. À côté de ceux-là, quelques cohortes de jeunes gens vigoureux, clients d'une grande école de commerce située tout à côté. Et puis quelques autres passants généralement occupés à eux-mêmes et aveugles aux misères d'autrui.

Et moi, là-dedans, au milieu de tous ceux-là, je marchais les yeux grands ouverts sur la ville en direction des quais, me disant à moi-même : « Moi ils ne m'ont pas eu. Je leur ai échappé. Je n'ai pas d'avenir, mon présent sonne creux, mais au moins pour l'instant je file sur la berge, libre, intact en surface et en dedans de moi. » Sauf que croire à cette vision des choses dans laquelle j'apparaissais épargné et lucide, c'était me leurrer. En réalité, je n'étais guère mieux loti que les plus malheureux autour. Et déjà touché en profondeur.

Ma vie est compliquée. Surtout celle avant toi. Mais mon existence aujourd'hui me semble elle aussi parfois si bizarre que je peux avoir l'impression d'y être étranger. Je marche au milieu des autres... je suis ailleurs. Où donc ? Je ne sais pas.

Je m'allonge de tout mon long sur le lit, pose ma tête sur l'oreiller, tout près de la tienne. Je la mesure, ma chance. Je la mesure très bien. Fermer les yeux. Me rendormir avec toi à mes côtés. Tout à l'heure, entreprendre le récit. Refaire par la plume le voyage. En sens inverse. Bien malgré moi, j'ai dérapé de mon chemin. Ma vie m'a échappé. Crois-moi. Alors j'essaierai de trouver les mots simples - de simples mots - pour tenter de te faire comprendre très clairement. Ensemble, on chassera brouillards et nuages lourds. Il le faut. L'existence est courte. Un claquement de doigts. Elle est précieuse. Et je refuse qu'elle n'ait plus de sens.

Chez moi, la rue est partout chez elle. J'ai beau habiter dans les hauteurs, je suis assailli. Voitures qui rugissent, scooters qui avertissent, camions qui vrombissent... tout s'entrechoque. D'un bout à l'autre de l'appartement. Sirènes hurlantes, musiques, embrouilles, cris, rires, pleurs, interpellations, célébrations... la ville s'invite dans chacune des pièces. Le brouhaha de l'entrée au salon. Facteur aggravant, les immeubles voisins serrent le mien de très près. Résultat : leurs yeux peuvent en fouiller les moindres recoins si les rideaux restent ouverts. Intellectuellement, je sais que chez moi je suis chez moi, mais mes sens eux me disent le contraire.

De nuit, métamorphose. Ce qui frappe d'abord, c'est le silence. Et cette lumière : d'un côté l'enseigne d'un hôtel situé face à mes fenêtres s'éclaire dès la fin de journée pour s'éteindre vers deux heures du matin ; de l'autre, distante d'une trentaine de mètres une grande surface de cinq étages dont la façade reste allumée en permanence. Du coup, règne dans l'appartement un clair-obscur doublé d'un calme absolu. L'impression de me trouver dans le ventre d'un vaisseau spatial immobile surplombant une cité-monstre endormie. Sensation surnaturelle renforcée quand la Lune investit les lieux en pénétrant par la fenêtre de la cuisine.

Les week-ends, l'ambiance devient de plus en plus étrange au fur et à mesure que la nuit avance : les échos de conversations des passants sont peu à peu remplacés par de bruyantes déambulations. Et tandis qu'approche le matin, ce sont des appels éperdus, des cris de fauves ou de bêtes blessées... tout ceux que l'aube découvre échoués plein d'alcool, abandonnés, rendus fous.

L'autre jour, tu m'as demandé : « Qu'est-ce que j'aurais pu voir si notre rencontre s'était produite là-bas et que tu m'avais entraînée chez toi ? ». Pas grand-chose : un couloir, trois pièces de taille modeste sensiblement identiques, des vêtements jetés en désordre sur un canapé passé de mode, des ouvrages, quelques DVD empruntés à la bibliothèque du coin. Pas de télé.

Je t'imagine t'introduire dans l'appartement lors de la nuit de l'hiver dernier dont je veux te parler et qui remonte à cinq ou six mois. Qu'est-ce qui aurait pu alerter ta conscience au sujet du mal-être de son occupant ? La négligence de l'aménagement ? Près de l'entrée, une ancienne armoire électrique à l'intérieur défoncé et n'ayant par conséquent plus rien à faire là ; le faux crépi du salon un peu trop usé et sali ; des ampoules au plafond sans abat-jour ; le lino légèrement mal découpé par endroits. Les garçons n'accordent-ils pas une faible attention à ce genre de détails sans importance ?

Si tu étais parvenue à te glisser discrètement chez moi au cours de cette nuit-là dont je veux te parler, je te serais apparu à peine aurais-tu atteint l'angle du couloir, sur ta gauche, allongé dans le fond, dans la semi-pénombre de la chambre où je dormais à poings fermés. Et cette nuit-là, pas de cauchemar. Non. Je voguais même toutes voiles déployées en un songe délicieux. Un rêve fervent habité par une très séduisante jeune fille : Esther.

Esther ne m'était pas inconnue. Je l'avais côtoyée cinq années durant au cours de ma scolarité, il y a très longtemps, plus de trois décennies en arrière. J'étais tombé amoureux d'elle les jours suivant mon entrée au collège : les traits de son visage, ses grands yeux marron clair... Dans ce nouvel environnement à bien des égards déstabilisant pour moi - un établissement de banlieue où je devais me débrouiller entouré de gaillards bien trop costauds - Esther avait tout pour plaire. Non seulement était-elle très agréable à regarder, mais elle et moi avions le même âge, dix ans, de même qu'une classe d'avance. Et elle aussi avait un parent enseignant de métier ainsi que l'était alors mon père.

Ces points communs me la rendaient proche et rassurante. En classe de sixième je n'étais encore qu'un petit garçon, elle pas encore une jeune fille, cela ne m'avait pas empêché de tomber sous le charme de sa mignonne personne à l'air si sage.

Les quatre années consécutives durant lesquelles Esther et moi on resta camarades de classe, notre relation connut bien des hauts et des bas. Toujours est-il que l'on se vit grandir, ce d'autant plus près qu'elle aussi faisait partie de cette population d'élèves qui mangeait à la cantine. Pour se familiariser et approfondir ses liens avec quelqu'un, nul autre moment n'était mieux indiqué que durant cette parenthèse entre midi et deux heures : une véritable journée dans la journée, riche de toutes sortes d'aventures et au cours de laquelle la plupart des histoires de regards intéressés, de cœur et de corps se nouaient et se dénouaient.

À la fin de notre classe de troisième - dernière année collège - Esther et moi on s'était retrouvés allongés côte à côte une nuit sous la même toile de tente. C'était à l'occasion d'une sortie scolaire de deux jours au bord d'un lac, loin de la ville. Le petit garçon et la petite fille timides et effacés étaient devenus des ados aux désirs incandescents exacerbés par l'effet combiné de la chaleur de juin et du grand air. Incroyable situation de promiscuité qui n'avait pas été préméditée !

Nos souffles mêlés, nos baisers brûlants et mes mains sur sa peau explorant cette terra incognita à laquelle un accès plus ou moins libre m'était offert au gré de son inspiration. Jamais je n'avais connu cela ! Tu dois bien te rappeler, Iana, ce que c'est quand on est ado que de partir à la découverte du corps de quelqu'un qui nous attire lorsque les circonstances s'y prêtent... L'énergie, la force de l'envie sont telles que rien ne peut leur être comparé ! C'est plus puissant que ce que pourrait ressentir un explorateur posant le pied au Paradis ! Plus fort que tout ! Rien n'aurait pu me plaire davantage que d'être là où je me trouvais cette nuit-là à me rassasier d'Esther et de son amour.

L'année suivante, Esther et moi avions encore atterri dans le même lycée. On ne s'était plus trop vus. En effet, un certain « Nounours », type réputé le plus cool de l'établissement, d'autant plus connu de tous qu'il était multi-redoublant, s'était entiché d'elle. Si j'avais entrepris de reconquérir ma chérie, à cause de la popularité de Nounours je me serais mis le lycée entier à dos. Ma route et celle de ma chère collégienne avaient ainsi fini par bifurquer... jusqu'à cette autre nuit, celle dont je te parlais en préambule dans mon appartement aux allures de soucoupe volante au-dessus de la ville.

Dans mon immense solitude et le froid désespoir d'un hiver sans fin qui duraient pour moi depuis beaucoup plus longtemps qu'un hiver, voici qu'Esther était tout à coup de retour. Revenue mystérieusement après une disparition de plus de trente ans. Sans prévenir. Et dans ce rêve où nous étions assis enlacés tous les deux, tout à fait nus, elle, n'était que don d'elle-même, chaleur et lumière. La plus généreuse des personnes. Je le savais, elle sentait dans tout son être, ressentait de toute son âme, à quel point tout en moi avait à nouveau besoin d'elle, plus encore qu'en cette nuit de juin autrefois sous la tente.

On se caressait longuement, avec fièvre. Mes mains couraient sur sa peau minutieusement. Les siennes s'aventuraient sur la mienne sans la moindre honte mais avec précaution et respect, je sentais dans le moindre de leurs mouvements un tremblement, une ferveur retenue au prix d'un immense effort, comme si la passion menaçait d'exploser à tout instant. Esther prenait soin de moi tout entier. De toute la force de son cœur. Mon désir touchait sa chair brûlante de vie et d'envie. Par une magie incroyable autant qu'inexplicable, Esther comprenait tout, recevait tout, me comblant de tendresse sans perdre de temps à prononcer la moindre parole, captant ma tristesse et mon mal-être pour les faire instantanément disparaître, saisissant tout de moi sur le bout des doigts, intuitivement. Elle m'offrait une joie vraie aussi intense qu'inespérée. En total décalage avec ce qu'était mon existence depuis des lustres, dans l'insouciance parfaite de l'adolescente qu'elle avait été et que pour un moment elle était redevenue.

Esther, tirée de l'oubli et mystérieusement réapparue, dynamitait purement et simplement mon malheur. En rêve, un grandiose moment de partage, de plaisir et d'amour. Un miracle. Il avait soudain pris place au cœur de ma vie de ténèbres.

Quand je me réveillai du rêve d'Esther, la nuit régnait encore ainsi qu'un profond silence. Comme je restais au lit, songeur tandis que le temps défilait, à mon grand étonnement la sensation de la présence de mon ancienne petite amie de collège m'imprégnait encore et toujours. Esther, Esther, Esther, Esther ! C'était comme si sa visite avait vraiment eu lieu. Elle était encore là. Le souvenir de mes mains sur sa peau, des siennes sur la mienne, celui de son odeur... comme tout cela était bon et précieux ! Et je me sentais transformé par rapport à celui que j'avais été en me mettant au lit quelques heures plus tôt. Quelle ivresse !

Je décidai de me lever pour quitter ma chambre. Je le fis dans un état tout à fait inhabituel, continuant de sentir la présence de ma bien-aimée, ressentant physiquement et psychiquement les bienfaits de nos caresses et de nos étreintes. Je m'étais couché inquiet, fébrile et là, tout de suite, un sentiment de plénitude m'habitait qui ne me quittait pas malgré la réalité refaisant surface. Les doigts, le corps d'Esther étaient encore tout près du mien. Son regard chaleureux, protecteur et amusé se portait toujours sur moi. Je traversai le salon avec cette sensation persistante, en parfait éveil, détendu et reposé comme je ne l'avais plus été depuis bien longtemps, me réjouissant de renouer avec cet état sanitaire et moral tellement agréable.

Étrange nuit... Tout me paraissait tranquille, simple, clair.

Soudain, l'envie me prit de regarder au dehors. J'approchai donc de la fenêtre de ma cuisine, la seule à offrir un vaste panorama sur les environs. Au premier plan, le grand magasin et des immeubles distants de plusieurs dizaines de mètres. Plus loin, un enchevêtrement de toits. Mais surtout cette nuit-là, à cet instant-là, surprise : il neigeait à gros flocons. Une épaisse couche blanche immaculée recouvrait déjà le haut des bâtiments, les trottoirs. Lorsque le soir-même j'avais consulté les prévisions météo, rien de tel n'avait été annoncé.

Ainsi la magie de cette étrange nuit continuait d'opérer. Le surnaturel, encore. Car ce phénomène est fort rare sous nos latitudes. Fantastique vision. Et le spectacle était rendu plus exceptionnel encore car il neigeait dans un silence parfait, sans autre spectateur que moi seul depuis ma fenêtre - pas un automobiliste, pas un piéton, pas le moindre voisin derrière ses rideaux.

J'assistai à la scène dans le même état d'esprit qui était le mien depuis mon réveil : inhabituellement calme et détendu. Je m'en souviens parfaitement. Les sensations. Mes pensées. Je me sentais heureux d'avoir été gratifié de la présence d'Esther. Je lui en étais éminemment reconnaissant, même si tout cela n'avait été qu'en rêve. Et je profitais d'un nouveau bon moment qui m'était offert : la métamorphose en blanc de la cité.

Les moindres détails de cette nuit sont encore dans ma tête. Je me souviens de tout. Ainsi, à l'instant où je contemplais le paysage de neige au dehors, je me rappelle qu'en chaque flocon virevoltant dans l'air j'imaginais tout à coup le sommet d'un mini-parachute sous lequel se cachait un tout petit soldat d'une immense armée d'invasion constituée de millions de membres. Celle-ci prenait possession de la ville via une manœuvre militaire dont les préparatifs n'avaient pas été décelés par l'ennemi et qu'elle l'exécutait génialement, en un temps record et sans un bruit.

Je nageais en pleine fantaisie lorsqu'une autre idée me vint à l'esprit. Aussi spontanément, imparablement et naturellement que parfois quelque part où il ne neige pas soudain de gros flocons commencent à tomber. Ou qu'à tel endroit, tel moment, un être désespéré fait un rêve qui le sauve... Cette pensée concernait mon avenir. Je peux la formuler ainsi : par rapport à mon existence actuelle et dans la situation globale qui était la mienne, partir était la solution qui s'offrait à moi pour sortir du marasme et en finir avec la spirale d'échec de laquelle je ne parvenais pas à m'extirper depuis si longtemps en dépit de tous mes efforts.

M'en aller. M'échapper de cet appartement et de cette ville pour une durée indéterminée. Prendre la route dès que les conditions climatiques le permettraient. Oui, tout à coup, j'eus un éclair : agir ainsi ce serait bien. Mieux, même : c'était ce qu'il FALLAIT que je fasse.

Le jour était encore loin, je ne tardai pas à me recoucher. Mon esprit continuait de baigner dans cette inhabituelle sérénité qui ne m'avait pas quitté depuis mon réveil. Je ne crois pas me tromper en te disant que tout le reste de cette nuit-là de l'hiver dernier où ces événements extraordinaires se déroulèrent mon sommeil fut excellent.

Six mois en arrière, quand le souvenir d'Esther me visita, ma situation était catastrophique. Seuls aspects positifs : le fait d'avoir un toit sur ma tête, quelques amis se comptant sur les doigts d'une main de même que trois ou quatre parents éloignés que je pouvais solliciter dans les cas de force majeure.

Un an plus tôt, j'avais perdu mon père. Il avait rejoint dans le trépas ma mère, décédée d'une longue maladie quinze ans auparavant, et ma sœur Pauline, quatrième et dernier membre de la famille, disparue quatre ans avant mon père à l'issue d'une longue période de déprime, de toxicomanies en tous genres, de tentatives de suicides et d'hospitalisations en psychiatrie. Tous trois je les avais beaucoup aimés. Ils étaient partis prématurément, maintenant je me sentais d'autant plus isolé que je n'avais pas de petite amie.

Sur le plan matériel, je devais me contenter de survivre avec moins que des bouts de ficelle du fait d'être au RSA. Car vis-à-vis du travail les choses allaient également de travers : j'enchaînais les expériences négatives et traumatisantes. Je passais d'un job à l'autre, redoutant la prochaine épreuve.

Cette précarité de situation et de ressources minait encore plus ma vie, ce de façon très concrète. Pas de vacances. Depuis des années. Mon quartier, ma ville, étaient devenus ma prison à ciel ouvert. Quand mon porte-monnaie menaçait de se vider complètement avant le versement de mon allocation, ce qui m'arrivait assez fréquemment sans pour autant faire d'extra, je me nourrissais pendant toute une semaine seulement de biscottes et de pâtes, ou de riz, achetés au premier prix en supermarché. Pas question de prendre le moindre verre quelque part. Encore moins de manger au restaurant. Seuls la marche et le vélo me permettaient de me détendre et de me changer les idées.

Je digérais très mal tout ce que j'avais lu ou entendu au cours des dernières années sur les chômeurs, comme quoi nous étions des profiteurs et des fainéants. Je ramenais ces discours à ce que j'avais pu expérimenter jour après jour comme brimades, souffrances en tous genres et vexations répétées dans le milieu du travail. Par conséquent, ces propos achevaient de me dégoûter. Je détestais ma vie autant que le reste du monde. Au fur et à mesure que mon sentiment d'exclusion et mon écœurement s'étaient accentués, je m'étais mis à vivre de plus en plus replié sur moi, maudissant à peu près tout ce qui passait par ma tête, y compris ma propre personne. Voilà comment j'étais alors. C'est à dire bien atteint. Me sentant rejeté, esseulé, et mal, bien mal, ô combien mal aimé en dehors de mon tout petit cercle de deux ou trois personnes.

Qu'est-ce qui permet à quelqu'un de se dire tiré de la mouise ? La santé ? Un toit au-dessus de sa tête ? Cela va de soi. Quoi d'autre ? Certains pensent : une profession, ou à tout le moins une certaine aisance financière. D'autres mettent l'accent sur l'équilibre psychique et physique : une vie sentimentale, sexuelle... il faut être à peu près stable de ce côté-là. Beaucoup considèrent ces deux aspects - professionnel et affectif - indispensables. En ce qui me concerne, à quarante-six ans passés j'avais dans l'idée - assez classiquement, je crois - de donner la priorité au travail. Disons que moralement je m'obligeais à placer celui-ci en tête de mes préoccupations. Il me fallait partir de lui pour me construire. Tant mieux, bien sûr, si je croisais l'âme sœur en chemin, mais je ne devais pas compter là-dessus.

Plus jeune, j'avais souhaité devenir archéologue. Le projet avait capoté après ma quatrième d'année d'études post-bac suite à la magouille d'un prof. Il avait favorisé l'un de ses protégés me privant ainsi d'une allocation de recherche susceptible de me procurer un salaire conséquent pour la durée de la préparation de ma thèse. Ce sale coup m'avait anéanti. Il ne m'en fallait guère, je l'admets, car j'étais fragilisé par la descente aux enfers de ma sœur. Le temps que je me remette des mauvaises nouvelles concernant Pauline, il était déjà trop tard, je n'avais plus rien à espérer du côté de l'archéologie. Les portes du métier s'étaient brutalement refermées à peine avaient-elles été ouvertes.

J'avais enchaîné les petits boulots pendant presque dix ans. Après quoi, à nouveau plus dynamique et désireux de me stabiliser dans quelque chose qui me convenait, j'étais parti dans d'autres directions. La roue finirait bien par tourner dans le bon sens, me disais-je.

Le journalisme de presse écrite m'intéressait de longue date. Pendant deux ans, je travaillais en tant que correspondant pour un quotidien régional. Placé sous la tutelle d'une secrétaire de rédaction je gagnais trois fois rien mais le job me plaisait. J'imaginais vaguement qu'une paie pareille c'était dans l'ordre des choses pour débuter. Après cette longue collaboration, un jour je reçus un coup de téléphone de ma responsable. Elle me virait sans préavis au motif que je proposais peu de sujets de reportage et d'idées d'articles - ce qui était faux - et qu'elle avait « changé de chef ». J'hallucinai. Je protestai, elle me raccrochait au nez. Je crus bon d'alerter le délégué syndical du journal. Moi, un simple correspondant de presse... naïf que j'étais ! Je parlai à l'homme en question, il me promettait de s'intéresser à mon affaire et de revenir vers moi un peu plus tard. Une semaine... deux semaines... silence de sa part. Je le recontactai :

« - Vous vous souvenez ? Je vous ai téléphoné il y a peu de temps pour vous signaler mon problème... vous aviez dit que vous me rappelleriez.

- Je ne peux rien vous dire de plus. (…) Vous avez des enfants ? (...) (Et pour conclure, sur un ton désespérant :) Bon courage. »

« Ne pas se démobiliser ! », me dis-je alors. Et je me lançais aussitôt dans la préparation d'un concours administratif. Je devenais stagiaire de la Fonction publique. Je commençais mon année d'essai réglementaire avant d'être titularisé. Un trimestre plus tard, atterrissage en catastrophe chez le médecin. Dépression liée au surmenage. Deux mois de congés maladie suivi d'une démission.

J'étais tombé dans un traquenard. Dans un service qui manifestement d'emblée ne souhaitait pas ma présence, deux cheffes me prenaient en tenaille en me donnant des directives contradictoires. L'une d'elles passait son temps à vociférer contre moi dès qu'elle s'approchait de mon poste de travail. De plus, personne ne m'assurait la moindre formation, je restais vissé à mon bureau sans savoir que faire jusqu'à la prochaine remontrance. J'enrageais peu à peu, m'imaginant attraper la plus haïssable de ces deux folles pour la défenestrer du cinquième étage. Cinglées, elles ne l'étaient pas, tu penses... mais moi, en revanche, j'étais près de le devenir...

Pendant mon congé maladie, j'hésitai longuement, me torturant l'esprit : devais-je reprendre ce travail au risque de courir à la folie ou retourner à ma condition misérable de chômeur RMiste ? Je choisis la mort dans l'âme la démission. La décision la plus sage sur le plan sanitaire. La santé n'est-elle pas notre bien le plus cher hors le fait même de vivre ?

Toutes mes pistes ne me conduisirent qu'à des échecs et à des drames : harcèlement, départs en congés maladie, exploitations éhontées, renvois scandaleux... un jour si tu veux je te raconterai cela par le menu, Iana, tu n'en reviendras pas, crois-moi ! À moins que toi aussi tu aies connu ça de ton côté ?

Année après année, insidieusement, j'ai fini par penser que j'attirais les problèmes et même, peu à peu l'idée en moi s'est imposée qu'un sous-service d'une obscure administration me suivait pas à pas secrètement afin de me nuire. Le sémillant et brillant étudiant en archéologie était devenu parano. Il se sentait traqué. Et parfois même, se disait-il en son for intérieur, détraqué.

Au lendemain de l'étrange nuit de la tempête de neige, du songe d'Esther et de ma fulgurante idée de tout quitter pour partir en voyage, un blanc manteau recouvrait toute la ville. De derrière les vitres de ma cuisine mon bol de café noir à la main, je me délectais un instant de l'ambiance féerique du dehors. La pâleur immaculée.

J'observais amusé le cortège des autos roulant au ralenti. Sur les trottoirs le ballet des passants avançant avec mille précautions. J'ouvris la fenêtre : tous les sons des environs me parvinrent alors modifiés, étouffés, autre caractéristique que j'avais oublié des cités prises par la neige. Un conducteur perdit le contrôle de son véhicule, sa voiture en travers dérapa alors sur quelques mètres. Elle stoppa, le type sortit de son auto, en fit le tour, décontenancé... J'étais au premier rang du spectacle. La ville ressemblait à une énorme machine dans laquelle un grain de sable s'était immiscé et en avait déréglé le mécanisme.

Mon esprit ne s'attarda pas longtemps sur cet environnement, aussi insolite fut-il, replongeant très vite dans la bagarre sordide du quotidien à laquelle mon existence se résumait depuis de nombreuses années. L'enjeu du jour n'était pas mince. Il accaparait mes pensées au point que j'avais déjà tout oublié des événements de la nuit d'avant. J'attendais depuis un an le versement de trois mille euros de chômage par l'Éducation nationale. Et celui-ci ne venait pas. J'avais pris rendez-vous avec un conciliateur de justice pour réclamer la somme. Une affligeante question d'argent, sauf que les préoccupations de cet ordre n'étaient pour moi pas vulgaires mais vitales. Et sans compter que j'avais donné à ce problème une valeur symbolique de petite revanche sociale car là encore cette histoire faisait suite à un conflit avec l'employeur qui m'avait laissé un sentiment de dégoût, d'injustice et de colère.

Tout avait débuté par une proposition de poste que l'Inspection Académique m'avait faite suite à ma candidature pour un poste de prof d'histoire-géo qui correspondait assez bien à ma formation d'archéologue. J'avais précisé dans ma demande que j'appréciais d'écrire alors le recruteur en chef de l'Éducation nationale s'était mis en tête de me nommer enseignant en lettres dans un lointain collège de la région. Aussitôt alerté de la chose, Pôle emploi m'avait convoqué et ma conseillère - que j'assimilais à une sorcière tant il est vrai que la ressemblance était grande à la fois dans l'aspect physique et par le comportement général - m'avait sommé d'accepter l'offre. Sans quoi - m'avait-elle fait comprendre - je vivrais l'enfer avec elle, au risque au final de me voir supprimer mes maigres émoluments.

Résultat des courses un trimestre scolaire plus tard : pour moi retour en catastrophe chez le médecin pour cause de burn-out et de dépression ; pour mes petits élèves de classe de sixième, trois mois de perdu du fait d'un enseignant dépassé par les événements. J'étais renvoyé.

Deux jours après ma rencontre avec l'homme de loi chargé de faire respecter mes droits à être indemnisé, je pavoisais : mon compte bancaire avait été crédité d'un premier versement effectué par le ministère ! Je décidai de fêter ça le soir même.

Mes sorties étaient devenues rares. De nombreux bars de nuit se faisaient pourtant concurrence près de chez moi, proximité des quais oblige. Autrefois, je les avais fréquentés avec entrain et une certaine assiduité. Je n'en avais tout simplement plus le goût. Ces endroits ne constituaient plus depuis longtemps le cadre privilégié de mes rendez-vous amoureux ou amicaux, ainsi que cela avait été le cas dans ma jeunesse, ni celui où, respectant en cela une tradition pas spécialement locale et si ancienne que son origine se perd dans la nuit des temps j'y refaisais le monde en bonne compagnie. J'avais le sentiment d'avoir pratiqué cette coutume avec toute la conviction possible et imaginable. Il ne m'avait pas échappé qu'inéluctablement « ce monde » ne tardait pas à reprendre sa forme initiale aussitôt que mon corps avait digéré les divers liquides consommés en ces lieux. Triste constat, j'en conviens, aux antipodes de l'image conviviale, attendrissante et multiséculaire attachée au bistrot français où selon la légende tout citoyen peut trouver là tout ou presque de ce qui donne à l'existence son relief : de quoi bien boire et bien manger, de quoi rire, de quoi pleurer, de quoi disserter et peut-être croiser une âme sœur au détour d'un comptoir de hasard ou d'habitude.

À tout cela je ne croyais tout simplement plus. Le signe d'une certaine sagesse due à l'âge ? Je n'en sais rien. Toujours est-il que ces écrins de plaisir de jadis n'étaient plus désormais que des lieux de tumulte.

Même constat s'agissant de la fréquentation des soirées privées chez les uns ou les autres. Je m'y étais beaucoup amusé, aujourd'hui les invitations étaient devenues très rares. D'autre part, cela faisait belle lurette que je n'y retrouvais plus l'esprit égalitaire, de mixité et de mélange tous azimuts qui les avait caractérisées. J'y errais tel un fantôme. Maintenant que je n'étais plus ni étudiant ni jeune, autrement dit en route vers quelque chose de tangible, d'enviable, de consistant, je n'y étais plus écouté, si ce n'est un court moment par politesse. Aucun intérêt pour moi à flotter là, insignifiant. Le bilan de mon expérience personnelle récente était terrible. Je préférai mes promenades. Là oui, au moins pouvais-je m'échapper quelques instants et m'aérer tout à fait.

Dans le dos de mon immeuble à deux ou trois pâtés de maisons, un café est tenu par la génération montante. Chez Léon - c'est son nom - on trouve même de quoi lire et les clients sont joyeux. Situé au coin d'une place charmante, il possède ce je-ne-sais-quoi des bistrots qui vous paraissent conviviaux au premier coup d'œil sans que l'on comprenne bien dire pourquoi. Quand ce soir-là je poussai les portes du troquet, de suite m'accueillit le large sourire de Bambi, l'une des associées de la coopérative. Elle discutait avec Martin.

Martin était à mes yeux ce que l'on appelle communément un gars bien. Au même titre que quelques autres, je l'avais beaucoup côtoyé dans les manifs et les bibliothèques publiques, lieux et situations auxquels j'avais attribué une importance de premier ordre ces dernières années, avant de m'en détacher aussi par découragement et lassitude. J'avais sympathisé avec lui à force de l'y apercevoir. Martin était affable et discret, deux qualités pour moi plutôt rares et remarquables. Je sentais en lui quelqu'un de foncièrement gentil, susceptible de vous venir en aide au moindre pépin. Nos conditions de vie étaient proches. Il me consolait d'être un presque rien en m'apparaissant comme un presque moi.

Mon ami n'avait pas sa bonhomie habituelle, avec dans la discussion l'espèce d'attitude distanciée, légèrement détachée des événements, caractéristique de son esprit analytique et cartésien :

« Tu vois, me dit-il, ça dure depuis un moment... je suis angoissé parce que ces derniers mois je n'ai pas travaillé. Je n'ai pas cherché de boulot non plus. J'étais très déprimé. Je flippe que Pôle emploi m'enlève mon chômage et me réclame de l'argent à cause de ça, alors que je n'ai rien, à peine de quoi survivre. Je ne sais pas comment je ferais si ça arrivait. »

Ce cher Martin, son problème je le connaissais bien ! Qu'il m'en fît part me rapprocha encore plus de lui. Il était prof de biologie dans le privé. Un vacataire qui prenait un poste pour quelques mois - parfois une année scolaire - et puis en changeait. Je tentais tant bien que mal de le rassurer :

« On peut pas te réclamer quoi que ce soit si les faits qu'on te reproche remontent à plus d'un trimestre. Il n'y a pas de rétroactivité. Ils n'ont pas le droit de te demander de l'argent si loin. Et même de te couper les vivres, ils n'en ont pas le droit sans t'avertir une première fois. Il faut qu'ils constatent que tu as arrêté de chercher du travail depuis un certain temps. Pour ça, ils doivent te convoquer. »

Ce que je disais à mon ami était vrai jusqu'à un point que je ne connaissais pas moi-même. Certes, l'administration de

Pôle emploi n'avait pas tout pouvoir. Mais de quoi était-elle capable précisément ? Je m'interrogeais sur des exemples avérés concernant des remboursements abusifs réclamés à des chômeurs en plus de la suspension brutale de leur allocation.

J'avais exagéré mon propos, me montrant plus sûr que je l'étais réellement dans le but de tranquilliser Martin. Sans la moindre hésitation car j'avais déjà ressenti cette peur dont je connais la dangerosité et l'immense potentiel anxiogène avec des questions du type : « Comment je vais me nourrir ? », « Est-ce que je ne vais pas me retrouver à la rue ? ». Je mesure très bien la puissance des dégâts qu'elle peut occasionner dans l'idée que l'on se fait de sa propre personne, des autres et du monde. Le système n'est-il pas ainsi conçu que l'on peut être pris dans l'engrenage suivant : je veux du travail... je n'en trouve pas... par conséquent je ne gagne pas de quoi vivre et par ailleurs je ne réussis pas à convaincre mon interlocuteur de Pôle emploi - le mal-dénommé « conseiller » - d'avoir entrepris suffisamment de démarches de recherche pour qu'il ne me supprime pas l'allocation du RSA me permettant de ne pas couler complètement ?

Cette inquiétude en forme d'épée de Damoclès pend au-dessus de la tête de chaque chômeur et menace en permanence de la lui couper pour de bon. Elle m'est familière depuis si longtemps que je me mettais très bien à la place de Martin et ne doutais pas un instant de la sincérité de sa douleur morale ou de la véracité de son problème. Sa déprime - fruit au moins en partie de la précarité de sa situation sociale - avait ralenti son tempo en termes de recherche de boulot et généré une montée d'angoisse due à la bonne connaissance qu'il avait du caractère répressif de l'agence pour l'emploi. Un cercle vicieux tout ce qu'il y a de plus circulaire et plein de vices...

Ce Martin physiquement et moralement au plus bas me rappela celui de la chanson *Pauvre Martin* de Brassens. Ces paroles m'étaient venues en tête après avoir entendu mon ami : « ... Pour gagner le pain de sa vie / De l'aurore jusqu'au couchant / Il s'en allait bêcher la terre / En tous lieux par tous les temps / Pauvre Martin, pauvre misère / Creuse la terre, creuse le temps. »

Au cours de la soirée, je constatais en l'observant de temps à autre qu'heureusement mon pote paraissait aller bien mieux depuis notre conversation. Mes propos en réponse à son malaise semblaient avoir porté leurs fruits. De ce fait, moi aussi je me sentais plus tranquille.

Quand je poussais en sens inverse les portes du bar, mon esprit gardait sa lucidité malgré l'heure tardive et les chopines partagées avec telle et tel. La nuit était fraîche. Dans les rues désertes, je me réchauffais l'âme et le cœur de la bonne ambiance rencontrée dans ce bistrot. Une journée somme toute bien remplie s'achevait avec cette sortie et ce premier virement bancaire reçu pour mon chômage. Le souvenir de ma discussion avec Martin me fit subitement penser à un moment de télé auquel j'avais assisté quelques mois auparavant. Un célébrissime journaliste jouant le nigaud de service interrogeait l'aventurier, explorateur, écrivain, éditeur et ethnologue Jean Mallaury. Pour clore leur entretien, le premier avait posé à ce dernier la question suivante :

« Vous qui êtes si énergique et actif, qui avez tant vu, tant voyagé et connu tant d'autres cultures et civilisations, que diriez-vous aux jeunes d'aujourd'hui désœuvrés, ou démissionnaires, voire déviants ? N'auriez-vous pas envie de leur dire : «Rendez-vous compte de votre chance de vivre ici et maintenant ! Secouez-vous !» ? »

Après une courte réflexion, le savant de répliquer, majestueusement :

« Vous me faites revenir à la mémoire un souvenir de chasse dans le Grand Nord. Il y avait un petit renard de Laponie... L'espèce était menacée de disparition parce que l'Homme avait installé de nouveaux pièges... Ils s'y faisaient tous prendre et les mâchoires de fer se refermaient d'un claquement sur leurs pattes. Beaucoup de jeunes d'aujourd'hui sont comme ces renards. Leur situation est la même. Voyez-vous, je ne les envie pas d'avoir cet âge à l'époque actuelle, dans la société telle qu'elle est devenue, d'une dureté impitoyable. Elle me rappelle les années 30 que j'ai connues durant ma propre jeunesse. Après tout cela, il y a eu la Seconde Guerre mondiale... Non ! Vraiment, je ne les envie pas ! »

Le journaliste en était resté coi.

Martin et moi, ressemblions-nous à ces renards du Grand Nord ? Bien sûr ! Oui ! Nous étions même leurs portraits crachés.

Plusieurs lignes de bus avaient dû être mises à l'arrêt à cause de la neige. Cela avait créé un début de polémique. Des hommes de pouvoir bien connus étaient intervenus dans les médias pour demander des comptes aux autorités : « Comment se fait-il qu'on n'a pas vu arriver les intempéries ? » Conséquence de ce qui selon eux avait été une imprévoyance, les rues avaient échappé au salage préventif qui aurait tout arrangé. Dans ces conditions, disaient-ils, à quoi pouvait bien servir la science ?

Les jours suivants la tempête, la neige continua la résistance, persistant à camper sur la chaussée et à ralentir l'activité. Alors le concert de plaintes s'intensifia. Et les invectives se déchaînèrent. Le désarroi se mua en colère. Elle retentit aux quatre coins de la cité : « Comment ça ? C'est une honte ! Bande de criminels ! On vit au Moyen-âge ! » Parce qu'ils étaient tous chefs d'entreprises florissantes et les principaux contributeurs à l'impôt, on devait leur rendre des comptes fissa fissa ! À les entendre, tout le monde aurait dû trembler de rage avec eux !

On se montrait bien plus philosophe dans mon quartier populaire. Cette neige allégeait plutôt l'atmosphère. Elle apportait une distraction. Elle entraînait un ralentissement général. Au moins pouvait-on chômer à moindre stress.

Les préoccupations liées à mon rendez-vous avec le conciliateur de justice avaient chassé de mes pensées mon idée de partir en voyage. Le lendemain soir de mon escapade au bistrot Chez Léon, il faisait nuit, je m'étais décidé malgré le froid à sortir me promener.

J'étais parti près du fleuve, où durant l'hiver règne une paix royale. Je m'étais encore émerveillé du paysage féerique, avec les berges immaculées de blanc, puis j'avais quitté le sentier tracé dans la neige, étais remonté sur les hauts quais et avais bifurqué dans un quartier d'ateliers et d'entrepôts. J'en étais encore à ruminer mes colères contre tout ce qui n'allait pas quand le bruit d'un train se fit entendre. Il venait de ma droite et se rapprochait lentement. Certains jours, sans que l'on sache bien pourquoi, un son de la sorte ne suscite en nous rien de particulier. Et à telle autre occasion, par association d'idées, il éveille dans notre esprit quelque image exotique, voire en charrie un flot tout entier, et apporte avec lui une rêverie ou une autre.

Et il y a ce qu'il se passa pour moi ce soir-là... Une partie de mon esprit courut le long de la voie ferrée, attrapa la poignée d'un wagon du train, grimpa à l'intérieur de celui-ci et disparut dans l'obscurité tandis que le convoi s'éloignait.

L'autre partie de moi, groggy, rentra chez elle, où elle s'effondra sur le canapé.

Lorsque je me réveillai, au petit matin, le projet qui m'avait surgi à l'esprit l'avant-veille, celui de quitter durablement cette ville, était de retour dans ma tête. Et à ce moment précis, il me paraissait relever du même évident bon sens que lors de la nuit où j'avais rêvé d'Esther quand j'étais devant la fenêtre et me régalais à voir tomber la neige.

Partir ! Oui, partir ! Les propos échangés avec mon ami Martin m'y poussaient aussi. De même ceux de Jean Mallaury sur les petits renards attrapés par les crocs métalliques des pièges. Puisque l'existence ici s'apparentait aux galères et que le bateau-monde coulait, il me fallait organiser la mise à l'eau d'un canot destiné à me sauver du naufrage. Je devais prendre le large dés que possible.

La fin de l'hiver ne fut pas simple à gérer, loin s'en faut. Tel jour j'étais convaincu de la pertinence de mon projet de voyage et de départ à l'aventure. Tel autre je rejetais celui-ci et m'en voulais, me traitant intérieurement de gamin mal fini. Mon opinion variait en fonction de ce que je percevais de la réalité du monde extérieur, de mes ruminations intérieures et d'expériences que j'étais amené à vivre au quotidien dans mon quartier.

Tandis qu'une vague de suicides déferlait sur le personnel d'une grande entreprise, ailleurs un privé d'emploi et de ressources s'immolait par le feu en place publique, suivi bientôt d'un autre devant le bâtiment de la Caisse d'allocations familiales chargée d'octroyer l'aide financière qui venait de lui être refusée. Les journaux évoquèrent la succession de ces faits en quatrième vitesse et entre deux gros titres, puis silence. Tout cela ne gênait pas grand monde, au fond. Comble du désespoir, de l'horreur et de l'ignominie, la seule réaction officielle au dernier de ces drames, par la bouche d'un ministre ou d'un secrétaire d'État, avait été d'un pragmatisme glaçant : il fallait absolument installer des extincteurs dans les immeubles administratifs. Dans ce contexte, moi je continuais de surnager comme je le pouvais.

L'un de mes voisins deux étages au-dessous habitait l'immeuble de longue date. C'était un vieil homme aux cheveux et à la barbe blanchis. Il était resté longtemps tranquille sans mauvaises histoires. Depuis peu, devant son appartement sa porte d'entrée demeurait entrouverte, chose tout à fait inhabituelle dans ce bâtiment où tout le monde a tendance à se calfeutrer chez soi. Rien ne filtrait de ce qu'il pouvait se dérouler à l'intérieur de son logement, pas une lumière, pas même un son. Un jour que descendant de mon cinquième étage j'arrivai au niveau du sien, je le trouvai en travers du chemin, vautré par terre, geignant. J'étais très inquiet. Je soupçonnai un accident cardiaque, quelque chose de cet ordre. Je m'arrêtais, me penchais sur lui : il paraissait bien conscient. Par contre, comme je l'interrogeais sur ce qu'il se passait il bredouillait d'inintelligibles propos avec un regard fixé sur moi dont je ne réussissais pas à interpréter la signification. Ceux-ci ne traduisaient à coup sûr rien de bon au sujet de sa santé.

Je prévenais les secours, que je descendis attendre au pied de l'immeuble. Branle-bas de combat : SAMU, sirènes, brancard... Quand je renseignais l'urgentiste sur le lieu où se trouvait la victime, celui-ci me fit savoir qu'il la connaissait. Ce n'était pas la première fois qu'un tel accident se produisait. Effectivement, je retrouvais mon voisin quelque temps plus tard, au même endroit, dans un état pas meilleur. Un autre jour encore, je le croisais dans la rue, devant la porte d'allée, debout, immobile, pétrifié.

L'explication me vint de quelqu'un de l'immeuble : le vieux buvait. Trop. Régulièrement. Cela l'amenait à ces crises qui tenaient peut-être autant du malaise physique que de l'angoisse. Toujours est-il que celles-ci devinrent à la longue une habitude pour lui, pour moi et pour ceux qui habitaient à proximité. Le pauvre faisait peine à voir. Je le sentais tout à la fois pris dans une routine de soûlard complètement déjanté et tout proche du néant de la mort.

Voilà comment moi aussi je peux évoluer, me disais-je, si je ne tente rien pour échapper à mon enfer. Encore quelques années... ce sera mon tour. Sort ô combien nauséabond ! Et d'ailleurs, songeais-je avec angoisse, ne manquais-je pas de recul pour m'apercevoir que déjà ma vie de sédentaire oisif et forcé m'avait inoculé telle ou telle mauvaise autre habitude, préparant la venue de l'alcoolisme ou de telle ou telle toxicomanie semblable à celle en train de dévaster le vieux du troisième ?

À force de mois et d'années à vivre ici seul sans bouger n'avais-je pas malgré moi contracté toutes sortes de mauvais réflexes apparus et installés insidieusement qui, additionnés, me collaient maintenant à la peau, m'empêchant de changer quoi que ce soit de significatif à ma morne existence ?

Lui-même, mon voisin, ne semblait pas conscient qu'il était pétri de ces sales habitudes de boire et de geindre. Et nous, autres occupants de l'immeuble, prenions peu à peu celle de cohabiter avec lui et sa façon d'être sans nous sentir choqués. Alors, peut-être bien que moi aussi j'étais aveugle de mes propres renoncements, petites manières et autres pratiques méprisables ?

J'étais déterminé à m'en aller, tout laisser pour partir sur les routes à l'aventure. Deux trois jours passaient et patatrac ! À nouveau j'étais rattrapé par la doute. Et quelques temps plus tard encore, ma petite idée derrière la tête née durant cette étrange nuit d'hiver qu'avec le temps j'avais baptisé « nuit du rêve, de la neige et de l'idée » ressurgissait pourtant. Prendre la poudre d'escampette du voyage au long cours relevait d'un tel évident bon sens ! Puis je reculais à nouveau du fait d'un nouvel argument source d'un énième revirement de point de vue qui me faisais penser l'inverse.

À d'autres moments je pesais mieux - scrupuleusement - le pour et le contre, ou bien j'étudiais la question sous d'autres facettes, alors la balance à nouveau penchait d'un côté ou de l'autre.

Je me rappelle aussi cet autre jour où dans la rue tandis que je croisais un passant sensiblement du même âge que le mien qui se donnait ostensiblement une allure de voyou - il l'était peut-être vraiment - je me souviens avoir songé, angoissé : « Voilà ce que je vais devenir si je ne tente rien. Parce qu'en restant ici dans ma situation, il n'y a pas trente-six solutions pour s'en sortir. La seule qui existe, c'est le banditisme. » Le constat était terrible mais il avait le mérite d'être très clair : « Dis-toi le bien, Jacques : opportunités de travail, d'insertion professionnelle... tout ce qui est honnête et pourrait te permettre de t'en tirer t'est interdit ! C'est hors de portée ! Point final. »

Bientôt deux semaines que j'ai commencé à te raconter la vie qui était la mienne là-bas dans le Grand Nord... Tu crois que j'aurais pu te faire l'économie du récit de mes déboires professionnels et familiaux ? Non. Pas du tout. Parce que suis convaincu que ces tristes événements expliquent qui je suis aujourd'hui. Ils sont la cause première de mes difficultés passées et actuelles. Puisque j'aspire à mieux me faire comprendre de toi, il a bien fallu que je t'en parle...

Je me suis senti tenu de te détailler un peu les circonstances de mes malheurs au travail (note s'il te plaît le « un peu » car j'aurais pu te relater des faits similaires à bien d'autres postes que j'ai occupés : dans mes emplois de vendeur en grande surface, de télé-opérateur, etc.). Si j'avais agi autrement, ne te serais-tu pas dit que j'écris ce que j'écris et que je pense ce que je pense parce que je suis une sale feignasse ? Ou alors un faible ? Ou bien encore l'un de ceux qui s'opposent à tout par principe ?

… STOP. Là je m'arrête !

Je constate une fois de plus que je suis parti à disserter des heures sur pourquoi je fais ce que je fais. Une amie me l'a pourtant dit l'autre jour : « Quel drôle d'homme tu es à toujours te justifier ! ». Sa remarque m'a pris de court, mais je l'ai trouvée censée. Je crois que cette caractéristique est encore une conséquence directe de ce qui m'est arrivé sur le plan professionnel.

Cette tendance à se sentir tenu de s'expliquer sur soi et à dire pourquoi l'on agit comme on agit colle à la peau de nous autres chômeurs de longue durée, perpétuellement sommés de rendre compte de leurs faits et gestes à leur « conseiller Pôle emploi » ainsi qu'à quelques autres pour justifier qu'on leur fasse l'aumône de trois ou quatre sous. Cela devient une habitude qui gangrène ensuite le reste de notre existence. Elle nous suit partout, jusqu'à nous gâcher le reste de notre vie et pourrir l'existence de notre entourage quand il nous en reste un.

Quelque chose dont je ne t'ai pas encore parlé et qui bien sûr a dû avoir dans tout cela une importance fondamentale était ma situation amoureuse. Côté filles, j'allais seul depuis une éternité. Mes histoires finissaient avant même que d'avoir commencé. Mon problème : lorsque j'en rencontrais une qui me plaisait, je n'osais pas créer le contact. Il pouvait se passer des semaines sans que je me décide à dire quoi que ce soit.

Les rares occasions où je tentais le coup, le moment venu je perdais mes moyens. Je me mettais à raconter des inepties. J'étais soporifique, ennuyeux, d'une platitude extrême, laissant à penser que j'étais un être sans intérêt, sans relief, sans moteur. Manque de confiance, de forme, d'un peu de tout ce qu'il eut été bien que je possédasse... sans doute la chape de plomb de ma situation générale pesait-elle très lourd au-dessus de ma tête.

Du coup, mon existence était devenue au final rien d'autre que moi tout seul dans ma vie. Alors avec ce projet d'avenir en forme de départ à l'aventure qui me revenait maintenant à l'esprit presque chaque matin, j'avais pour la première fois depuis des années la sensation d'un genre de présence à mes côtés. Il remplissait mon univers, comblait un peu son vide. Je n'étais plus tout à fait seul dans mon quotidien de malheur. Mon dessein était là et je pensais : « Il est venu d'un coup par hasard. À la façon de certaines petites amies, au temps de ma jeunesse. »

Ces femmes rencontrées au hasard de déambulations nocturnes n'avaient finalement été que des oiseaux de passage, mais lorsque l'une ou l'autre s'était retrouvée autour de ma table de cuisine à mes côtés pour le café du matin sans qu'il y ait eu la moindre préméditation, ni de leur part ni de la mienne, j'avais eu alors affaire à quelqu'un de nouveau qui peuplait tout à coup mon désert et à propos de qui je me disais que je la découvrirais mieux sans doute au cours des jours suivants. Là, des années après, c'était un peu la même chose. Et cette plaisante impression persistait. Quelle belle émotion ! J'avais fini par penser que je resterai seul, à jamais, avec mon sentiment d'injustice et d'incompréhension. C'est qu'avant ça je ne croyais plus en rien, Iana !

Un vrai vent de fraîcheur et de nouveauté soufflait dans mon quotidien. Dans ma triste vie d'urbain désabusé et misérable voici qu'un champ de possibles potentiellement heureux se dessinait là où il n'y avait plus depuis des temps immémoriaux que du déjà vu, de couru d'avance, de désagréable et de déjà lassé de tout. Depuis quand n'avais-je pas ressenti un tel engouement ? Enfin s'esquissait sous mes yeux un horizon fait de mystères, d'aventures et de stimulantes incertitudes, à moi qui n'en avais plus discerné depuis si vieux que cela me semblait être une éternité, une époque si éloignée que j'étais incapable de la dater avec un tant soit peu de précision ! Quoi ? Un coin de ciel bleu quelque part ? Quelque chose qui m'intéresse, que je peux entreprendre et dont la réalisation ne dépend finalement que de moi ? Incroyable ! Hallucinant !

Iana, après-coup je crois que mon illumination lors de cette nuit extraordinaire m'a tout simplement sauvé la vie. C'est la réflexion que je me fais lorsque je me remémore ce qu'était mon existence, comme elle avait évolué et ce qu'elle s'apprêtait à devenir si d'une façon ou d'une autre je n'avais pas réagi à cette descente toujours plus profonde.

Lorsque dans ma tête les choses furent décidées pour de bon, je me rendis compte que j'avais beaucoup à faire d'ici le printemps. Je devais m'organiser afin que le jour venu mon entreprise ne tourne pas au drame.

D'une part, ma situation financière rendait le pari de voyager très audacieux. D'autre part, j'avais le besoin impératif de retrouver une bonne condition physique et de vérifier (j'approchais de la cinquantaine) que mon corps pourrait résister aux conditions de séjour délicates avec lesquelles je devrai me dépatouiller durant mon périple (ainsi, pas question de dormir ailleurs que dehors en pleine nature au vu de mes moyens pécuniaires). Je me testais donc comme l'on se penche sur sa vieille voiture laissée des années au garage, que l'on prend plaisir à dérouiller et dont on ne sait pas trop si elle va être capable d'abord de redémarrer et ensuite de rouler puis de tenir la route.

Bonne nouvelle : mon squelette, ma chair, ma peau qui l'entourait, tout ça n'avait pas trop souffert ni de mon absence ni de mon désintérêt. Je n'étais certes plus tout jeune, cependant sans doute que d'avoir été par le passé sportif confirmé me servait encore : aucun voyant rouge ne s'allumait sur le tableau de bord de mon body après y avoir remis le contact. Peu après, seconde bonne nouvelle, je découvris qu'il était désormais possible de s'équiper pour coucher à la belle étoile par à peu près tous les temps, même pluvieux, froid, neigeux ou venteux, en toutes saisons.

La nécessité vitale de devoir optimiser mon organisation du fait de ma situation financière précaire me vivifiait. Elle m'obligeait à me montrer rusé, ingénieux, hyper-attentif à moi-même, à mon état de forme. J'étais toujours un sans-emploi mais pour parvenir à tenir le coup sur la route dans les conditions qui étaient les miennes... j'avais à faire preuve sans tarder d'une méticulosité égale à celle de tout grand professionnel dans quelque domaine que ce soit. Cela me renvoyait à des temps anciens, lorsque mon équipe de water-polo trustait les premières places du championnat de France et que l'on se préparait individuellement et collectivement à être les meilleurs, cherchant à être irréprochables sur les plans physique et mental, soignant les moindres détails qui pourraient s'avérer déterminants. J'avais dans ces circonstances à faire preuve d'une application extrême. J'en ressentais du plaisir.

Et puis mon entreprise avait un air de pari. Elle me ramenait aussi à des jeux de copains, autrefois, quand on se risquait à un acte difficile, audacieux, que l'on se lançait mutuellement des défis : traverser ce torrent impétueux, grimper ce monticule, passer sur l'autre versant de cette montagne, quelques fois user de son charme et de toute l'habileté nécessaire afin de séduire cette fille tant convoitée et si prompte à rejeter les avances des uns et des autres... à nouveau, même si cette fois c'était seul sans copains, j'étais face à l'un de ces challenges. Et un de taille !

Être en mesure d'augmenter mon budget prévisionnel de quelques euros aurait renforcé de façon considérable un sentiment de sécurité extrêmement précieux. Malheureusement, ce n'était pas envisageable. Partir dans l'état financier qui était le mien serait dur, bien dur. Certes. Cependant, tout bien pesé, sous ces latitudes et à cette période de l'année, cela restait jouable. Il semblait bien qu'il existât en ce monde un trou minuscule par lequel la toute petite souris que j'étais pourrait peut-être se faufiler afin d'échapper in extremis au destin tragique de crever seule de désespoir dans ce quotidien et cet appartement sinistres.

Sous mes fenêtres, côté cuisine, cinq étages plus bas : une placette. Sur cette placette, dans un coin, un arbre, noyé dans le bitume à la façon de celui de la chanson de Maxime Le Forestier que tu connais certainement : *Comme un arbre dans la ville*. Lorsque j'avais emménagé dans mon appartement, quinze ans auparavant, la forme asymétrique de l'endroit et le caractère attendrissant de sa plantation, en retrait et solitaire - m'avait permis de me rappeler un autre souvenir personnel, plus ancien, dans ce même quartier. C'était au temps de la fac, chez des copines, à l'occasion d'une première nuit d'amour, inoubliable, avec l'un des grands coups de cœur de ma vie. Cette fois, là, bien plus tard donc, je m'étais dit : « Tu partiras le jour où l'arbre sur la placette sera tout en fleurs ». Et je m'amusais du fait qu'à nouveau, près de trente ans plus tard, ce petit bout de ville de presque rien auquel je paraissais lié par le destin s'apprêta à devenir le théâtre d'un autre moment marquant de mon existence...

Comme je sentais l'heure de mon départ approcher vraiment (au vu des effets du printemps sur les branches du végétal sous mes fenêtres), une impression désagréable se mit à habiter mon esprit. Une tension s'exacerbait. Je ne savais plus trop ce que j'espérais. À nouveau. Je ressentais comme un trac de dernière minute à la façon du comédien avant de monter sur scène. C'est à dire qu'à certains moments mon envie de m'en aller me titillait. À d'autres, je rêvais que quelque chose se produisît et me retinsse : une rencontre amoureuse, une offre de travail décent... n'importe quoi pour peu que cela redonne du sens au fait de rester.

Un matin, à la bibliothèque municipale, une étudiante venue s'asseoir face à moi à la même table de lecture me laissa pantelant de mélancolie : « Quand donc une fille telle que cette jolie brunette parviendra par un tour de prestidigitation à briser d'un coup la distance entre elle et moi et la froideur involontaire dont je fais preuve avec les inconnus, tout cela afin de nous emporter ensemble dans notre histoire d'amour ? ».

J'appelais surtout de mes vœux l'offre de travail. C'est que le reste, j'osais moins y croire... Je réfléchissais et me disais : « Ce n'est pas possible. Quelque chose de pas trop mal va t'être proposé. » Et puis non. Les jours passaient et rien. Rien, absolument rien ne venait faire basculer, ni même seulement vaciller, la réalité que je vivais depuis me semblait-il des décennies et qui aurait pu m'inciter à laisser tomber mon projet de voyage.

Je reçus un matin un document estampillé « proposition d'embauche » de la part de Pôle emploi. C'était rare, si rare que cela arrive, je crus à un miracle ! Je l'examinai sur le champ. En fait, le courrier m'invitait à postuler pour une place de metteur en rayon dans une de ces multinationales françaises de la grande distribution ; de celles qui contribuent au pillage des ressources de la planète, à l'exploitation des plus faibles et à la promotion inlassable d'un mode de vie basé sur le gaspillage et la surconsommation. Autrement dit, cela revenait à peu de choses près à m'avoir écrit : « Allez, vas-y. Pars. Tu n'as plus rien à faire ici. »

Puis un beau jour l'arbre sur la placette fut entièrement fleuri. Alors mon état d'esprit changea à nouveau du tout au tout. Un déclic s'opéra. Était-ce un réflexe inconscient destiné à me mettre mentalement dans les meilleures dispositions pour ce périple afin de ne rien regretter et de contrecarrer des conditions matérielles loin d'être fameuses ? Je ne sais. Toujours est-il que je n'envisageais plus mon projet la peur au ventre. Je peux résumer ainsi ma façon de voir les choses dans les ultimes heures précédant mon départ : « Je m'en vais non parce que je suis désespérément seul ici, sans amour, très pauvre, sans travail et sans perspective, mais tout simplement et très positivement pour prendre des vacances. Et ce pour un temps indéterminé. Je pars en vacances illimitées. Et je le fais sans haine personnelle pour qui que ce soit ! Que personne ne me fasse ce reproche pour m'attirer des problèmes supplémentaires ! Moi, chômeur champion toutes catégories, je me mets en congés. Et jusqu'à tant que j'en aie envie ! »

Comment n'y avais-je pas pensé plus tôt ? Parfaitement, madame, monsieur ! Des vacances ! Des vacances certes seul, mais des vacances tout de même !

Il y a quelque temps, tu m'as raconté l'un de tes rêves que tu fis peu avant que l'on se connaisse. Tu te souviens de ça ? Tu m'avais bien amusé... Son côté naïf, fleur bleue, presque enfantin... DÉBUT : Tu as rendez-vous avec un homme sur un pont la nuit. Tu ne l'as encore jamais rencontré, tu ne sais même pas à quoi il ressemble... À l'instant où tu arrives à sa hauteur, tu en tombes amoureuse. Puis vous vous embrassez, vous vous serrez dans les bras l'un de l'autre. C'est doux, c'est bon, ça réconforte. Une brise tourne autour de vous, légère. Dans son sillage virevoltent de petits êtres invisibles que tu entends chuchoter entre eux. Ils s'interrogent à propos de vous deux, y vont de leurs commérages : « Quoi ? Regardez ! Que font-ils ici, ceux-là ? » « Oh, des amoureux ! ». « Ils s'aiment ! ». Au-dessus de vous, par-delà le pont, le fleuve, la ville et la nuit, au loin, très loin dans l'espace, tu aperçois des étoiles qui scintillent, innombrables. Leurs feux se mêlent aux éclats lumineux de lucioles qui soudain vous entourent et entrent dans la conversation vous concernant, apportent leurs propres commentaires de la scène que vous leur offrez et dont elles s'étonnent à leur tour... FIN.

Il m'avait plu, ton rêve ! Peut-être annonçait-il notre rencontre ?

Eh bien, moi, la veille de mon départ, j'ai aussi eu mon songe. Moins romantique, plus prosaïque. Et plus court que le tien. Mais je ne peux m'empêcher de penser qu'il résumait parfaitement et précisément - certes de façon imagée - ce que j'étais en train de vivre... DÉBUT : Au commencement, je me trouve dans une voiture roulant à bonne allure, assis à l'avant sur le siège passager. Regardant le conducteur, je vois quelqu'un que je ne connais pas au crâne bien dégarni, brun, moustachu, habillé d'un survêtement de sport laid, tâché et plein de trous de cigarettes. Le type se montre désagréable et même inquiétant par ses propos, ses attitudes. Limite menaçant. Genre psychopathe tueur en série. Ma vitre est largement ouverte, j'en profite : aussitôt, je me transforme en petit oiseau et je m'envole au-dehors... FIN.

J'ai repensé à ce songe. Je n'ai pourtant pas l'habitude de les analyser. Celui-ci me paraît clair comme de l'eau de roche, non ? Le type et la voiture, ce sont le monde et mon existence dans l'environnement qui était le mien. L'extérieur vers lequel je m'échappe représente ma nouvelle vie dans laquelle je décide de m'engager avec l'entrain et la légèreté d'un moineau.

Le lendemain, par un matin de grand beau temps et de ciel pur sans nuages je tirai pour de bon la porte de mon appartement. Pour la dernière fois avant... ? Peut-être pour toujours ! Un frisson me parcourut. Il me fit penser que je ressentais là un petit peu de cette même émotion qu'avaient dû connaître les Magellan, Vasco de Gama et autres Christophe Collomb au départ de leurs extraordinaires explorations autour du monde ! En tout cas lorsque je tournai la clé dans la serrure - à ce moment précis où ma clé tournait - dans mon esprit je changeais d'univers. Chargé de mes quelques bagages, j'étais parti ! Dans les escaliers, je me souviens que j'avais l'âme guillerette avec dans la tête une ritournelle improvisée qui disait quelque chose comme : « Me voici sur les chemins / Chantonnant ce gai refrain / Regardez-moi aller, vous qui m'êtes chers : amis, ancêtres... / Simple, ouvert et vif, et seulement occupé à être. »

Ainsi se concrétisait pour de bon ce projet germé après qu'Esther m'eût rejoint en rêve pour briser ma solitude désespérée et tandis que depuis ma pauvre cuisine je contemplais la neige envahir la ville endormie.

J'avais dit au revoir à quelques rares amis ou parents, je me sentais fin prêt. J'estimais que je n'aurais jamais pu l'être mieux, même après plusieurs autres semaines de préparatifs. J'avais occupé mes tout derniers instants à scruter les intentions du ciel à l'affût du signal décisif à mes yeux : l'annonce par les services météorologiques d'une longue plage de beau temps. Cela m'avait amené à l'aube de cette splendide matinée de juin pour laquelle était prévue dans la direction du sud, celle que j'entendais suivre, une période ininterrompue de jours cléments et doux.

In the road veritas

Ne crois pas que je m'apprête à te raconter des fariboles. J'avais bien pensé un moment je te l'avoue te présenter les événements importants que j'ai vécu au cours de cette période de temps qui s'est ouverte avec mon départ en voyage de telle façon que j'en garderai certains de côté pour moi et que s'agissant d'autres je les ferai revivre à ma manière dans le but de t'apparaître sous un jour plus séduisant... De te sembler "intelligent", peut-être pas... mais en tout cas pas trop bête et fort et beau.

Toutefois maintenant que j'en viens au fait, je n'ai plus qu'une idée en tête : la vérité. Retranscrire mon histoire en tous points comme elle s'est déroulée vraiment, en tout cas ainsi que je l'ai perçue, sans rien oublier qui me paraisse notable d'être évoqué.

Que gagnerais-je à tricher ? À quoi bon, ma douceur ? Et puis, ne crois pas non plus qu'au matin de ce départ un peu à l'aveuglette pour mener l'aventure aux quatre vents je m'en allais des fleurs au bout de mon fusil ! Non. Pas le moins du monde ! Confidence pour confidence, je n'avais d'ailleurs ni fleur ni arme proprement dite. Un petit couteau à cran d'arrêt, voilà tout...

Il faisait beau, le printemps était bien installé, je me sentais libre et en forme... Je partais l'esprit léger. Ce qui n'empêchait cependant le sentiment d'avoir la tête bien vissée sur les épaules, comme l'on dit de « bien savoir là où j'en étais ».

« Là où on en était » était d'ailleurs un lundi. Et il s'agissait tout sauf d'un hasard. J'avais tenu à me procurer ce petit plaisir. Habituellement, ce jour de la semaine était le plus dur à supporter. Les lundis matins, on rattaque le travail, on y met un peu plus d'énergie... hop ! Tous au boulot ! Enfin, presque tous... mais pas moi.

Pour moi, c'était la continuation de la galère que je sentais peser toute la semaine, y compris le week-end. Et toute l'année. Seul dans l'appartement, désœuvré, ces jours-là précisément je me sentais même encore plus en décalage avec le reste du monde. Car les lundis matin nombreux parmi ceux qui ont un travail sont malheureux et se plaignent de devoir retourner taffer. Mais à peine deux ou trois heures plus tard, ils sont déjà consolés et remis d'aplomb. Tout est réparé devant la machine à café à la pause de dix heures grâce au réconfort de leur collègue préféré. Parmi ceux qui maudissent leur sort ou se lamentent en débutant leur semaine, combien n'oublient pas de nous plaindre nous aussi, les sans boulot et sans rien, pour qui l'enfer va continuer ?

Alors oui, dans ces conditions je ressentais une vraie ivresse à filer le nez au vent, libre de tout envoyer promener y compris et surtout moi-même à ce moment précis de la semaine.

Le train fonçait avec moi dedans... il fonçait... il fonçait sur ses rails...

Et en ces instants, comment aurais-je pu ne pas penser à toi, Pauline ? Tendre sœurette, je me souvenais de ton périple à toi, cette escapade au long cours sur la côte californienne, dans les années 90. Avec le temps, elle était devenue un épisode-culte de la saga familiale... Du jour où tu avais pris ton billet d'avion pour les States - tu avais juste dix-huit ans - on s'était mis à se réunir un coup dans ta chambre un autre dans la mienne et l'on tirait mille plans sur la comète.

Fabuleux cadeau que tu t'étais octroyée et dont on se délectait par avance en rêvant à tout ce qui pourrait t'arriver de fort et de bien là-bas en ton lointain El Dorado ! Tu rejoindrais une ancienne collègue de travail serveur en restauration comme toi. Elle prévoyait de s'installer aux USA, ou si pas possible de gagner le Mexique. Et toi tu ne savais pas si tu y allais pour de simples vacances ou alors pour y faire ta vie. Cette incertitude nous excitait encore davantage ! Certes, on serait séparés l'un de l'autre par un océan... mais on s'écrirait ! Et l'on finirait bien par se revoir ! On était des audacieux et des optimistes de l'existence, oui ou non ?

Ton voyage est resté en fin de compte le plus haut fait d'armes de ta courte vie. Ton odyssée à toi. Tu es partie, revenue... Ensuite, ton destin basculait.

Le cœur serré, je songeais : comme tout cela parait loin. Et moi, des décennies plus tard, voilà : en quelque sorte, je t'imitais.

La destination ciblée s'appelait Labeaume. C'était un village de l'Ardèche provençale où j'avais passé un très chouette séjour en colonie durant mon adolescence. Je n'y étais jamais retourné depuis. Dans une campagne à l'allure quelque peu méditerranéenne, un coin aux airs de petit paradis perdu, son je-ne-sais-quoi de rustique et d'attachant en bordure de la plaisante rivière du même nom mais en deux mots au lieu d'un : « La Beaume ».

Mon objectif du premier jour était d'atteindre mon terminus en train, dans la Drôme. Après quoi pourraient commencer les choses dites « sérieuses ». Les semaines précédentes, j'avais si bien anticipé mon périple en vue d'annihiler par avance un maximum de difficultés et de complications que j'en avais même imaginé ce moment où, effectuant mes premiers pas sur le quai de ma gare d'arrivée, je serais peut-être pris de vertige - voire de panique - en constatant que du rêve je serais passé dans la dure réalité de ma nouvelle situation : seul, pauvre et loin de chez moi en territoire inconnu. Aussi, je m'étais dit : « Tu descendras du train, tu penseras que les choses dites sérieuses commencent et peut-être alors seras-tu pris d'une très forte angoisse. »

Du coup, j'avais envisagé une parade. Il me suffirait de traverser le hall de gare, de prendre la sortie et de rejoindre un petit parc pile en face (j'avais étudié la carte du coin). Après quoi, premier objectif : me poser sur un banc public avec eau, victuailles et bagages. Ensuite : reprendre mon souffle, récupérer un peu de la journée de voyage. Enfin : prendre la température des lieux, observer le milieu ambiant, me rendre compte que là-bas les gens n'auraient rien de brutes sanguinaires assoiffées de sang et que la situation serait calme.

La réflexion que je me fis en descendant du marche-pied sur le quai vérifia exactement mes prédictions : les choses dites sérieuses commençaient. Puis je suivis mon plan jusqu'à atterrir dans le jardin public.

Le soleil courait encore assez haut dans le ciel, tout allait bien pour moi. Hormis que j'étais seul - ce qui ne constituait pas une nouveauté - je ne pouvais me plaindre de rien. Durant deux heures assis sur un banc à ne pas faire grand chose, s'effectua avec succès la transition entre ma vie d'avant et ma nouvelle existence. Peu à peu je me rendais compte que rien de mal n'arrivait. La population croisée ne présentait pas de caractéristiques particulières. Elle vaquait plutôt tranquillement. Aussi mon pouls retrouva son rythme habituel, mon esprit finit par s'apaiser complètement.

Le soleil se couchait, je réalisai que pour la première fois depuis de longues années je me trouvais à des centaines de kilomètres de mon Grand Nord. Puis je songeai à la sempiternelle dernière vignette des albums B.D. de Lucky Luke, celle où le cow-boy juché sur sa jument s'éloigne dans un rougeoiement prodigieux du ciel et de l'air. Enfant, elle n'avait cessé de me fasciner. C'était mon portrait du moment, ça : partant à l'aventure, dos tourné à mon passé, solitaire...

Le soir bien avancé, je revins à la réalité. Sans doute l'utilisation des sites Internet d'hébergement de particuliers m'auraient-ils permis de passer une première nuit loin de mes bases bien plus tranquille, dans un certain confort et peut-être même agrémentée d'une certaine convivialité, ce pour un prix modique, en tout cas compatible avec mes finances ? Ce n'était absolument pas dans mes habitudes, voilà pourquoi je n'y avais pas pensé une seconde. D'un autre côté, depuis des semaines que j'avais budgétisé ce voyage j'étais persuadé de devoir passer l'essentiel de mes nuits en bivouac. D'ailleurs, le formidable matériel dont je disposais s'y prêterait à merveille. Alors pourquoi ne pas m'y astreindre sans attendre ? Réponse : parce que cette perspective m'effrayait.

Tu te demandes peut-être « Alors ? Cette nuit-là ? Cette première nuit dehors ? ». Moi-même à cette époque la question m'a beaucoup travaillé. Au-delà de la première d'entre elles, les nuits constitueraient le côté le plus sombre de mon aventure, ce pas seulement au sens littéral. Plus que tout autre aspect du voyage, celui-ci me renvoyait en effet illico presto à mon manque de moyens financiers. À la source de mon projet, il y avait bel et bien pourtant eu « une » nuit en particulier, celle un peu folle et magique, « la nuit du rêve, de la neige et de l'idée » avec Esther et moi, nos caresses, notre union, le don total de nous-mêmes... La représentation mentale tout à fait positive que j'avais de cette nuit-ci heurtait de plein fouet la perspective de ces autres nuits - celles à venir – que je passerai isolé et dehors. Car, pour leur part, elles ne promettaient certainement pas d'être magiques !

Dans la clarté du jour finissant Lucky Luke semblait tout à coup bien loin. « Dis, tu me prêtes ton colt camarade ? »... Je chassai cette pensée soudaine. Pas besoin d'arme ! Absurde : la Drôme d'aujourd'hui n'était pas le Far-West d'il y a un siècle et demi ou deux et moi je n'avais rien d'un cow-boy ! Toujours est-il que dans la lumière crépusculaire de cette soirée si particulière et tandis qu'au loin le soleil dardait classiquement ses derniers rayons dans la plus parfaite indifférence à mon sort j'aurais été incapable de déterminer si j'étais en plein naufrage ou alors au début d'un relèvement personnel.

Les heures défilaient, je ne bougeais pas de ce banc mais je m'y faisais de plus en plus discret. Devais-je rester là jusqu'au matin ou partir en reconnaissance dans les environs afin de trouver un endroit moins exposé à la vue des passants ? Ne ferais-je pas mieux de puiser dans mes économies et d'opter pour une chambre d'hôtel au meilleur prix ? Puisque j'étais en ville, c'était peut-être la solution la plus sage ? Et puis, non ! Entamer dés le premier soir mon matelas d'argent de secours alors que déjà j'avais choisi d'effectuer le voyage en train plutôt qu'en auto-stop... très mauvais dans la perspective de la suite, ça... En revanche, mon hésitation entre l'option rester là ou celle de partir ailleurs me cacher me tarauda un bon moment. Une lutte farouche envahit mon esprit et se mit à faire rage, en conséquence de quoi et dans la mesure où aucune ne parvint à prendre le dessus sur l'autre... je me maintins exactement à la même place.

Cette journée avait généré pas mal d'émotions fortes. Voilà pourquoi sans doute j'avais du mal à trancher. Je finis par tomber de fatigue à force de peser le pour et le contre. Je cédai alors à l'idée de me coucher là sur ce banc. « Allonge-toi. Tu ne resteras peut-être pas là jusqu'à demain mais repose-toi. » me dis-je simplement. Je tirai mon sac de couchage de son sommeil et de sa solitude puis me glissai à l'intérieur après avoir vérifié que mes affaires restaient à portée mains au cas où quelqu'un tenterait de me les voler. Posant ma tête sur un oreiller tout ce qu'il y avait de plus fonctionnel bien que de fortune, je cessai aussitôt ou presque de m'interroger, plongeant dans une léthargie qui m'emporta illico presto dans les bras de Morphée.

Je ne peux pas te dire que cette nuit-là je dormis profondément ni que cette dernière fut réparatrice autant qu'on peut se le souhaiter à soi-même lorsque l'on vient d'effectuer un voyage éprouvant jusqu'à la rive d'un nouveau port. Mais enfin, elle a passé... Elle a fini par passer. Je peux même te dire qu'elle m'a permis de reprendre des forces. Personne ne me dérangea ni ne s'aventura aux abords de ce banc. Il faut dire qu'on était un début de semaine. Qui traîne dans les rues, ce genre de soirs-là, passées dix ou onze heures ? Encore aujourd'hui, m'est avis que cette nuit-là une bonne étoile veilla sur moi.

Dans l'autocar qui escaladait ses premiers reliefs ardéchois déjà chauffés par un soleil radieux, j'appréciais le nez collé à la vitre ces paysages tantôt de vallée étroite et profonde tantôt de montagne aride et escarpée. Et je songeais encore aux jours et encore plus aux nuits qui m'attendaient... J'imaginais des brigands de grand chemin. Je me représentais ceux-ci sous la forme de voyous des champs traînant ici ou là en petits groupes. Certes, ils devaient être rares - on n'était quand même pas au Moyen-Age ! - mieux valait cependant ne pas tomber sur eux ! Surtout si ce devait être en un lieu retiré, sans la présence de témoin, durant l'un des creux de la journée ou pendant la nuit ! Avoir fait tant d'efforts pour finir ainsi, quelle tristesse ! Voilà qui était pour moi un motif d'angoisse. Ces truands pourraient surgir sous mon nez à compter de la première seconde jusqu'à la dernière minute de mon séjour.

D'autres préoccupations hantaient mes pensées. Celles-ci, par exemple : j'étais persuadé d'approcher du moment fatidique où j'allais savoir si oui ou non mon projet tenait la route, de même si dans ma préparation méticuleuse j'avais omis de songer à tel ou tel élément contrariant fondamental, ou encore s'il s'avérait que je n'étais pas tout simplement pas fait pour me promener de cette façon, librement au gré du vent. Pourquoi ? Parce que dans la confrontation directe entre l'Homme et la nature, le verdict est immédiat, brut et sans appel. Il en a toujours été ainsi. L'instant décisif approchait.

En imaginant que je résiste au choc du passage d'une existence de citadin à celle d'errant des steppes, occupant seul, en extérieur et selon l'expression consacrée « des endroits non prévus à cet effet ». Comment les populations du cru apprécieraient-elles cet état de fait ? Dans quelle mesure me laisseraient-elles agir à ma guise ?

J'envisageais de dénicher un petit coin plutôt paisible tout près de la rivière et pas trop loin du village. Je l'occuperais sans en bouger pendant quelque temps au moins. J'avais par ailleurs échafaudé un stratagème pour éviter de donner à penser à quiconque me croiserait que j'étais un routard sans le sou, un sans-abri, un fuyard, un ermite ou un dément. Que l'on vienne à me surprendre - je parle de la police, de la gendarmerie ou de toute autorité habilitée à me demander des comptes - et je dirai que je suis en chemin pour Nîmes où je dois retrouver une amie. J'ai raté un train, je me suis trompé dans des horaires de transports, il y a eu une complication… bref, j'ai dû passer une nuit dans la nature par accident. La seule chose vraie dans ce scénario - elle pourrait d'ailleurs avoir son importance afin que mes interlocuteurs me laissent aller en paix - était cette amie de Nîmes. Elle existait bel et bien et je l'avais prévenue au cas où quelque quidam chercherait à vérifier mes dires.

J'avais échafaudé le plan d'un second subterfuge dans le but de m'éviter d'inutiles ennuis avec de mauvais curieux croisés en chemin : je voyagerai muni d'au moins deux guides touristiques de la région concernée ainsi que d'une carte de randonneur. De plus, je me déplacerai avec des bâtons de marche achetés en tout bien tout honneur dans un magasin spécialisé. J'escomptais ainsi ne pas apparaître sous la forme d'une espèce de clochard du genre paumé qui s'offre des vacances à moindre prix en squattant ici ou là, plutôt tel un sportif confirmé ou en passe de le devenir, organisé en conséquence, qui se challenge sur un itinéraire balisé à l'avance tout en s'adonnant au tourisme dans les contrées qu'il traverse.

Ce coup-là me paraissait véritablement excellent. En l'inventant, j'avais presque l'impression de m'être délivré un visa de bon séjour pour à peu près n'importe quel coin de France ! Il me semblait même tellement bien vu que je me convainquais moi-même de ma propre duperie.

Le car me laissa à quelques kilomètres du village de Labeaume, dans la petite ville de Ruoms par laquelle déjà, il y a des décennies de cela, nous étions arrivés avec nos accompagnateurs pour notre camp de vacances.

À peine débarqué, je partis aussi sec sur la route, sac au dos, en direction d'un site repéré préalablement sur un plan et qui me paraissait constituer un point de chute idéal pour débuter mon séjour. Sorti de la ville par un pont enjambant l'Ardèche qu'en un flash je rattachai illico à mes souvenirs de vacances adolescentes, je pris à gauche puis continuai tout droit, jusqu'à un lieu-dit, Peyroche, où je trouvai là un second pont situé tout près du confluent avec la rivière La Beaume.

Je passais sous le pont dit de Peyroche un très bel après-midi. J'étais trop bien, j'avais eu trop envie de cette pause pour pousser plus loin ce même jour. Profiter du soleil et de cette douce chaleur qui pénétrait la peau et revigorait la chair en dessous ! Se repaître de bon air, de quiétude et de silence ! La rivière, seulement la rivière… la rivière qui chantait ! Côté couchant, je la retrouvais, La Beaume de ma jeunesse ! Elle me valut mon premier grand sourire depuis… car elle se présentait telle qu'elle demeurait dans mon esprit. Exactement. C'est-à-dire source inépuisable de vie, de fraîcheur, de plaisir.

En cette lointaine époque de ma jeunesse, nous, enfants de la ville orphelins de cours d'eau impétueux, comme elle nous avait charmés ! Quel attrait elle avait exercé ! À force de suivre son cheminement, à force de trempettes et de baignades, elle était devenue bien plus que l'arrière-plan du décor. Jour après jour, marche après marche, elle s'était imposée comme une vraie complice, une camarade à part entière. On en était venus à saouler chaque après-midi nos moniteurs de colonies pour qu'ils nous ramènent à elle. C'était parce que sa fougue, ses babillages ininterrompus ressemblaient aux nôtres, à ce que l'on ressentait dans nos corps adolescents qui s'ouvraient à la vie adulte. Sa personnalité s'avérait être à l'exact diapason de nos élans.

Trois décennies plus tard, en ce moment de retrouvailles avec elle, moi qui me sentais désormais tout de même bien différent de celui que je pensais avoir été trente ans auparavant, comme j'appréciai son caractère ! J'étais simplement heureux de voir la vie battre en elle autant que jadis. Je me délectais de la retrouver toujours aussi sauvage et alerte que lorsque je l'avais quittée.

J'ai tourné et retourné dans les environs du pont de Peyroche en quête d'un coin sympathique où passer la nuit. J'ai cru trouver, et puis non ça n'allait pas. Je suis reparti à recommencer à chercher. Ici ce serait pas mal. Oui, ce serait-y pas mieux ? Bien sûr ! Et puis, non. Et comme ci ? Et comme ça ? Brrr, ce doit être sinistre ici dans le noir ! La nuit, justement, a fini par tomber et moi par me poser à quelques pas de la rivière. Pas trop loin de la route non plus.

À propos d'heure, quelle heure pouvait-il bien être ? Deux heures du matin ? Peut-être même pas une heure ? Je ne sais pas. Une heure avancée en tout cas, car la route était devenue très calme. Et parce que très calme, elle me ramène à ma solitude. Je suis allongé de tout mon long dans mon sac de couchage, la tête bien calée sur mon édredon de fortune, mes yeux vont et viennent en tous sens. Mes oreilles scrutent le moindre son, en particulier ceux provenant de derrière moi.

L'angoisse a pointé son nez. En quelques minutes, elle a pris toute la place : « Qu'est-ce que j'fous là à côté de ce pont à dormir dehors ? Qu'est-ce que j'fous là ? Bien sûr «Qu'est-ce quj'fous là» ! «Ce que j'fous là» c'est aussi simple que ça : c'est que je ne voulais pas me résigner à crever chez moi seul en crétin après avoir vécu tel un rat ! Si je meurs ici, là, tout de suite, au moins ce sera dans l'honneur ! Au moins, j'aurai tenté quelque chose même si c'est à peu près n'importe quoi ! » C'est donc ça. Le bord du gouffre mental est là : « Qu'est-ce que c'est que ça ? Seul, loin de chez moi et de ceux que je connais, dehors de nuit en rase campagne ! Je suis fou pour m'être mis dans ce pétrin ? Qu'est-ce qui se passe dans le monde ? Comment tourne la planète pour que j'en sois là en cet instant ? J'ai mal. J'ai si mal ! »

Je me mets à fouiller mon cerveau. Je me demande : « Là-bas chez moi ou n'importe où ailleurs, aurais-je oublié quelqu'un qui m'aime d'amour ? ». Autre question : « Là-bas chez moi ou ailleurs, y a-t-il une histoire d'amour que j'aurais refusé de vivre pour me retrouver ici comme ça ? Cherche bien ! Cherche au fond de toi ! Dans tous les recoins de la maison-mémoire. N'oublie rien ni personne. Cherche encore ! »

J'ai bien cherché. J'ai fait le tour. Et non. Non, il n'y avait rien ni personne. Il n'y avait personne dont j'ai pu retrouver la trace. Je n'avais oublié personne. Pour être là je n'avais pas refusé de vivre quoi que ce soit de bon qui s'offrait à moi. Personne ne m'attendait que j'aurais snobé et qui aurait aimé - oh ! pas grand-chose ! - juste de temps en temps se lover contre moi, me susurrer quelques mots, écouter ceux que j'aurais eu à lui faire entendre, apprécier un peu mes attentions simples, douces et tendres. C'est bien sûr et certain : il y avait le bruit de la rivière courant dans la nuit, moi là devant... et c'était tout. Rien d'autre. Point. « Puisque c'est ça, qu'il en est ainsi, Jacques, ne nourris aucun regret. Absolument aucun. Alors maintenant, détends-toi. Repose-toi. Dors en paix, copain. »

J+2 le matin. J'avais réussi à dormir un peu après ma crise d'angoisse. Mais parce que je restais marqué par ces dernières heures compliquées, vite passer à autre chose avant de risquer de me dégoûter de l'aventure ! Me voilà donc parti aussi sec à la recherche d'un endroit moins stressant pour les nuits à venir.

Me basant sur mes souvenirs d'ado, le plus sûr moyen de parvenir à mes fins consistait à suivre la route carrossable. En trois ou quatre kilomètres, elle me conduirait sans faute à destination tandis qu'en suivant le fil de l'eau je risquais fort de me retrouver dans une impasse.

J'atteignis le village de Labeaume sans rien avoir repéré d'intéressant. Cependant, une heureuse surprise m'attendait là-bas : je redécouvrais tout en bas du bourg le ravissant et singulier tableau constitué de la rivière, du pont de pierre submersible et de la vaste place publique, dite du Sablas, venant mourir à ses pieds. Se matérialisait alors, comme la veille à Ruoms lorsque j'avais traversé le pont enjambant l'Ardèche et plus tard au moment de mes retrouvailles avec la Beaume, l'un des aspects du paysage qui m'avait séduit en ces lieux durant mon séjour ancien. Le temps avait effacé leur forme, sans que le vague souvenir d'un site plein de charme ne s'évapore tout à fait. Et là, soudain ils réapparaissaient un à un, au fur et à mesure de ma redécouverte de la région. Intacts. Superbes. Mes goûts en matière de sites remarquables n'avaient pas varié et ma mémoire ne m'avait donc pas trahi.

Une seconde bonne nouvelle suivit. En début d'après-midi, bingo ! La chance semblait avoir décidé de tourner en ma faveur lorsque je dénichai le petit coin de nature susceptible d'être occupé plusieurs jours durant.

Il se trouvait quelques centaines de mètres en amont du village sur la rive gauche de la rivière, à un endroit où celle-ci était particulièrement vive et joyeuse. Un chemin de mule partait à l'assaut de la pente accolée au cours d'eau. Difficilement repérable aux yeux des promeneurs, le sentier conduisait quelques dizaines de mètres de dénivelé plus haut, lacet après lacet et en moins d'une demi-heure d'une marche lente et régulière au bord d'une route étroite et peu fréquentée. À mi-parcours de cette ascension, on avait un accès discret à une sorte de terrasse herbeuse de quelques mètres carrés, plane et suffisamment vaste pour nous recevoir moi et mon barda. Je n'hésitai pas.

Ce minuscule bout de terre, je pourrai l'accaparer et le transformer en un asile accueillant. En faire « mon » territoire ! Un taillis barrait l'horizon dans la direction du sud. À l'opposé, la vue portait loin. Sur le côté, la rivière chantonnait gaiement en contrebas. L'endroit paraissait propice à prendre du bon temps, à méditer sur les événements, ainsi qu'à réfléchir plus sereinement au cours de l'existence. J'inspectai plus avant ses abords immédiats. À ma grande satisfaction, on devinait très mal la présence de l'étroit sentier depuis le bord de la route située en haut. Je m'installais aussitôt à mon aise en ce lieu-dit baptisé « Chez moi » grâce auquel j'entrevoyais déjà la possibilité de faire de mon passage en cette contrée méridionale une réussite sans équivoque.

Les jours alors succédèrent les uns aux autres aussi naturellement que si j'eusse résidé dans une de ces demeures en belles pierres dont le paysage alentour était parsemé.

Depuis tout le temps que j'avais budgétisé ce périple, j'étais persuadé de devoir passer l'essentiel de mes nuits en bivouac. Le formidable matériel dont je disposais s'y prêterait à merveille. Deux semaines ne s'étaient pas encore tout à fait écoulées, je te jure que c'était comme si j'étais revenu d'un long séjour en enfer ! J'étais tout ragaillardi ! Remis d'aplomb ! Une cure de repos logé, nourri et blanchi aux frais de la princesse ne m'aurait pas procuré un meilleur bénéfice (« logé, nourri et blanchi », d'aucuns diraient sans doute que c'était mon cas lors de ce voyage auto-organisé, puisque je vivais de mes allocations chômage… eh bien, ceux-là je leur conseille de m'imiter et de partir comme je l'ai fait avec trois fois rien d'argent ! Ils verront bien si me concernant cette expression était justifiée ou pas !)

Dans mon petit refuge à fleur de pente ouvert à tous les vents, je passais des nuits formidables, pleines de rêves extravagants car mon imaginaire s'en donnait à cœur joie. Il tournait à plein régime. Tel un volcan en fusion dont la mer de lave aurait été trop longtemps retenue, mon crâne était secoué d'éruptions de couleurs chatoyantes, envahi de bouffées de chaleur. Pas de doute, mon inconscient se rattrapait d'avoir été négligé, maltraité, brimé par toutes ces années de servitude et d'étouffement.

Durant le jour, ni mon corps ni mon esprit ne demeuraient en reste. Ma vitalité nocturne rejaillissait sur le moi-tout feu tout flamme du diurne et vice-versa. Le système s'autoalimentait. Un cercle vertueux s'était mis en place. Je me réveillais pétant la forme à tel point qu'il m'arriva de m'en inquiéter. J'avais réussi à me libérer des habituels tracas liés au quotidien, à me débarrasser de mes atermoiements concernant le chômage, mon avenir, j'avais chassé la tristesse des mêmes matins succédant aux mêmes matins. Ajoute à cela la disparition du vacarme urbain dont j'étais assailli à mon domicile ; le repos ; le fait de dormir et de vivre dehors et par conséquent d'être raccordé en permanence à mon milieu - à l'ici et au maintenant. La chape de plomb qui recouvrait mon existence était levée.

Je pouvais explorer les environs de mon camp de base avec l'appétit sensoriel et intellectuel d'un jeune homme, arpenter la rivière et ses abords dans un sens et dans l'autre sans m'en lasser, pousser peu à peu mes expéditions bien plus loin, jusqu'au charmant village de Balazuc distant de dix bons kilomètres. Je notais cent choses en chemin, l'esprit toujours en éveil. De tout cela, je retirais une profonde satisfaction et ne manquais pas d'y repenser le soir sous mes étoiles. Ma vie gagnait en piment. Et comme ma forme s'améliorait, ma disponibilité à l'Autre progressait également. Chaque personne ou presque que je croisais - promeneur, professionnel de la rivière, des chemins ou du paysage - me paraissait digne d'intérêt. Et ma propre existence prenait du relief par effet miroir à celles-ci. Oui ma propre personne grandissait au contact de ces lieux et de leurs occupants. Je sentais véritablement ma personne grandir ! Cela - exister de cette façon - voilà bien quelque chose qui vraiment n'a pas de prix, me disais-je pour moi-même.

Le village de Labeaume se trouvait à distance idéale de mon aire de campement. Il en était suffisamment éloigné pour mettre en place avec la population mon manège visant à laisser croire que j'étais un randonneur itinérant amateur de sport et de tourisme. Les habitants me voyaient régulièrement dans les rues ou les commerces. Je faisais tout pour qu'ils imaginent que j'avais pris une location dans les environs. Si toutefois quelqu'un découvrait la vérité et mon repaire dans la nature, ce dernier - me disais-je - serait jugé assez à l'écart pour que les gens hostiles ou soupçonneux à l'égard des SDF (ici non plus il ne devait pas en manquer) ne me considèrent pas comme un étranger encombrant leur pas-de-porte ou comme un individu débarqué là pour venir troubler leur quiétude par sa présence dérangeante.

D'un autre côté, mon camp de base était suffisamment proche du village pour me permettre de m'y rendre sans effort au moins une fois par jour et même plus fréquemment quand le besoin s'en faisait sentir. Si par malheur un jour il m'arrivait quoi que ce soit de désagréable qui nécessitait de retrouver sans délai la société des hommes, la distance ne serait alors pas très longue à parcourir. Par conséquent, aucun souci non plus pour mon approvisionnement d'urgence. Pour faire le plein des courses, par contre, je devais aller jusqu'à Ruoms, à plusieurs kilomètres. Presque une aubaine : je traversais le pont submersible, prenais le sentier balisé et partais sac au dos pour un trajet un peu sportif, champêtre et tonifiant.

J'étais bien décidé à découvrir ce bourg de Labeaume que j'avais peu fréquenté quand j'étais venu ici à l'adolescence pour la raison que nous logions alors dans une propriété bien à l'écart, à bonne distance, où nous vivions presque en autarcie. Je m'employais à cette tâche sans empressement, parcourant les ruelles avec discrétion, ce pour la même raison que je m'étais attaché à trouver un abri de nuit à l'écart de tous : parce que, pour moi qui souhaitais rester dans ces parages un temps indéterminé dont je ne voulais surtout pas qu'il fût trop bref, il me paraissait tout à fait indispensable de n'y créer aucun trouble particulier, de n'y heurter la susceptibilité de quiconque, autrement dit de me fondre en douceur dans le milieu ambiant.

Ces petites artères à l'ancienne ne manquaient vraiment pas de classe. La pierre, sèche, grisâtre, tirant vers le marron très clair, y régnait, omniprésente. Chaque habitation, chaque édifice, était constitué de cette matière. Cela conférait à l'ensemble une allure authentique, chaleureuse, solide, rassurante. Incontestablement, cela donnait une âme. Grâce à ce calcaire local très réputé en quoi tout était bâti - jusqu'aux pavés au sol - on avait l'impression d'une symbiose des gens de la région avec les éléments naturels. À moi, cela m'inspirait le respect, m'incitait à trouver les habitants d'emblée sympathiques avant même que de les connaître vraiment, m'invitait à les considérer comme non sots et écologiquement responsables.

Certes, ici ou là dans les parages à force de panneaux promotionnels destinés aux vacanciers on pouvait avoir le sentiment que l'on en faisait trop pour sur-vendre le dépaysement à l'ardéchoise. Rien de trop ostentatoire ou d'étouffant, non plus. Après tout, cela n'était-il pas de bonne guerre ? Comment reprocher à quelqu'un de désirer s'enrichir un peu ? On cherche bien tous à vivre de quelque chose ! Peut-être que ces gens-là n'avaient rien d'autre que le tourisme ?

Il y avait aussi au cœur de Labeaume, en haut de cette pittoresque place du Sablas dont j'avais redécouvert la grande beauté le matin de mon arrivée, une terrasse de café telle que je n'en connais que dans le Midi durant la belle saison. Vous l'abordiez et son charme agissait instantanément et irrésistiblement. Vos projets qui vous faisaient vous presser la minute précédente pouvaient soudain bien attendre un peu. L'envie de vous attabler un moment vous avait saisie. Qu'est-ce qui pouvait bien justifier le fait de ne pas vous accorder le bonheur simple d'une pause fraîcheur à l'ombre du platane au sein de cet établissement qui une minute avant de sourire à votre venue somnolait encore innocemment ?

La première fois que je cédai à ce plaisir, une heureuse surprise m'y fut révélée. Elle avait le visage du visage d'une jeune serveuse avec qui j'entretins autant que je m'en souvienne dès le contact initial un rapport de mutuelle affection. La fille paraissait avoir trente ans tout au plus, je ne lui trouvais aucun défaut : son visage lui donnait un air joliment naïf ; son regard pétillant et son sourire dégageait un curieux mélange de sensualité et de gentillesse ; sa silhouette, que j'estimais parfaite, en affolait plus d'un à la ronde ; sa chevelure était belle et brune comme le geai. Une relation privilégiée s'établit d'emblée entre nous. On se voua quasi instantanément l'un à l'autre quelque chose de l'ordre d'une tendresse particulière. Cet écart d'âge entre nous, pas mince, quelle importance ? Et de toute façon, le temps que je m'en aperçoive nous étions déjà complices.

Outre la joie que je ressentais à la proche présence de ce joli minois, j'appréciais le mystère du regard protecteur, réconfortant, plein de chaleur et de bonnes intentions que la jolie donzelle avait décidé de poser sur moi pour une raison qui m'échappait, mais dont j'acceptais bien volontiers l'offrande. Le ton à la fois familier et respectueux avec lequel elle prit l'habitude de me parler, du moins quand elle n'était pas totalement accaparée par son travail, l'air de se confier à quelqu'un d'intime, tout ceci me rendait fier et heureux.

Je venais m'installer à la terrasse de ce bar, j'y revenais le lendemain ou le surlendemain, toujours le courant passait entre nous deux, toujours ce même sourire touchant, ce même timbre de voix enjoué, ce même coup d'œil attachant et cette même gaieté manifeste lorsqu'elle constatait mon retour au café. Ainsi que je te l'ai écrit, outre son superbe visage dont la beauté me semblait d'autant plus évidente qu'il prenait un air satisfait dès lors que j'apparaissais dans le paysage, le reste de la personne physique de la jeune serveuse était plutôt très agréable à regarder. Toutefois, je n'accordais pas trop d'importance à cela en comparaison de tout ce que j'ai déjà mentionné qui la concernait. En effet, rien ne me touchait davantage que sa gentillesse.

Une chose que je remarquai vite après quelques passages dans ce bar où elle travaillait, la demoiselle était dotée d'une personnalité avec laquelle je me sentais très en phase. Si elle pouvait changer d'humeur selon les clients qu'elle servait, elle perdait très rarement son ton extrêmement poli, presque cérémonieux. Je me reconnaissais bien dans cette façon d'être. Je supposais au-delà de cette apparence une femme au caractère complexe, maintenu volontairement secret jusqu'à tant qu'elle décidât vraiment de s'ouvrir aux autres. Je subodorais aussi chez elle un état moral soumis à de fortes variations.

De tout cela, je me sentais assez familier pour ce qui me concernait moi. Du coup, cela me rendait la fille encore plus proche. De son côté, de toujours me voir arriver seul au bar et d'y demeurer un peu rêveur, peut-être était-ce cela qui me faisait paraître sympathique à ses yeux ? Peut-être son attachement venait-il du sentiment qu'elle me croyait désœuvré et forcé à l'oisiveté, ce qui n'était pas le cas ? Mais… à quoi bon chercher à analyser ce genre de chose qui se passait entre elle et moi ? C'était là, c'est tout.

La nuit dans mon refuge sous la voûte aux étoiles, le visage de la fille aimée m'apparaissait. Il souriait avec cette fantastique expression de bonté à laquelle aucune rencontre ne m'avait habitué depuis des lustres. Ceci constituait pour moi un puissant réconfort. À l'occasion, mon champ de vision s'élargissait et me venait une représentation plus globale de sa personne physique. Comme cette fille était désirable ! Des images fantasmées se mêlaient à celles observées vraiment : tantôt je nous imaginais en société nous manifester attention et douceur ; tantôt sans même que je l'ai voulu elle figurait avec moi dans l'intimité, paraissant dans telle ou telle posture érotique appelant aux caresses, à l'union des corps autant que des âmes.

Bien malheureusement, quelque chose d'enfoui en moi refusait d'admettre la possibilité d'une quelconque rencontre sentimentale. De sombres pensées agitaient mon esprit en réaction à cette attirance : « Ne pas croire en l'amour de cette fille ! C'est un faux espoir ! Elle n'est pas en réelle sympathie ni sensible à quoi que ce soit qui émane de moi ! Son attitude c'est un masque social ! Une illusion ! » Pourquoi de si mauvaises idées m'envahissaient-elles ?

Songer ainsi me terrorisait. Tout élan sentimental serait-il réprimé jusqu'à la fin de ma vie ? Quelques jours plus tard, je décidai de réfléchir bien plus sérieusement à cette question. Qu'est-ce que j'avais bien pu vivre qui aurait été la cause de ce désastre moral ? L'accumulation des souffrances sociales, la perte de confiance en mes moyens... Une expérience amoureuse datant de quelques années en arrière revint à la surface de mes souvenirs. Un échec non digéré. Quand j'eus clairement identifié tout ça et bien pris le temps de me remémorer cet épisode, je me sentis débarrassé de ce poids.

Je l'appris un jour : la belle serveuse possédait un petit ami. Un garçon de son âge. Par conséquent, que pouvais-je espérer d'elle, moi qui aurait certainement pu être son père ? Mais mes remue-méninges pesaient au final de peu de poids en comparaison du plaisir irraisonné, non prémédité et renouvelé que je ressentais sitôt que l'on se croisait de nouveau elle et moi. La si gentille personne, la si plaisante silhouette et le visage si plein de bonté que Clem - c'était son prénom - m'offrait lorsque nous nous trouvions en présence l'un de l'autre me surprenaient presque toujours et m'enchantaient.

Avant de la rencontrer, mes journées ardéchoises me requinquaient physiquement et psychologiquement. Après qu'elle ait eu lieu, cette chose si simplement et si évidemment agréable qui se passait entre cette fille et moi et que je n'avais pas le moins du monde recherchée prodiguait à mon séjour à Labeaume un caractère encore plus merveilleux.

À nous autres miséreux, quand quelque chose de positif parvient à se mettre en place dans nos vies, pourquoi faut-il faut-il toujours que cela finisse par rater ? Rien ne peut être stabilisé, toujours à la fin on en revient au mal-être, au dénuement, à la précarité, à l'inconfort extrême. Tu y crois, toi ? Rien de bon qui demeure solide. Toujours redescendre les échelons qui ramènent au ras des pâquerettes, où rien n'est acquis ni ne va de soi, où le moindre bénéfice doit s'arracher avec les dents, où l'horizon est immanquablement bouché et où l'existence se charge de noyer ou bien de tourner en ridicule tout espoir sensé qui prend forme.

Que l'on ne vienne pas me dire que la faute en incombe à un moral défaillant ou à une attitude fataliste de ma part ! La fatalité, je n'y crois pas, pas plus que je ne pense avoir une mentalité de perdant ou de défaitiste. Si je n'avais pas l'espoir chevillé au cœur et au corps, je ne serais pas là à écrire. Et de toute façon : non, chaque fois que je tente quelque chose, c'est avec foi. Avec la ferme intention de réussir. Mais je serais aveugle ou fou si je ne constatais pas l'extrême difficulté qu'il y a pour certains en ce monde, dont moi, à se sortir de la nasse, à s'extraire du bourbier, à s'échapper de cet engrenage en dépit de la meilleure volonté.

Combien connaissent cette vérité ? Combien sont-ils, ceux capables de mesurer le phénomène avec justesse, la force d'attraction du malheur, l'inertie de la société dans ce domaine ? Bien d'autres que moi - savants, écrivains, journalistes - ont essayé de décrire cela. Personne n'y parvient puisque jamais le problème n'est vraiment posé sur la table et encore moins réglé ! Jamais depuis des lustres la situation ne s'améliore sensiblement ! Je crois bien savoir le pourquoi de tout cela. Qui veut bien arrêter de faire preuve de mauvaise foi, ou qui durant son existence a été de gré ou de force amené à s'intéresser au sujet et à y réfléchir un moment un tantinet sérieusement peut comprendre ça aisément.

Le constat est clair, net et sans appel. J'ai ma petite théorie à ce sujet. Je suis obligé de schématiser pour faire court. J'espère que tu partageras mon avis. Bien sûr, on pourra en discuter si tu le souhaites :

D'abord, il y a les « POUR » et il y a les « CONTRE ». Les POUR sont en faveur d'un changement social radical, ou en tout cas que je qualifierai de majeur. C'est à dire qui interdit la misère. La bannie. « Qui est pour la misère ? » m'objecteras-tu peut-être. Sauf que moi je te parle de celles et ceux considérant que cette lutte est la plus primordiale de toutes avec celle pour la santé et celle pour l'habitabilité de la planète, celle qui doit prévaloir sur toutes les autres, être traitée en priorité, sans attendre je ne sais quelles éventuelles retombées économiques de je ne sais quelle politique. Parmi ces POUR, un nombre conséquent a compris que si l'on voulait régler cette question on le pourrait tout au plus en quelques années, deux ou trois. Car l'argent existe dans la société. Les grandes fortunes, il y en a. Plus qu'on ne le croit et plus importantes qu'on ne le dit.

Le problème : face aux POUR, les CONTRE ne souhaitent pas que cela change pour telle ou telle raison. Lesquelles, précisément ? Il y a ceux qui le pensent au nom d'une misère d'ici qui serait bien relative : « Allez voir ailleurs comment ça se passe et vous cesserez de vous plaindre ! ». Ensuite, il y a ceux pour qui cet écart de richesses et de privilèges est certes très important - ils ne le nient pas - mais constitue à l'échelle d'une société humaine un signe de bonne santé. Au mieux, ceux-ci prétendent : « Nous sommes loin d'être égaux, dès avant la naissance et plus tard tout au long de la vie et il est bon qu'il en soit ainsi. Le monde avance comme cela depuis toujours ». Enfin, dans certains autres cas, le truc des partisans du CONTRE c'est de dire : « Je m'en fous de ton malheur. Tire-toi de mon chemin, mendiant de mes deux ! ».

Les POUR devraient à première vue l'emporter facilement sur les CONTRE et être en mesure de changer la donne. Ne sont-ils pas potentiellement plus nombreux ? L'idée de générosité n'est-elle pas de leur côté ? Et pourtant ce n'est pas du tout ce qu'il se passe. Pourquoi ?

Au fond, c'est assez simple de le comprendre : avec de l'argent à peu près tout s'achète. On peut même se payer les principaux meneurs des POUR - les « retourner » comme l'on dit - afin de les faire agir contre leur propre camp. Autre moyen tout aussi efficace et moins grossier : on discrédite le camp d'en face à grand renfort de propagande, de mensonges déblatérés à longueur de temps. Pour cela on dispose de la quasi-totalité des médias, de communicants, de campagnes publicitaires...

Et puis, dans le camp des POUR les divisions font rage, les conflits fratricides sont permanents qui font que tout est presque toujours à recommencer et que le but à atteindre reste inaccessible. Tandis qu'en face, globalement la paix règne. On a tout loisir de s'organiser de façon méthodique. On peut même se payer le luxe de laisser faire la police à quelques-uns et de soi-même penser à tout autre chose qu'à devoir préserver ses acquis. Un moyen également très efficace de gêner l'action des POUR et dont ne se privent pas les partisans du CONTRE consiste à parasiter dans le débat public les plaintes justifiées des vrais malheureux revendiquant plus de justice par des plaintes secondaires, parfois sans le moindre fondement, d'orchestrer un concert de lamentations liées à d'autres sujets, plus ou moins futiles par rapport à celui qui est véritablement le plus important. Que se passe t-il quand au sein du troupeau toutes les bêtes se mettent à geindre et à appeler ? On ne distingue plus le cri de celle qui est mourante ou malade pour de bon à y risquer sa peau à court terme.

Cela, Iana, c'est le monde d'aujourd'hui. Dans ce déferlement incessant d'images et de sons, l'essentiel se perd. Se noie. Dans la cacophonie. Les plaintes des POUR en faveur d'une société sans misère sont rendues inaudibles. Dans le bazar - pour ne pas écrire le bordel - généralisé, la réalité apparaît déformée, la vérité est étouffée et, excuse-moi de te le dire ainsi, elle peut bien crever seule comme une chienne. La vision du monde qui en ressortira te paraîtra sans doute caricaturale sur les bords. Cela reste pour moi un point de vue valable malgré les raccourcis.

Bien sûr, je divague, je zigzague, je digresse. Je devais juste te parler de moi et de la manière dont s'est poursuivi mon séjour en Ardèche. Excuse ! Certes, mon regard sur notre époque n'est ni tendre ni optimiste. Loin de là. Ne doute pas pour autant de mes capacités à conserver mon sang-froid. Lorsque j'agis dans le monde, je garde le recul que j'estime nécessaire - salutaire, même - avec mon opinion au sujet de ce monde. J'en suis suis persuadé, toute attitude de ma part autre que celle consistant à rester maître de moi et de mes nerfs ne ferait qu'aggraver les problèmes. J'ai pleinement conscience de ça. Inutile donc de chercher à m'en convaincre si telle était ton intention.

Le type devait bien avoir autour de cinquante cinquante-cinq ans. Tous les deux nous nous étions déjà croisés à quelques reprises dans le village : un jour, près du bar ; la fois suivante en bord de rivière...

Quelles qu'eussent été les circonstances, il déambulait, l'air dégingandé, promenant une mine joviale au sommet de sa longue carcasse effilée. Pas moyen de le rater avec une telle allure. À chacune de nos rencontres, il portait les mêmes pantalons, genre saroual larges, qui lui descendaient jusqu'au niveau des tibias. Pour le haut du corps, la teinte avait varié d'une fois sur l'autre mais toujours il avait arboré un Marcel sans manche flashie, voire franchement psychédélique, qui pendait négligemment. Enfin, un canotier vissé sur sa tête semblait ne jamais devoir le quitter. Il détonnait.

On aurait dit un musicien de groupe de rock alternatif, vieux baroudeur de droite et de gauche. Cette impression venait aussi de son visage. Ses cheveux courts entièrement blanchis se prolongeaient de longs favoris dorés dans un curieux contraste de formes et de couleurs. Ceux-ci partaient des tempes et se prolongeaient de plus en plus fins en pointes jusqu'à atteindre la commissure des lèvres.

J'établis le contact entre nous un matin en lui demandant un renseignement pratique au sujet du bureau du tourisme le plus proche. Je le sentis heureux à cette occasion de faire ma connaissance. Il prit une mine dubitative puis se gratta la tête, le temps de réfléchir. La conversation dévia. Elle se prolongea de façon sympathique. Il avait la parole facile, le verbe posé, avec des propos pleins de bon sens sur la meilleure manière de profiter de ses vacances d'été en Ardèche.

On continua notre échange assis l'un face à l'autre sur un banc en haut du village. Ce grand dadais au look d'éternel jeune homme se disait chanceux et comblé : « Je suis arrivé du Nord y'a vingt ans. Je me suis installé dans le coin après la rencontre de ma femme. On ne le regrette pas ! Ici, j'veux dire au printemps ou en été, la recette du bonheur est simple : va piano piano ; soit en bons termes avec tes prochains ; s'entraider lorsqu'il le faut ; et profite de l'instant. » Il me désigna d'une main une façade de bâtiment où cette devise était inscrite en toutes lettres. « Profiter de l'instant, c'est tout et c'est déjà pas mal ! ».

Je ne fus pas surpris lorsque le grand gaillard m'indiqua avoir découvert la région par le biais de ses festivals de musique. Ça correspondait bien à l'allure du personnage : « À Lamastre, aux Vans, ils existent encore, vingt ans plus tard. C'est le meilleur moyen de faire connaissance avec l'Ardèche. » Je me sentais appartenir au même univers que lui. Lors de tel ou tel week-end prolongé, j'avais moi aussi participé à des événements de ce type au tournant des années 90 et 2000, dont au moins l'un d'entre eux s'était déroulé non loin de là.

Mon interlocuteur aux airs de saltimbanque me fit franchement sourire quand il reprit du début jusqu'à la fin le refrain de *C'est pas la mer à boire* des Négresses vertes. Trop content ! L'espace d'un instant, je retrouvai l'ambiance de feu de certaines sacrées soirées festives de ma jeunesse. De chaudes fiestas pleines de belles filles et de gens sympas tout autour qui nous amenaient jusqu'au bout de la nuit avec une partie du public debout sur les chaises et sur les tables et la vie devant soi. Pas encore détroussés de nos dernières illusions, on croyait nos seules verdeurs de corps et d'âme capables de révolutionner la planète... alors qu'elles ne faisaient là rien d'autre que de tirer leurs ultimes cartouches. Aujourd'hui plus personne ou presque n'écouterait ça... « La musique de toute une époque, de toute une génération et d'une façon bien agréable et particulière d'aborder l'existence ! » m'exclamais-je.

La conversation se poursuivit sur de nouvelles bases. C'était encore plus facile maintenant qu'on s'était découvert cette culture commune. Antoine, il s'appelait Antoine.

Je transportais avec moi des cartes géographiques et une partie de mon équipement de randonneur. Sans compter le renseignement que je lui avais demandé en préambule de notre échange, Antoine n'ignorait donc pas que j'étais touriste itinérant. En revanche, il ne savait rien de ma condition de précaire puisque je n'avais pas dit un mot à ce sujet. Je lui racontais ce que j'avais déjà vu dans les environs et parlais ce que je voulais faire dans les prochains jours. Lui me donnait son avis, y allait de ses recommandations.

Un bon quart d'heure plus tard, l'ambiance avait changé. Antoine parlait beaucoup moins. Il regardait ailleurs, au loin, et même il lui arrivait de fixer ses pieds. Il s'absentait de la conversation, devenait distant, voire même renfrogné. C'était flagrant. Je me disais que peut-être il rencontrait des difficultés dans son couple et que de se trouver confronté à quelqu'un menant une vie libre et solitaire le rendait à la longue triste et amer ? Je finis par en être gêné au point d'en venir à me taire. Un vide s'installa entre nous. Il durait. Il le rompit et lança : « Allez, monsieur Rêveur... Putain, t'es long à comprendre, toi ! Jusqu'à présent on a été bien sympa. Ça suffit ! (Son ton avait changé du tout au tout, il était devenu froid et cassant) Bivouaquer n'est pas toléré dans la région. Je suis bon avec vous, je vous le dis gentiment : persistez et vous risquez de le payer très cher. Vous ne pourrez pas dire qu'on ne vous avait pas averti ! »

L'Antoine porta la main à sa ceinture. Entre elle et son ventre, un papier. Il s'en saisit avant de me l'exhiber sous le nez. Une carte officielle de gendarme. La sienne. D'un doigt remuant à hauteur du visage, il fit le geste du parent grondant son enfant et menaçant de sévir si celui-ci ne devenait pas sage. « Espèce de con, va ! » pensai-je alors. Puis le grand dadais faussement cool et vraiment vache se leva et s'éloigna droit devant lui à pas lents, sans un mot de plus.

À la suite de ces tristes et regrettables événements j'intégrai illico presto le camping de Labeaume en qualité de locataire lambda. J'avais voulu par un judicieux souci d'économie budgétaire vivre à ma façon d'air pur et d'eau fraîche. Après deux semaines, je devais déjà baisser pavillon.

On était le lendemain de mon installation au camping - le 3 juillet au matin. « Bambi Portable » s'afficha sur le cadran de mon téléphone. Je pris l'appel :

« - Salut Jacques. C'est Bambi. Ça va ?

- Merci Bambi. Et toi-même ?

S'ensuivit un court échange entre nous. Après quelques instants d'amabilité :

- Tu sais... -Bambi sanglotait- C'est Martin. Excuse-moi de te le dire comme ça, je t'en prie, accroche-toi... il est mort.

- Martin est mort ? »

À peine l'avais-je prononcée que je regrettais déjà ma question. Quel idiot je faisais ! Bambi aurait-elle pu rectifier et répondre : « Non, c'est une blague. Je plaisantais, voyons ! » ? Comme à chaque fois que quelque chose de semblable me tombait sur le coin de la figure - la disparition d'un proche dont rien ne laissait penser qu'il partirait brutalement - je demeurais incrédule.

« - C'est un suicide. Les pompiers l'ont retrouvé chez lui en début de semaine. »

Une tout autre conversation débuta alors entre nous. Bambi et moi on essaya de se réconforter l'un l'autre en dépit de la tristesse qui nous accablait et de la distance physique entre nous. Merde, Martin... Je fus mis au courant de la dernière fois où sa silhouette et sa belle personne étaient apparues dans la vie de mon interlocutrice : quelques heures avant le moment supposé de son décès.

« - Rien ne laissait présager un tel coup de tonnerre, me dit-elle. Mais, tu sais, il était hanté par ses problèmes... »

Oui, Bambi, je savais. Un peu. Mais je croyais qu'il allait mieux.

Mon amie me donna la date des obsèques dont la prise en charge serait assurée par la municipalité, car Martin n'avait pas de conjoint ni de famille connue et qu'aucun de ses proches ne s'était manifesté avec l'intention d'organiser la cérémonie.

« - Je n'irai pas, je crois. Trop compliqué pour moi, tu comprends... là où j'en suis.

- Oui, bien sûr. Je comprends. Ne t'en fais pas.

J'ajoutai un peu stupidement :

- Bambi, ne t'en veux pas. Sois forte.

- Oui. Sois fort toi aussi, Jacques. On se rappellera très vite, hein ?

- C'est promis. Bien sûr.

Ses ultimes paroles furent, je crois :

- Surtout prends soin de toi. Je pense à toi et je t'embrasse. »

Parfois on vous dit quelque chose et votre interlocuteur dans sa façon de prononcer ce quelque chose, le ton qu'il emploie ou l'attitude qu'il manifeste, donne l'impression d'être absent de ce qu'il profère, ou celle de ne pas le penser sérieusement. Rien de semblable ici avec Bambi. D'ailleurs, l'associée toujours avenante du café Chez Léon me demanda juste avant de raccrocher de lui certifier que je croyais bel et bien à la sincérité de ses ultimes propos pleins de compassion à mon égard.

Je l'assurai que oui, lui recommandai de prendre bien soin d'elle également et puis il se trouva qu'on coupa la communication presque malgré nous. En tout cas, moi, je la coupai presque malgré moi.

Je me retrouvais de nouveau seul avec le poids de cette nouvelle sur les épaules. Quoiqu'un peu allégé du réconfort apporté par Bambi, j'étais sonné. Des envies de vomir et de pleurer me venaient. D'ailleurs, je versai quelques larmes de rage plus que de désespoir. Par dégoût de tout et haine de la Terre entière. Tu ne m'avais pas dit, Mallaury, que les renardeaux pouvaient en crever de ces pièges tendus pour eux dans les steppes du Grand Nord... Puis je me mis à errer sans but. Marcher pour marcher. Pour tenter d'évacuer le poids de cette annonce terrible. Qu'est-ce que j'allais faire ? Qu'allais-je devenir ?

Le restant de la journée se passa dans le brouillard. Une brume bien épaisse de laquelle émergeait le souvenir des recommandations de prudence de mon interlocutrice téléphonique. Qu'aurait été cette journée pour moi s'il y avait seulement eu la nouvelle du décès de l'ami Martin et pas les bons conseils de Bambi ? Et puis je songeai de nouveau à cette chanson de Brassens... Terrible chanson... Elle avait été tragiquement prémonitoire : « ... Pauvre Martin, pauvre misère, / Creuse la terre, creuse le temps / Il creusa lui-même sa tombe / En faisant vite, en se cachant, / Et s'y étendit sans rien dire / Pour ne pas déranger les gens / Pauvre Martin, pauvre misère, / Dors sous la terre, dors sous le temps.»

Mon pauvre Martin... Adieu Martin. Au moins pour toi maintenant, adieu misère.

Je me débattais encore dans de sombres pensées quand tomba le soir de ce jour sinistre. Je décidai de marcher un peu et je ne sais pourquoi de me rendre à pied Chez Hugo, ainsi que j'appelais depuis que je connaissais le nom de son patron le bar où j'avais mes habitudes et rencontré Clem. En chemin, une voix d'homme m'interpella à un croisement. Elle provenait d'un individu situé quelques mètres sur ma gauche. L'inconnu s'approcha un peu. C'était de toute évidence un pauvre hère. En effet, son corps flottait dans des haillons crasseux. Je le regardai mieux : c'était une caricature de clochard. Sa face présentait une mine peu reluisante. De longs cheveux broussailleux semblaient ne pas avoir été lavés depuis des lustres. De taille moyenne et de corpulence somme toute normale, le pitoyable monsieur portait également une barbe non taillée, grisonnante, qui achevait de le rendre vieux et hirsute alors même qu'en prêtant mieux attention son visage indiquait un âge tout au plus égal au mien, sans doute même un peu plus jeune.

Le malheureux m'avait brusquement sorti de pensées lointaines et moroses, d'un état de conscience proche du néant. Je marchais mécaniquement, absent à tout ce qui m'entourait. Je m'étais arrêté net sur le trottoir. Maintenant je le dévisageais. Cette réaction le surprit. Il devait s'attendre à ce que je l'ignorasse ou lui répondisse en passant mon chemin. Tel n'avait pas été le cas, je sentis que cela lui fit regretter de s'être adressé à moi. En effet, il s'immobilisa alors lui aussi, demeurant à distance, gêné, se tenant de biais, osant à peine me regarder, craignant visiblement que je prenne mal le fait d'avoir été hélé. Je me contentais pourtant de l'observer de façon neutre, encore étonné d'avoir été ramené de mes pensées à la réalité présente de la rue.

Ce qu'il avait vu de moi dut finalement l'avoir rassuré puisqu'en fin de compte il refit mouvement et s'approcha de nouveau - guère - tendant le bras d'un geste las sans ambiguïté sur sa nature : « Vous n'auriez pas quelques euros ? » questionna-t-il toujours un peu méfiant, me dévisageant à son tour et désormais distant de moi de seulement trois ou quatre pas. Je répondis par la négative d'un air de quelqu'un sans la moindre hostilité, qui regrette même de ne pouvoir porter assistance à un frère humain présentant un si piteux état de dénuement, mais qui n'en possède tout simplement pas les moyens.

Encore à cet instant et tandis qu'il se trouvait tout près, rien dans ce clochard ne donnait à voir quoi que ce soit qui eût pu laisser songer à un sort favorable, un soupçon de chance, un quelque chose de l'ordre de l'espoir à quoi il aurait la possibilité de se raccrocher. C'est la raison pour laquelle ce qu'il se passa ensuite me prit de court. Rien, absolument rien ne l'avait annoncé.

Revenant à lui après l'avoir abandonné du regard le temps de répondre à sa demande en observant mes pieds, navré, je découvris alors un être littéralement métamorphosé par rapport à la minute précédente. Deux yeux pétillants d'intelligence et de gentille malice éclairaient ce visage à présent plein de sérénité. Du tac au tac, me fixant droit, il prononça sur un ton badin avec un sourire aux coins des lèvres : « Et deux ou trois deutsche marks, vous n'avez pas ? » Un mot d'humour dans une si piteuse condition, ça c'était vraiment fort ! J'étais pris de court. Chose inimaginable quelques secondes auparavant vu mon état de déprime, cela me dérida, ce qui rendit fier mon interlocuteur.

Nous nous quittâmes alors lui et moi sur sa petite blague espiègle, nous saluant prestement et sympathiquement, presque comme de bons copains.

Je m'éloignais sans cesser de penser à cette rencontre. Ce type m'avait redonné du pep. Mieux que ça, il m'avait redonné foi en l'humanité et en l'existence. Je n'aurais pas cru cela possible à la fin d'une telle journée. D'ailleurs, c'était sûrement ma mine déconfite qui avait poussé le clochard à tenter de me dérider. Un geste d'humanité de sa part.

Mais non ! Je ne devais pas aller au bar avec une tête comme ça ! Pas aujourd'hui. Sinon c'en serait fini de mes chances avec Clem. Heureusement que ce clochard blagueur sur les bords avait été là pour m'en faire prendre conscience...

Je bifurquai à un coin de rue pour prendre la direction de la rivière, auprès de laquelle je marchai bientôt songeant à cette rencontre et cet échange fortuits. La nuit tombait, le ciel, les collines au loin et les formes alentour m'apparaissaient différemment. Je me sentais un peu réconforté, revenu à la vie. Pour la première fois depuis le coup de fil de Bambi, mes pas avaient cessé de me diriger au hasard, de me faire errer. Ils me conduisaient quelque part. Dès que je le pourrais dans les situations sordides à venir s'il devait s'en présenter d'autres que celle-ci - et il s'en présenterait certainement d'autres - je devrais toujours imaginer une pirouette humoristique du genre de celle que l'inconnu venait de me réserver !

L'humour... depuis combien de milliers d'années cela existe-t-il dans l'arsenal à disposition des humains soumis aux lois de la vie et de la mort, des plaisirs et de la souffrance ? Deux mille ans ? Trois mille ? Cent mille ? L'humour sauvait-il des êtres déjà à la préhistoire, dans la dure existence de l'époque des cavernes ? Et pour combien de temps encore serait-ce le cas ? Tant que l'Homme sera Homme ? Et sur des planètes extrasolaires tournant autour de leurs étoiles lointaines, d'autres espèces manient-elles aussi cette arme de défense massive ?

Tout en marchant, je m'adressais en pensée au clochard surprenant : « Merci bien, l'ami. Merci, étranger, de cette forme de leçon assénée dans tes habits de misère ! Merci de cette façon de jouer aussi innocemment qu'eut pu le faire un tout jeune être et avec ce sourire de quelqu'un qui vraiment vraiment fraternise ! »

En dépit des bons mots de Bambi à mon intention et de la rencontre de ce clochard à l'humour inattendu autant qu'exemplaire qui donnait envie d'aller de l'avant, j'avais un mauvais pressentiment doublé d'une vraie appréhension s'agissant de ma capacité à surmonter moralement la mort de Martin. On ne perd pas les personnes qui nous sont chères impunément. Sur toute la surface de la planète Terre, l'être psychologiquement le plus fort qui soit, s'il a du cœur (dans le cas contraire, devons-nous le considérer comme le plus fort ?) peut-il faire l'économie de la douleur du deuil ? Non. Cela me paraît impossible. Aussi dès le lendemain de l'annonce tragique concernant mon ami je décidai pour moi-même la mise en place d'un programme particulier à des fins préventives. Il s'étalerait sur toute la semaine à venir.

Durant sept jours, je devrai consacrer tout mon temps libre à méditer, lire et travailler à mon entretien physique et à rien d'autre qu'à ces trois activités que j'avais prévu d'exercer à des horaires strictement établis. Quelle idée, te demandes-tu peut-être, de vouloir régenter sa propre vie, qui plus est à un tel moment ? J'avais tout bêtement peur de céder moi aussi au désespoir sur un coup de tête. De mettre fin à mon existence par un acte de folie. Martin et moi, on avait tant de points communs ! Nos histoires respectives se ressemblaient tant ! Donc ne pas me laisser une minute de répit !

Cette semaine très particulière concoctée par mes soins serait aussi une façon de rendre hommage à Martin. Puisque je ne me rendrai pas à ses obsèques, me comporter ainsi durant sept jours entiers remplirait à distance la fonction de cérémonie de célébrations à sa mémoire.

Un jour passa de la sorte : méditation, lecture et travail à mon entretien physique, essentiellement par de la gymnastique et de la marche, tout cela via des horaires on ne peut plus stricts. Un jour... puis deux... puis trois...

Vint une nuit de torpeur au cours de laquelle la chaleur infernale de l'après-midi ne parvenait guère à se dissiper. Ce même soir pourtant, je m'étais endormi très tôt, avant le coucher du soleil, calmement. Trop calmement, faut croire. Tout commença par un réveil en catastrophe. J'étouffais. J'étouffais vraiment : mon souffle était bloqué. Tandis que déjà l'ombre de la mort était sur moi, par asphyxie, je relevai soudain mon buste à la verticale dans un sursaut. La position assise relança ma respiration.

Un moment après il me semblait que j'étais sauf. Que s'était-il donc passé ? L'angoisse, peut-être. D'ailleurs elle ne s'était pas tout à fait dissipée. J'étais maintenant en proie à une inquiétude sourde et diffuse que je sentais grandir et m'envahir jusqu'à devenir terreur. Allongé sur ma couche, je cherche vainement la paix, les membres raides, tendus à l'extrême. Mes yeux grands ouverts fixent le toit de la tente. Les larmes inondent mes joues. Je pleure sans bruit, sans troubler le silence du terrain de camping endormi, entouré de quelques campeurs ignorant tout de mon drame intime, le corps rendu inerte par l'abattement, la fatigue, avec la sensation d'une fatalité s'acharnant contre moi.

Cette fois c'en est trop : j'ai perdu prématurément ma mère, Pauline, puis mon père, je suis seul, sans amour, loin de tout ce qui m'est familier, ma situation est calamiteuse... et maintenant, l'ami Martin ! Je ne suis plus capable de supporter le poids de cette misère. Lugubre sera cette nuit presque sans lune. Lugubre est ma vie. Lugubre, elle le restera. Car la mort rôde autour de moi. Boxeur cogné trop fort, je suis KO sur le ring de ce monde cruel, allongé au sol bras écartés, dans l'impossibilité de me relever.

Ce n'est pas la première fois que je me retrouve ainsi à terre. Non, bien sûr... sauf que là, je ne possède plus les forces suffisantes pour me reprendre. À chacun des membres et à chacun des muscles, à chacune des parcelles de mon corps auxquelles mon cerveau commande de réagir, la réponse transmise en retour invariablement est : impossible. Immobile, défait, terrassé, un soupçon de conscience m'habite encore pourtant, résiduel, état intermédiaire fluctuant entre l'éveil, le coma, le rêve et la mort cérébrale.

À cet instant, au moins suis-je libéré de toute culpabilité, au moins ai-je cessé de m'en vouloir de ne pas ou de mal résister à l'adversité. Amer soulagement.

J'ai ouvert le rideau de la tente et sorti ma tête à l'extérieur tout en restant étendu. Je peux voir au fond du camp, sur tout un côté, les longs peupliers blancs qui barrent le paysage et marquent la limite du terrain. Béat, je les considère alignés volontairement ainsi pour former une haie d'honneur improvisée au passage de ma dépouille qui ne va pas tarder à circuler près d'eux là-bas afin d'être évacuée. Je me vois déjà absent du monde. La mort s'est infiltrée en moi par le bas du corps, elle remonte le long de mes jambes et continue son chemin sans s'arrêter. Quand elle atteindra mon thorax, mon cœur, je serai véritablement décédé. Une question de secondes... une minute tout au plus.

Alors, dans le feuillage des grands peupliers blancs se fait entendre un frémissement d'air. Souffle ininterrompu, d'abord léger et discret, presque imperceptible, puis un peu plus ample et profond. Venu jusqu'à moi, il m'emporte. Vers où ? J'ignore si c'est dans le sommeil ou vers un au-delà d'après la vie. Je suis bien trop affaibli pour le déterminer. Mon corps flotte au vent dix bons mètres au-dessus du sol. En lévitation, fluide et tremblant dans le noir. Bras toujours largement écartés. Toujours vaincu. Abandonné.

Et soudain, s'est-elle introduite ici à la faveur de la brise dans l'intervalle entre deux des grands peupliers blancs ? Je ne saurais le dire. Une vision. Une forme. Une présence. Je la reconnais, je crois... Je n'en suis pas sûr... Elle vient lentement à moi, du fond du paysage. Elle s'approche encore. Elle avance dans la nuit, à travers ciel, de son pas menu. Oui, cette silhouette qui se déplace timidement, c'est... Jeune fille émue au visage brun et doux et au joli sourire compréhensif.

« - C'est toi, Vera ? ... Oui c'est toi.

- C'est moi.

- Vera, tu avais... et moi aussi, j'avais... quatorze ans. Puis bientôt quinze. Et seize. Nous deux, jusqu'à l'âge de vingt ans à se regarder l'un l'autre au plus profond de nous-mêmes et à nous séduire l'un l'autre. À rire et à pleurer. À nous embrasser. À nous caresser. Te revoilà donc, ma reine que j'avais égarée ? »

Vera prononça-t-elle la moindre parole ? Me dit-elle ce que je devais faire ? Comment je devais continuer ? Pourquoi nous n'étions plus amis à présent ? Ou est-ce seulement sa présence muette qui me rendit visite ? Je crois bien qu'elle me saisit une main avant de me chuchoter :

« Tu te souviens, tu me faisais rire ? Et tu te souviens ce fameux samedi soir tard, le premier baiser, après nous être tant aimés d'amitié, après nous être tant désirés l'un l'autre sans qu'aucun de nous deux n'ose l'avouer ? Je suis là. J'étais là. Je suis là et je serai toujours là. »

Puis, s'adressant à quelque présence que Vera semblait voir mais qui m'était cachée :

« Vous, vous ne pouvez rien. Vous ne pouvez rien parce qu'il m'a, moi. Moi qui ne suis plus là que dans son souvenir, mais dont justement le souvenir rend toujours possible pour lui la naissance d'un prochain amour qui le sauvera. Parce lui et moi avons vécu autrefois ce que nous avons vécu et que vous ne savez pas, parce qu'il y a eu cela entre nous, eh bien contre lui aujourd'hui vous ne pouvez rien. Et ne pourrez rien non plus demain. »

Cela, Iana, peut-être Vera l'a-t-elle dit, peut-être l'ai-je seulement rêvé. C'est en tout cas ce que son esprit a raconté aux ténèbres qui me cernaient de toutes parts. Ce dont je suis sûr : serrant son corps contre le mien, baisant mes bras, mon front, ma bouche, Vera, ex-grand amour, passait par là, inchangée, éternelle jeune fille pleine d'humanité dont le moindre geste à mon intention me réchauffait l'âme et le cœur, me galvanisait, m'apparaissait telle une promesse de bonheur à venir, contenait en lui toute la sublime magie de l'existence.

Avant que petite Vera reparte à pas feutrés, cela dura, dura... Si doux et charmant visage brun de toujours, regard tendre et profond dont je réapprenais à saisir le langage, sans peine, et qui semblait me dire ces simples mots :

« Il n'y a rien à craindre de grave. Crois-moi. »

Ainsi qu'elle aimait le faire jadis au temps de nos quinze printemps lorsqu'elle souhaitait me parler de quelque chose d'important, ses yeux trouvèrent les miens pour les fixer. Elle me souriait de si belle façon, mon cher amour d'autrefois venu pour me sauver !

Le calme était revenu. Le silence du dehors faisait écho à ma paix intérieure, comme en mer lorsque l'apaisement succède à la tempête.

Jour 1 du retour à la normale après ma semaine d'exercices imposés et de vigilance maximale... J'ai repris le cours d'une vie plus cool, partagée tout de même entre la satisfaction d'avoir tenu le coup et une certaine méfiance. Je reste fort prudent. Ça au moins, je connais. Et même très bien. Question d'habitude, en fait. Un réflexe devenu seconde nature, celui de vivre en permanence dans la crispation, tentant constamment d'anticiper la prochaine tuile...

Jour 1, premier soir. Je franchis le pont de pierre submersible au pied du village de Labeaume et pars m'installer en face au lieu-dit Le belvédère, sur la rive opposée, vingt bons mètres en surplomb de la rivière, où l'on jouit d'une vue dégagée propice à contempler tous les environs. Là-haut, calme, assis sur mon pliant, tout va bien. Je ressens un bénéfice physique supplémentaire de ces journées ultra-disciplinées. Mon corps est bien. Il transmet de ce bien-être et de ces bonnes sensations à mon esprit.

À la nuit tombée, de l'autre côté, au bas du bourg, sur cette place du Sablas qui se termine par l'accès au pont et au bord de l'eau, débouche une meute vrombissante de cinq ou six scooters. Ils accaparent un pan des lieux. Je les comprends, ces jeunes gens ! Car ce Sablas, vaste, clair, aéré et qui jouxte la Beaume, on ne s'en lasse pas. Il dégage un charme simple, instantané. Comment ne pas être tenté de l'investir ?

Conciliabules, éclats de voix... un chahut pas bien méchant au final. Le silence se réinstalle sans tarder en dépit de leur présence. Je quitte leur groupe des yeux pour observer les toits étagés des maisons. Ils partent à l'assaut du haut du village. J'apprécie le tracé des calades , le jeu d'ombres et de lumières auquel tous les éléments participent. Que de pierres ! Saisissante impression ! Ces blocs de calcaire extraits des carrières alentour et rassemblés par la sueur et l'intelligence des hommes d'ici des générations d'autrefois ! Tous ou presque doivent maintenant reposer pour toujours à quelques pas de là...

Ces demeures d'âge vénérable et de caractère, voilà en fin de compte ce que l'on appelle Labeaume. Une force se dégage de l'ensemble. Elle émane aussi de chacune des bâtisses prises séparément. Sitôt que l'on porte le regard sur l'une d'elles en particulier, sa joliesse saute aux yeux instantanément avec la même évidence que sa simplicité.

Cet enchevêtrement de toits, de ruelles et de maisons dans la nuit... une bien séduisante et douce vision. Elle me rappelle quelque chose. Quoi ? Une image dans mon esprit se superpose à la ravissante architecture face à moi. Elle représente un village, un autre village, une merveille de village. Il a émergé des brumes de ma rêverie avec ses propres lignes découpées de murs, de façades basses, toutes blanches comme neige et sa silhouette détachée très distinctement d'un ciel bleu pâle et profond. C'est un village de carte postale. Mais une vraie carte postale ! Une simple carte restée longtemps, très longtemps, punaisée sur un mur de mon salon.

Au sein de cet autre village, on devine de vieilles personnes assises paisiblement au pas de leur porte ; des chuchotements aux détours des maisons ; des bonjours bienveillants ici et là dans les montées ; quelques bruits de fontaines ; des refrains murmurés ; des cris ; des rires et des pleurs d'enfants, mille et une manifestations d'une vie somme toute tranquille dont tout laisse à penser qu'elle demeure comme par magie préservée du fléau de la pollution des moteurs et des tics nerveux des écrans.

Cette vision l'a emporté sur la réalité. Ne percevant plus rien du petit bout d'Ardèche que j'étais venu observer ce soir, pas même l'écho des voix des jeunes aux scooters squattant le Sablas, j'arpente maintenant sans vergogne les venelles de cet autre monde. Ce village-ci, sur ma vieille carte postale, il serait donc un peu d'un autre âge. Et par son aspect général, on le situerait volontiers quelque part en Méditerranée. Seulement, voilà : en approchant la carte des yeux, on constate qu'il ne s'agit pas d'une photo, mais d'un dessin. Très réaliste certes, mais un dessin tout de même. Le lieu n'est pas réel, c'est un endroit imaginaire, idéal. Au dos de la carte que je retourne : une ligne écrite à l'encre. Une ligne seulement, d'une écriture féminine, ronde et parfaite. Qui dit à peu près ceci : « C'est un village paisible et beau. Bientôt peut-être pour de vrai. » Signé Camille.

Camille ? Camille ? Bon sang ! Bien sûr ! Les rêves de voyages, la révolte ou plutôt la résistance à l'ordre établi, l'espoir d'une vie à venir débarrassée des entraves d'un système oppressant, de l'autorité scolaire... C'était au milieu des années 90, nous avions seize ou dix-sept ans et avec quelques amis de mon âge - peu nombreux, quatre ou cinq au départ - nous avions formé « La Communauté » , un mini groupe qui s'était bâti sa propre utopie. Un peu plus tard, quelques autres ados croisés au hasard de soirées chaleureuses allumées par les scintillements de nos regards et l'énergie vitale qui nous habitait nous avaient rejoints. Parmi eux, la séduisante Camille, autrice de ces deux ou trois mots au bas de la carte postale. Je me plaisais à lui dire que j'étais « amireux » d'elle !

À l'internat du lycée, nous étions confrontés alors à une administration réactionnaire, rigide, intolérante : on nous soupçonnait en permanence de vouloir contrevenir à tout ; nous ne pouvions modifier ne fusse qu'un tant soit peu le mobilier de notre chambre ; dans le dortoir il fallait toujours faire silence ; nos copines étaient interdites de visite ; de mesquines brimades nous étaient régulièrement dispensées de semaine en semaine, j'en passe et des meilleures... Afin de dire un grand « Merde ! » à tout ce et à tous ceux qui nous bridaient, qui nous disaient quoi penser et quand le penser, que faire et quand le faire, vers quel avenir nous diriger, comment, et aussi que devenir, nous étions parvenus rien de moins qu'à réinventer la Liberté !

Nous de La Communauté, nous constituions une confrérie en quelque sorte secrète basée sur l'idée de voyages à venir et sur cette autre utopie qu'un jour grâce à ceux-ci on dénicherait quelque part un petit paradis terrestre où s'installer en vue d'y mener une vie dédiée à l'amour et à l'amitié sans limites. On se donnait rendez-vous et nous parvenions à vivre l'espace d'un instant - tout au plus quelques heures - l'existence que nous nous bâtirions bientôt en grand. Tant ils étaient heureux, pleins de riches et belles promesses, on appelait ces moments-là « les moments roses » ! Nous possédions nos codes de langage, nos penseurs, nos artistes de référence, nos lieux et nos moments fétiches.

Plus tard, au sein de notre petit groupe, quand nous serions adultes et libres on se nourrirait de rencontres dont jamais nous ne nous lasserions. Nous aurions des enfants fruits d'unions tendres et passionnées. Ils grandiraient au grand air dans quelque hameau d'une campagne sauvage, accueillante, où pour nous de la première génération de La Communauté il ferait bon vieillir. La planète que l'on se plairait à parcourir en long et en large serait alors certainement débarrassée des frontières nationales, des conflits, ainsi que de toute forme de misère. Et si finalement il devait en être autrement de l'avenir du monde, non seulement notre refuge nous préserverait de la plupart des nuisances terrestres, mais de là-bas nous travaillerions ensemble les uns les autres à ce que cette autre civilisation advienne un jour.

Notre utopie avait même une traduction littéraire créée de toutes pièces par nos soins. Au sein de cette dernière s'agitaient des personnages nous ressemblant comme deux gouttes d'eau. Ils portaient des patronymes presque identiques aux nôtres !

Face au village de Labeaume parsemé de lumières et à sa rivière bruissant plus bas dans le noir, ce pan de mon passé lointain m'était revenu soudain en mémoire via une analogie de paysage avec cette carte postale précieusement conservée d'une amie de jeunesse. Je me replongeais un long moment dans les arcanes de ce temps jadis. Parfois, j'étais saisi d'une plus vive émotion à la résurgence de tel souvenir en particulier ou de tel ou tel aspect de l'espérance collective qui portait ou exaltait - c'était selon - le petit groupe d'ados que nous formions il y a trois décennies au sein de La Communauté. Des années que je n'avais pas songé à tout cela ni à mes amis de cette époque...

Mon esprit errait de-ci de-là auprès d'eux dans la nuit ardéchoise alors que pour de vrai je restais immobile plusieurs heures là-haut à mon poste d'observation perché au-dessus de la rivière. Au-delà des réminiscences elles-mêmes, il n'y avait pas chez moi de nostalgie à proprement parler. Ce monde englouti était si loin maintenant ! Et j'étais si jeune en ce temps-là ! En dépit du gouffre temporel séparant ces deux époques, la concordance de situation et la coïncidence des rêves entre ces deux périodes de mon existence était frappante. Ces derniers mois, de la même façon que jadis il y a trois décennies, ne m'étais-je pas senti pris au piège d'une vie sans saveur ? Sous le joug d'une autorité absurde et injuste ? Et comme il y a trente ans n'avais-je pas réagi par un projet d'échappée belle, de départ à l'aventure ? Cette coïncidence, c'était tout de même fort étrange. D'ailleurs en était-ce vraiment une ?

Puis, un sentiment de tristesse m'envahit à l'idée de savoir que ces gens qui formaient notre confrérie se trouvaient loin de moi. Tous s'étaient évaporés avec le temps. Rien ne subsistait. Désormais, j'étais seul et même déjà presque vieux.

Encore un peu plus tard cette nuit-là, de même le lendemain et les jours suivants, je poursuivais ma réflexion au sujet de tout ceci qui ressurgissait de ma prime jeunesse et je continuais d'en tirer des enseignements. HFT dont je t'ai parlé en préambule via ses *Mathématiques souterraines* revint ainsi dans mes pensées. Je l'avais justement découvert à cette époque. Il avait tenu des propos peu communs et très élogieux sur cette période de la vie nommée adolescence, défendant l'idée que « l'âge bête » est au contraire ce moment de l'existence particulièrement riche et précieux au cours duquel notre esprit et le reste de notre être qui n'appartiennent tout juste plus à l'enfance perçoivent l'univers adulte et tous ses faux-semblants avec une acuité extrême, une grande lucidité et une profonde intelligence. Cet avis me paraissait à moi également plein de bon sens, même s'il fallait se garder de trop généraliser et de schématiser.

Dans le prolongement de ma réflexion sur le sujet, je songeais à ce que m'avait dit « L'Islandais », un ami dont je me sentais proche bien que je le connusse depuis peu : les êtres humains sont des personnes énergiques et productives jusqu'à l'âge où ils se font enlever par des extra-terrestres, vers dix-huit ans, qui leur administrent alors une piqûre de calmant. Celle-ci les assagit d'un coup pour le restant de leurs jours. Quelques-uns parviennent à passer à travers les mailles des filets tendus par les aliens et demeurent créatifs et dynamiques, bref des ados *ad vitam æternam*. Ceux-là ne font pas de vieux os en général, leur rythme de vie de folie les épuise précocement eux en même temps que leur entourage...

Et moi dans tout ça ? Qu'avais-je conservé et rejeté de La Communauté et de ma propre adolescence qui m'était revenu en mémoire par cette belle nuit d'été via l'observation d'un paysage de Basse-Ardèche et le souvenir de la carte postale punaisée au mur de mon salon ? M'étais-je rendu aux extra-terrestres - autrement dit avais-je tourné le dos à ce pan romantique et ancien de mon histoire personnelle - ou alors avais-je refusé leur piqûre ?

À la réflexion, si je devais me garder d'accorder trop d'importance à cette lointaine époque (cela aurait été, me semblait-il, stupide de ma part que de m'enchaîner à un passé révolu à peine m'étais-je désenchaîné d'un présent pesant et désenchanté), je me devais d'en retenir deux ou trois choses :

- Primo, une différence notoire entre ces deux moments de ma vie : au temps de notre Communauté, quelle capacité extraordinaire nous avions tous alors - y compris moi-même - à tomber amoureux ! Et avec quelle facilité nous laissions nous aimer quand l'occasion se présentait ! Nos histoires affectives ne connaissaient guère de répit et la moindre d'entre elles se vivait sans appréhension ni retenue, avec un appétit - une rage ! - féroce. Quelle vitalité ! Certes, alors on était plein de sève, mais il était de mon devoir et surtout de mon intérêt de redevenir un peu ouvert aux rencontres de cœur !

- Secundo, pas question de me lamenter sur le fait d'avoir perdu de vue celles et ceux qui à cette époque m'étaient les plus proches. De la même façon que les aléas de l'existence ou que la nature de celle-ci - la vie, la mort - nous condamnent à nous séparer des êtres les plus chers, ainsi en va-t-il de certains de nos amis, de nos projets, des utopies qui nous accompagnaient et nous grisaient. Cela ne signifie pas pour autant que la substantifique moelle du passé sombre dans l'oubli. En l'occurrence, il demeurait bien quelque chose de ces aventures anciennes puisque je m'en étais souvenu et que mon souvenir, lui, était vivant ! Rien ni personne ne meurt vraiment tant que l'on continue d'y songer. Notre Communauté, ses espoirs, ses folies, cette faculté à penser le monde tel qu'il n'était pas, tout ça de ce point de vue, oui, survivait encore. De même que survivait mes parents, ma sœur et maintenant donc, Martin. Par le souvenir.

- Et puis il y avait enfin ceci à quoi tout ce qui me revenait à la mémoire donnait du sens : c'était à ce voyage que j'avais entrepris. Lorsqu'un mois auparavant j'avais tiré la porte de chez moi, je ne savais pas si je ne fuyais pas les problèmes en même temps que moi-même. Je comprenais tout à coup qu'il n'en était rien. Cela correspondait plutôt à quelque chose d'ANCRÉ en moi puisque trente ans auparavant, déjà, j'en avais ressenti le même impérieux désir avec mes amis d'alors.

Ce dont le Jacques d'aujourd'hui devait se sentir un peu redevable au Jacques d'hier et ce à propos de quoi le Jacques d'hier aurait pu être un peu fier du Jacques d'aujourd'hui, c'était de se trouver ici en Ardèche. Ce périple étrange à bien des égards parce que sans but clair, qui plus est solitaire, je me rappelais en avoir rêvé si fort à cette époque avec notre petite bande ! On n'avait alors pas pu réaliser notre souhait par la faute du lycée ; du fait qu'aucun d'entre nous n'avait encore atteint sa majorité et que, par conséquent, si on avait était partis en abandonnant l'école ainsi que nos familles nous aurions écopé de lourdes sanctions. Nos desseins auraient eu tôt fait d'être contrariés par tous les empêcheurs de rêver en rond. Tous ces verrous d'autrefois avaient sauté. Même seul, même pauvre, la porte de l'aventure était présentement grande ouverte devant moi.

J'avais le sentiment d'avoir face à moi le visage d'une chance, d'une vraie chance, de ma chance à moi : réaliser un rêve de jeunesse. Au nom de quoi refuserais-je de le poursuivre ? Bientôt, dans quelques années à peine, je n'aurai plus physiquement la possibilité d'en concrétiser le projet : la vie passe, l'horloge tourne, l'âge tôt ou tard nous rattrape tous. Décidément, j'avais bien eu raison de partir... Et ici en Ardèche, j'étais exactement là où je devais me trouver !

À ma redescente du belvédère surplombant le village et la rivière, il se passait en moi ceci de formidable : tout à coup je n'avais plus seulement quelques êtres chers, vivants ou morts, à qui adresser de la tendresse par l'esprit ou avec qui en partager, mais également un tout petit peu moi-même. Et face à moi, le vaste monde, ses habitants inclus, m'apparaissait soudain ouvert en grand, lumineux et prometteur.

DEUXIÈME PARTIE :

RAVANCER

> *Fays ce que vouldras,* parce que les gens libres, bien nés, bien
> instruits, conversant en compagnie honnête, ont par nature un
> instinct et aiguillon, qui toujours les pousse à accomplir des
> faits vertueux et les éloigne du vice, aiguillon qu'ils nommaient
> honneur.
>
> François RABELAIS

J'ai depuis toujours dans ma tête une petite scène de music-hall. Viennent s'y produire des chanteurs appartenant à telle ou telle époque. Ainsi HFT et ses *Mathématiques souterraines,* Brassens et son *Pauvre Martin,* ainsi tant d'autres. C'est comme ça depuis toujours.

Bon... peut-être pas depuis toujours, toujours... en tout cas d'aussi loin qu'il m'en souvienne.

D'où cela peut-il me venir ? Peut-être d'un jour de mon enfance en voyant faire mon papa ? Il aimait tant pousser la chansonnette... Ou alors peut-être encore plus près que cela du début de moi, à un moment où je n'étais pas encore moi mais maman-moi ? Tandis que se formaient mes oreilles, ma mère aurait fredonné quelque chose à sa propre intention, ou à la nôtre à tous les deux ? Quoi qu'il en soit, il en résulte la chose suivante : de nombreux artistes montent sur ces planches qui n'existent que pour moi et y interprètent tel ou tel titre de leur répertoire dont l'influence sur ma façon de penser - voire sur l'orientation immédiate de ma vie - pourra s'avérer considérable.

Ce théâtre de poche intérieur se métamorphose à l'occasion en salle de cinéma. Je lance la projection, éteins les lumières du dehors, prends place sur un fauteuil... et sur la toile toute proche commence le défilé d'images. Se superpose alors au long métrage de la réalité la séquence d'une fiction produite à Hollywood, à la Cinecitta ou je ne sais où, qui m'a marqué pour une raison ou pour une autre et dont tel ou tel aspect finira par rejaillir dans ma réalité.

Ma tête transformée en salle de cinéma, c'est ce qu'il se produisit un soir proche du 14 juillet dernier. Ruoms était alors en fête. C'est le cas chaque année à la même période depuis, m'a-t-on dit Chez Hugo, des temps immémoriaux.

Donc moi, l'un de ces soirs où Ruoms revêt ses plus beaux atours et s'apprête à commémorer la révolution de 1789, commence par célébrer tout à la fois les vacances, les touristes, les non-touristes et depuis encore plus longtemps que cela et avec encore plus de conviction le soleil, les beaux jours et l'été, j'étais là en curieux de passage dans ce paysage d'humains immémorialement allègres, cherchant à l'être, espérant l'être ou se donnant l'air de l'être. Ce soir-là, tout démon personnel m'avait quitté. Je reprenais pour moi la devise « Profite de l'instant » inscrite sur une façade à Labeaume et à laquelle le fourbe policier L'Antoine m'avait familiarisé, c'est-à-dire que je serpentais anonymement parmi les badauds, souriant à la vie et l'esprit bercé d'une petite musique intérieure. « Profitons gentiment. L'aventure est peut-être au coin de la rue. » Tel était mon état d'esprit.

Mon chemin croisa la buvette d'un soir importée du village de Labeaume, du bar Chez Hugo, où le tout-venant poussait la chansonnette et performait dans l'ingurgitation d'un alcool local dont je ne me souviens plus du nom, à l'accent chantant du Midi que tu aurais dit qu'il était inoffensif et que tu n'avais pas le droit de ne pas y venir et y revenir.

Il y eut donc que les verres se mirent à tourner et tournèrent, et tournèrent... Tout le monde faisait copain-copain, la fête battait vraiment son plein. De ce côté-ci de la fête de Ruoms, mon visage était familier à quelques-uns. Aussi décida-t-on de m'intégrer au processus en cours de « Et monte-le au frontibus, au nasibus, au mentibus et glou et glou... », en conséquence de quoi je me retrouvai vite fait bien fait piégé par les vapeurs d'alcool, travaillé par elles à la façon Ruoms summer party, autrement dit la grosse teuf quoi !

Et ainsi que cela arrive souvent lors de ces vibrants hommages rendus au dieu Bacchus, il y a eu que je ne me suis senti pas trop bien après m'être senti très bien. Non étonnant avec la quantité de cet alcool-mystère qui avait coulé dans mon gosier en une petite heure ! Sur le plan de l'hygiène, curieuse façon de mettre un terme à plusieurs mois de vie quasi monacale ! Passons... L'envie me vint de m'éloigner de l'autel autour duquel se déroulait la cérémonie, cette buvette ardente et devenue traître à mes yeux.

Un peu à l'écart, à quelques mètres, lamentablement vautré sur une chaise au pied d'un arbre, la tête entre les genoux, j'alternais entre des lamentations sur mon sort d'ivrogne malade, des repentances à l'adresse de je ne sais qui et des invectives à moi-même pour ma stupidité à m'être mis dans un tel état d'ébriété avancée lorsque tout à coup je redevins quelqu'un de bien. Comment ? En entrant sans crier gare et tout à fait inopinément dans la peau de Sam Lowry. Ce nom et ce prénom ne te disent rien ? À moi ils me parlent sacrément.

Sam Lowry, protagoniste du film *Brazil,* diamant cinématographique à l'état brut signé Terry Gilliam. Sam, gratte-papier d'une administration tentaculaire et triste, rêveur invétéré confronté à un tas d'ennuis dans une société futuriste hyper bureaucratisée et surveillée limite totalitaire. Tu veux bien te souvenir de ce monde de POUR et de CONTRE un changement radical visant à éradiquer la misère que je te dépeignais il y a quelques pages-jours ? Dans ce monde-là, Lowry aurait été incontestablement à ranger dans la première catégorie. La société de *Brazil* est une caricature de la nôtre. Les hommes et tout ce qui constitue l'état d'humanité, les désirs, les peines, les espoirs... tout est transformé en chiffres et en paperasse destinés à protéger les puissants et leur mainmise sur une Terre écologiquement en perdition (le film date du milieu des années 80, le chômage de masse et ses drames étaient déjà là, ainsi que les combattants pour la préservation de l'environnement).

Moi, ce soir-là, tout à coup j'ai été Sam Lowry dans une scène fameuse de *Brazil* où ce dernier se retrouve expulsé de son logement par deux plombiers-fonctionnaires l'ayant pris en grippe pour avoir retrouvé dans la tuyauterie de son appartement une dérivation non homologuée qu'ils soupçonnent avoir été posée par Archibald Tuttle, artisan-plombier rebelle par ailleurs accusé de terrorisme. Tandis que le pauvre Sam désespère sur son palier situé en plein air très haut dans les étages de son immeuble et que les deux plombiers-fonctionnaires susnommés mettent son logement sens dessus dessous, justement surgit Tuttle - alias Robert De Niro. Il arrive d'encore plus haut dans le ciel, d'un immeuble voisin, par un long filin d'acier et un système de treuil coulissant, avec une adresse et une vélocité remarquables, tel un Tarzan super-héros justicier des temps modernes, volant littéralement au secours de Lowry qu'il finira par sortir de cette nasse. Eh bien, pour moi lors de la fête de Ruoms, ça a été tout comme. Alors que j'étais mis KO par l'abus de boisson, quelqu'un s'est penché par-dessus mon épaule, m'a demandé comment j'allais et m'a tout bonnement proposé de me donner un coup de main. J'ai eu moi aussi mon Tuttle.

Figure-toi, c'était encore lui. Lui, qui ? Eh bien lui, le clochard du jour où j'avais appris la nouvelle de la mort de Martin, rencontré par hasard et qui m'avait fait sourire avec son humour surgi du tréfonds de la misère. « Alors l'ami, m'a-t-il juste dit , ça n'a pas l'air d'aller. » Et c'est tout. Tout bien vêtu ce soir-là (plus tard, j'apprendrai qu'il venait quêter les passants en produisant un petit spectacle de sa composition), il ne se montra guère loquace, mais me prit en charge et me veilla jusqu'au lendemain que je me sente mieux.

Tout de suite j'ai proposé à Klaus - c'était son prénom - de venir me rejoindre au camping. Lui, où dormait-il jusque là ? Sa réponse avait été fort évasive : « De ci de là ». À plusieurs endroits, nulle part en particulier.

J'appris plus tard qu'il avait eu une prédilection pour le plateau des Gras, sur les hauts de Labeaume, en direction de Rosières, malgré les panneaux d'interdiction de camper qu'il y a là-bas. Si ce coin très prisé durant la préhistoire est charmant et pittoresque, de nos jours c'est un désert de pierres plutôt mal ombragé et il ne faut pas craindre l'isolement. Il aimait bien aussi une zone de sous-bois verte et touffue entre rivière et falaise située à la sortie du village en bas. Il passait donc ses nuits en pleine nature, toujours dans l'illégalité et sous la menace du vicieux L'Antoine ou d'un de ses copains.

Si l'Allemand - oui, Klaus était teuton - venait à me rejoindre au camping, l'avantage pour lui serait de ne payer que peu de frais en sus parce que le prix de mon emplacement était le même pour une ou deux personnes. Ainsi bénéficierait-il pour presque rien de toutes les installations telles que toilettes, bacs à lessive, douches... et ne risquerait-il plus d'être ennuyé par la police. Il ne se fit pas prier. Nous voilà partis à cohabiter.

Le moins que je puisse dire est que la chose se passait bien. Il se satisfaisait de m'avoir pour compagnon de séjour. Moi j'étais ravi en constatant ce que je subodorais, à savoir que j'avais affaire à un être intelligent et sensible. J'appréciais de rompre ma vieille solitude. Avec ce nouveau venu à mes côtés, j'avais moins la tentation de maugréer intérieurement. Un adage le dit bien : l'union fait la force. L'un avec l'autre, ce fut le cas sans tarder. Je me trouvais plus robuste et mieux armé. Lui devait partager cette impression, car il faisait le nécessaire pour que tout se passe bien entre nous. Par exemple, il savait s'effacer sans que je le lui demande lorsqu'il sentait mon besoin de me retrouver seul un moment. À croire qu'il allait en solo de longue date lui aussi, qu'il était le même genre de type que celui que j'étais devenu avec le temps et la tournure involontaire qu'avait pris mon existence et pour qui demeurer toute la journée en société paraissait inconcevable. Ainsi, au fil des jours, les « L'Allemand » ou le péjoratif « Le clochard » - même si c'était irréfléchi de ma part et en dedans de moi - se transformaient en « Klaus » et rien d'autre qu'en « Klaus ».

« - Cette fille, la serveuse du bar Chez Hugo (j'avais renseigné Klaus à propos de ma relation avec Clem), tu arrives à imaginer que ce sera ta prochaine petite amie ? »

C'était le soir, devant nos tentes, à la veillée. Le cadre tranquille du camping et le temps libre, qui ne nous manquait pas, nous permettaient de prendre du recul sur ce qui faisait nos vies. On ne privait pas de l'opportunité.

« - J'en sais rien. Oui, j'aimerais bien. Pas seulement la prochaine, mais la bonne ! Celle qui comptera vraiment dans ma vie !

- Tu es sûr de l'aimer ?

- Je pense pas qu'il se passera quelque chose, en fait. Trop de différence d'âge. Et puis elle a déjà un copain. Ça fait quand même beaucoup d'obstacles ! Pour te répondre : oui. Ce qui est sûr, c'est que ça fait des étincelles entre nous. Depuis le début. C'est le signe de quelque chose, ça !

- Les étincelles, oui. Cela donne lumière et chaleur. En effet, dit Klaus qui m'écoutait et m'observait avec une grande concentration. Mais ce n'est pas ce qui donne à tous les coups un bon feu pour se réchauffer ! me rétorqua- t-il doctement. Pour moi, tu sais à quoi je reconnaissais être amoureux ? Le phénomène se reproduisait souvent : je rencontrais la fille, ensuite tout se passait comme au cinéma, je veux dire : comme si je travaillais pour le cinéma et que notre histoire entre elle et moi était un film, comme si j'étais monteur, metteur en scène ou acteur de ce film, comme si je travaillais l'un après l'autre à ces trois métiers du cinéma. En tout cas, c'était comme ça au début. Pendant quelques temps, tant qu'on était deux amis ou deux amants récents. C'est à dire : dans ma tête repassaient alors des scènes vécues ensemble elle et moi. Ces scènes dans ma tête je ne pouvais pas m'empêcher de les analyser, de m'en rappeler les détails, de me les passer et de me les repasser. Je m'arrêtais plus longtemps sur une ou une autre quand je pensais que cette scène voulait dire : «Oui, cette fille t'aime» ou «Non elle ressent rien pour toi, Klaus». Parce que je cherchais à savoir s'il y avait une attirance de moi chez elle, tu comprends ? Je revoyais la scène, encore et encore, et je pesais le pour et le contre. Est-ce que ça marche pour moi ou pas avec elle ? Même chose quand je pensais que ce jour-là, à ce moment-là, je me suis trompé avec elle et j'ai mal agi : je repassais la scène comme si c'était un film que je regardais. Et même chose aussi quand j'imaginais des situations avec elle qui ne s'étaient pas produites mais qui pourraient se produire ou que je désirais qu'elles se produisent. J'en voyais le déroulement dans ma tête : si à tel moment elle fait ci, le mieux alors c'est que je fasse ça... etc... etc...

- Je connais ce que tu dis ! C'est très banal. Je pense que tout le monde a dû vivre ça au moins une fois dans sa vie !

- Ou alors pour arriver au bon résultat avec elle, je me disais : «Je vais l'entraîner ici ou essayer de nous faire être dans telle situation et ensuite... j'attaque !» (Il rit.) Comme au cinéma, je te dis !

- Et ben moi, ce qui se produit quand je suis amoureux et que je peux reconnaître à tous les coups, c'est l'effet que font aussitôt certaines rencontres. Quelque chose qui m'est arrivé rarement mais tout de même quelques fois. Ce quelque chose concerne telle personne inconnue. Je vais la croiser ou faire sa connaissance et ce simple événement va faire surgir - pourquoi, en général je n'en sais rien - des tonnes de sensations et d'images dans ma tête. Et impossible d'en canaliser le débit ! Ça se bouscule ! Ça m'assaille ! En fin de compte, c'est juste que je tombe amoureux. Et tout ça quelques fois sans que la fille fasse rien. Juste en apparaissant. Ou en accomplissant tel ou tel geste avec une certain façon de le faire. Ou un certain regard. Et je précise qu'il ne s'agit pas - en tout cas pas seulement - de désir physique ! Il y a une attirance physique... ça compte pour beaucoup... mais c'est plus complexe que simplement ça.

- Il y a la rencontre. C'est une chose. Mais après il faut faire vivre la relation. (Un silence s'établit. Ayant repensé en un éclair aux filles apparues en rêve, Véra venue me sauver au camping, et Esther lors de la fameuse nuit d'hiver où tout pour moi avait basculé, ce fut moi qui enchaîna) :

- Je ne sais pas si c'était le cas dans le passé mais je ne suis plus à la recherche d'histoires passionnelles ou purement physiques. Et je voudrais juste tomber sur quelqu'un qui ne soit pas déjà en couple. Je suis aussi moins ambitieux qu'autrefois. C'est à dire que l'Autre - la «Moitié» - n'a pas à être ou à ressembler à quelqu'un d'exceptionnel. Il suffit que l'un et l'autre on s'accorde plutôt bien ensemble sur les plans physique et spirituel.

- Écoute... je donne à toi cent fois raison ! Et je crois je vais même plus loin que toi. Toutes ces discours et réflexions sur «l'amour», «comment aimer», c'est fatiguant à la fin ! Et ça donne une pression sur toute relation présente ou future ! C'est pourquoi tout à l'heure je parlais de moi au passé pour te dire mon état d'«amoureux». Maintenant pour moi, c'est fini tout ça. Beaucoup de gens que je connais ont un chéri ou une chérie, une compagne ou un compagnon, et ils ne pensent pas un instant à ce tralala-bidule-chouette que serait l'amour ! Pas penser plus. Pas discuter plus.» (Klaus poursuivit, levant un doigt à la verticale, façon prophète :)

- Ne t'en fais pas trop, va. Si tu la rencontres, tu sauras faire. C'est à dire, tout bêtement tu lui demanderas souvent : «Comment vas-tu ?», «As-tu besoin de quelque chose ?». Parce qu'au fond c'est ce qui compte. Être attentif à elle, disponible. Et votre relation progressera peu à peu comme dans le passage avec Le Renard et Le Petit Prince de votre grand écrivain Saint-Exupéry. Vous vous apprivoiserez. Vous vous approcherez chaque jour un peu plus l'un de l'autre et rêverez chaque jour à l'autre avec tendresse. Ne réfléchissons pas comme de vieux croûtons. Il faut prendre les choses comme elles viennent. Même si elles tardent à venir, il faut y croire ! Et ce sera peut-être au moment et dans la situation où tu t'attendras le moins que cela arrivera. Parce que la vie est comme ça : elle nous réserve ses meilleures surprises quand et où elle le décide et si elle décide. Par conséquent : ça peut être à n'importe quel moment et n'importe où... ou jamais... (Klaus surenchérit :)

- Incroyable tout ce que l'on peut entendre à ce sujet de l'amour ! Tout et son contraire. C'est signe que l'amour ou l'absence d'amour fait parler, concerne tout le monde. C'est bien le signe aussi, comme dit la chanson, que «l'amour n'a jamais jamais connu de loi» !

- Récemment à la fin d'un journal télévisé j'ai entendu le présentateur conclure un sujet sur ce thème en affirmant que «tant qu'on cherche à être amoureux, on reste jeune»... Pas mal aussi ça, je trouve... Et puis j'ai vu un documentaire sur l'amour fait par des savants. Il disait à la fin : «Quand deux êtres sont attirés, il ne faut pas résister. Il faut se laisser entraîner jusqu'au bout. Et après, il faut voir. Recommencer ou pas et rester ensemble ou pas, selon comment ça s'est passé, comment cela évolue et que l'on peut pas savoir à l'avance. Tout simplement.» Et un scientifique qui s'exprimait à la toute fin de ce documentaire disait : «On peut vivre sans amour. Mais avec c'est quand même mieux.»

- Oui, c'est bien ça », convint avec moi mon interlocuteur.

Notre discussion au sujet des rapports humains, des sentiments, des attirances, des rencontres dura une bonne partie de la nuit. Elle nous avait porté longtemps et loin.

Plus tard au cours de cette même nuit, seul sous ma tente peu avant de m'endormir, je songeai à quelque chose à quoi j'avais déjà pensé après ma première rencontre avec Klaus, à savoir qu'entre nous un cercle vertueux était à l'œuvre : l'un donne quelque chose à l'autre parce qu'il lui parait sympa ou seulement parce qu'il décide de lui accorder de l'intérêt ; de se savoir ainsi apprécié ou considéré celui qui reçoit a toutes les chances d'embellir un peu plus (en général on aime ça nous les humains : être aimé) ; cela le rendra probablement encore plus désirable ; ainsi de fil en aiguille un enchaînement profitable à l'un comme à l'autre est enclenché.

Je ne te dis pas qu'il ne m'arriva pas de songer à deux ou trois reprises que ce gars pourrait s'en aller aussi subitement qu'il était apparu non sans m'avoir préalablement détroussé de mes maigres biens. Bien sûr, j'y ai pensé ! Mais dans la balance, cette crainte pesait moins que les bénéfices tirés de cette présence complice à mes côtés sous le brûlant soleil de l'été dernier.

Lui, Klaus, d'où sortait-il ? Il fournissait peu d'éléments susceptibles de m'éclairer à ce sujet. Je décidai de ne pas m'en préoccuper. L'essentiel était pour moi de constater l'existence de solides atomes crochus entre nous.

Qu'avait-il vécu pour être dans cette situation ? Mystère. Je n'en savais rien, mais lui aussi à coup sûr avait dû bien en baver :

« - Ébahi, t'es-tu déjà posé la question de savoir ce qui justifie le fait que l'on évalue ton mérite de chômeur à ta capacité coûte que coûte à te trouver de l'emploi et ce peu importe lequel, pour quelle rémunération et dans quelles conditions il devrait être réalisé ? Et t'es-tu demandé pourquoi cette capacité ou cette incapacité, c'est là le seul élément considéré pour t'octroyer ou non l'aumône des quelques euros que l'on t'accorde pour ne pas crever tout à fait de faim, alors qu'en réalité du boulot cela fait plus de quarante ans qu'il n'y en a plus pour tout le monde ? Et que cela durera, avec les robots, les machines de plus en plus performantes et les millions de malheureux que les firmes trouvent ailleurs de par le monde pour produire tout ce qu'elles veulent en payant leur main-d'œuvre d'une bouchée de pain ? Ils prennent vraiment les gens pour des cons. Sans compter que c'est avec cette mentalité qu'on dézingue la planète tous azimuts. Le travail ? Pourquoi pas. Travailler, d'accord mais à quoi ? À rendre la Terre encore plus malade ?

J'étais il y a quelque temps à Lyon. Là-bas, j'ai eu l'occasion de visiter le musée de la Résistance. Je te parle de la Résistance française durant la Seconde Guerre mondiale, celle avec un grand R, contre les occupants nazis et les fascistes de l'administration de Pétain... Dans ce musée, on peut entendre des témoignages d'anciens membres de ces groupes rebelles à l'ordre établi. Je me rappelle celui d'une femme qui avait quinze ans en 1940 et était lycéenne dans une école catholique. Elle revenait sur le pourquoi de son rejet immédiat de la devise du gouvernement de collaboration de Vichy, le «Travail, Famille, Patrie». Aucune des valeurs maréchalistes ne lui semblait respectable : «La famille - disait-elle - elle est appelée à s'élargir. La patrie ? Pour nous, il (le maréchal Pétain) était en train de la trahir. Le travail ? Je n'ai jamais considéré qu'il était en soi une vertu. On travaille POUR quelque chose, EN VUE DE quelque chose».

Les propos de cette ancienne résistante m'ont aussitôt convaincu. Aujourd'hui, au sujet du boulot on nous bassine pareil qu'au temps de Vichy : «Tu ne veux pas travailler ou chercher du travail ? On te coupe les vivres ! Crève !». Et moi, alors, quand quelqu'un de l'administration me disait ça je ne bronchais pas. Je répondais juste silencieusement : «Je ne suis pas un fainéant. Je ne suis pas un profiteur. Stoppez vos injonctions ! Allez vous faire voir !». Là, après cette visite au musée de la Résistance, depuis, ô, merveille ! Ô, miracle ! Je commençais grâce au témoignage de cette femme à relever la tête. À retrouver de la dignité. »

Iana, je te résume ce que disait Klaus avec mes mots à moi et non son vocabulaire à lui, approximatif, même s'il maîtrise plutôt bien la langue française... Peu importe.

« - Ébahi, longtemps j'ai été malheureux et j'ai souffert et tremblé d'être le vilain petit canard du système. J'avais échoué dans la rue pour une raison indépendante de ma volonté qui ne te regarde pas et les services de l'État en rajoutaient pour que je m'en sente honteux et coupable. J'ai mis du temps pour me sortir de ce guêpier ! J'ai dû plonger en moi, mobiliser toute mon intelligence et le peu d'énergie vitale qu'il me restait pour comprendre in extremis des choses essentielles.

Primo, si je ne réagissais pas à leur flot de misères et d'injures, j'allais vraiment en mourir, je n'en reviendrais jamais. Deuxio, je n'avais pas à battre ma coulpe ni à me haïr puisque, de toute évidence, toutes analyses faites et contrairement à ce que l'on me serinait je n'étais pas - loin s'en fallait - le principal responsable de la situation calamiteuse qui était la mienne.

Me forger cette double conviction n'a pas été facile, car dans mes moments de relâchement à nouveau je m'accablais de reproches en tous genres et je sentais alors à nouveau le fardeau de la honte peser sur mes épaules. Pourtant, peu à peu je suis parvenu à me dégager de cette habitude mortifère. »

J'ignorais quel avait été le parcours Klaus puisqu'il ne voulait pas entrer dans les détails. Mais lui parlait comme s'il avait perçu sans que je le lui dise les points clés de mon propre destin. L'une de ses diatribes, un soir, me toucha au plus profond. L'essentiel, le plus déterminant de tout, était là en quelques phrases seulement :

« - Une rupture s'est produite dans ta vie ? Un grave accident ? Rien ne te sera pardonné. Pas de pitié sociale. Pas de seconde chance. Un malheur s'est abattu sur toi ? Tu as ralenti ta marche ? Suspendu ta vie ? Aucune compensation. Pas le moindre avantage. Tant pis pour toi. Tel est le monde dans lequel nous sommes au-delà des grands discours sur la République et l'égalité des chances. Voilà pour qui nous sommes pris, toi, moi et tous ceux qui ne sont pas de bonne naissance. Ce que nous représentons à leurs yeux. »

J'avais aussitôt pensé à la maladie de ma sœur qui m'avait tellement affecté par le passé et qui m'avait conduit à la déchéance personnelle et professionnelle. J'adhérais entièrement à ses propos.

Klaus pensait que la société était plus dure, peut-être, que je le pensais moi-même, ce que je n'aurais pas cru possible de qui que ce soit avant de l'avoir entendu de mes propres oreilles. Et pourtant, Iana, tu sais quoi ? En lui, il n'y avait pas la moindre aigreur ou le moindre dépit par rapport à la vie, je veux dire à l'existence en elle-même. Quelquefois, je me demandais si je n'avais pas en face de moi l'être le plus intelligent, le plus sage, que j'eus jamais rencontré...

Le bonhomme savait quelle était la meilleure attitude à adopter pour les gens de notre condition dans le contexte qui est le nôtre :

« - Non seulement, tu n'as pas à te sentir coupable, ni responsable, mais quelque chose qui prime sur tout par rapport à ta situation matérielle, voire affective, et la chose essentielle au fond - c'est que les matins tu puisses te regarder en face dans la glace. Es-tu quelqu'un de bien au-delà de la conjoncture politique, sociale, sur laquelle tu n'as quasiment pas d'emprise et qui fait que tu es là où tu en es ? Oui ou non ? Là est ta préoccupation première. La façon d'«être» au monde vaut au moins tout autant que le sujet de «l'avoir» lorsque l'accès que l'on a aux produits de première nécessité pour sa survie est acquis. Là est ton combat.

Quand tu as réglé cette question qui est la plus importante de toutes, reste en forme le plus longtemps possible sur le plan physique, ne te berce d'aucune illusion au sujet de ce monde, enfin tiens-toi prêt à saisir la moindre opportunité. Oui, la société est dure. Très dure. Mais la vie - la seule que nous vivrons, en tout cas c'est ma conviction - est courte. Ne ressens-tu pas que cette considération - «la vie est courte» - te pousse en avant, charge d'une énergie supplémentaire ton moment présent - cet instant T-ci où je te parle ? Qu'elle t'invite à te réaliser personnellement en dépit de nos grosses difficultés tant qu'il est encore temps ? »

Cette nouvelle discussion nous avait encore une fois entraîné très tard le soir. On avait beaucoup bougé toute la journée. Klaus sourit et bailla. J'en fis de même. Et il conclut presque distraitement :

« Rien n'est plus grave pour un être que de vivre à moitié. Ou, tout en vivant, de ne pas exister pleinement... Et puis dis-toi bien une chose que peut-être tu sais déjà d'ailleurs : quelle que soit la force des êtres ou des éléments déchaînés contre toi, personne, absolument personne ne peut t'empêcher de rêver. Bien sûr, il est des rêves qui se brisent. Il en est tous les jours. Ce que je veux dire c'est que rien ni personne hormis sans doute la mort ne peut casser ta machine à rêves, à faire des projets et à tenter de les réaliser. Personne. »

Là, j'acquiesçais sans rien dire. Je songeais à moi, à tout ce temps durant lequel j'avais cessé de rêver, avant le retour d'Esther lors de cette fameuse nuit de l'hiver dernier, mais je me tus.

Mon horizon s'éclaircissait. J'avais bien l'intention de profiter à nouveau de l'air du temps comme lors de mes premiers jours en Ardèche quand je squattais mon repaire à ciel ouvert... Il y avait cette belle balade à faire pour retrouver l'emplacement de mon camp d'ados de l'époque de mon premier séjour dans la région. Le lieu en question - un terrain fermé sur lui-même comprenant une longue bâtisse en pierre, à côté un vaste pré sur lequel avaient été érigées deux grandes tentes ouvertes qui nous hébergeaient, nous les garçons sous la première d'entre elles, les filles sous l'autre - se situait bien à l'écart du bourg, à un endroit très particulier : au sommet d'une falaise en surplomb de la rivière.

Dans mon souvenir, non loin de l'entrée, en poursuivant sur la petite route qui longeait le bâtiment, un sentier démarrait sur le côté. Après avoir serpenté, celui-ci amenait au bord de l'eau, cinquante mètres en dessous. À l'époque, on l'avait régulièrement emprunté pour aller nous baigner. Mon idée était d'en retrouver la trace par le bas. Il s'agirait de suivre le cours de la rivière à partir du village de Labeaume. Avec de la chance, il n'aurait pas été défiguré depuis. Après quoi on pourrait le prendre, monter jusqu'à la petite route puis de là rejoindre l'ancien camp.

Klaus et moi on parcourait la berge à pied en cherchant ce fameux départ de sentier, nous ne nous en trouvions plus guère éloignés quand j'eus une illumination en observant la silhouette de mon compagnon de balade devant moi à bonne distance. Pantalons retroussés, chapeau de paille vissé sur la tête, vêtements rassemblés dans un ballot au bout d'un long bâton posé à l'horizontale sur une épaule, son allure était celle d'un gueux. Il me fit soudain penser à ce personnage dessiné en croquis, scotché sur la vitre derrière le comptoir de divers bistrots avec la légende suivante : « Il faisait crédit à ses clients. » afin que tous les usagers de ces lieux comprennent que là on payait cash ses consommations. Je hélai Klaus pour me moquer :

« - Vagabond ! Eh, Vagabond ! Attends-moi un peu ! » Il se retourna, étonné. J'approchai. Il n'était pas fâché. Au contraire, cette diversion avait l'air de lui plaire. Cela lui changeait de notre excursion silencieuse et un peu monotone sous le soleil tapant. Je poursuivis :

« Je sais comment t'appeler maintenant ! Regarde à quoi tu ressembles ! » Il jeta un œil au loin, pensif, semblant chercher l'inspiration, avant de répondre :

« - Et moi, tu sais comment je vais t'appeler ? Ébahi. Parce que tu es toujours là à être surpris de tout ce qui se passe et tout ce qui t'arrive. Ébahi, cela t'ira bien. »

Mon compagnon de balade se remit immédiatement en chemin sans faire plus attention à moi. Sa réplique du tac au tac m'avait pris de court. Peut-être dans son dos avais-je l'air... ébahi ?

Ébahi, je le fus bel et bien, et Vagabond avec moi, en gravissant le chemin escarpé qui menait de la rivière au bord de la petite route près de l'ancien camp. Un passage à flanc de roche en particulier offrait une vue somptueuse sur la Beaume et ses méandres trente mètres plus bas. Je comprenais encore mieux pourquoi j'avais gardé un souvenir extasié de mon séjour ici il y a de cela trois décennies.

On habitait alors une commune populaire encore un peu industrielle et ouvrière malgré la fermeture progressive des usines et des ateliers dans laquelle les jeunes se côtoyaient l'été pour quelques semaines loin de la ville et des parents. Autant d'échappées belles dont on reparlait ensuite tout le restant de l'année, voire bien plus longtemps.

J'entends ici ou là dans mon proche entourage des remarques acerbes ou méprisantes à l'encontre des « Chinetoques », des « Nardinamouks »[*] ou autres « pas comme nous » prompts à nous empêcher de vivre en harmonie. Je repense à mon séjour à Labeaume au milieu des années 90. Qu'est-ce qu'on avait bien pu rire sur fond de chansons de Bob Marley, de flirts à tout va et de sorties au grand air avec tous les fils et filles de « Ritals », de « Merguez », d' « Espingouins », de « Portos », de « Bridés », de « Karlouches » et de « Froms »[**] ! Que n'ont-ils connu ces vacances ceux-là qui se plaignent de leur voisin parce qu'il n'est pas leur sosie ! La France s'en trouverait plus apaisée ! Autant d'occasions d'enrichissements mutuels. Voilà, par exemple, comment j'appris quelques rudiments de diverses langues du monde telle l'arabe. Et pas uniquement les mots-insultes que beaucoup connaissent. Je pense aussi à : « Soleil », « Je t'aime », « Sauterelle »...

Question visages amis, je me rappelle surtout celui de Carrie. La seule fille que j'avais convoitée de tout le séjour. Un physique du tonnerre ! Elle vivait dans une grande barre d'un quartier réputé pour son désordre et la hauteur de ses immeubles. C'était une métisse mi-française, mi-vietnamienne hyper-sympa en plus d'être charismatique. Dotée d'une énergie sans faille et d'une sagesse à toute épreuve, avec ses formes parfaites, sa peau ambrée, ses fins cheveux noirs mi-longs sertis d'un mince bandeau qui lui allait si bien, lui donnant l'air aventurier, libre et rebelle d'une

---

* Nardinamouks : Arabes (péjoratif). (Ndla)

** Ritals, Merguez,... Froms : respectivement et péjorativement Italiens, Nord-Africains, Espagnols, Portugais, Asiatiques, Noirs et Français .(Ndla)

Indienne d'Amérique elle avait tout d'une princesse exotique. Un canon dont la beauté nous avait tous électrisés, moi le premier !

Demain était alors une chaude promesse. La supercherie ne nous avait pas été révélée. On y croyait à l'égalité des chances entre tous, surtout après de telles vacances !

Je ressentis de la nostalgie en reconnaissant l'endroit du camp qui avait un peu changé. À cette époque, l'avenir nous appartenait ! Encore plus à elle, la belle Carrie. Je me demande ce qu'elle a bien pu devenir...

Ni Vagabond ni moi ne nous lassions de nos débats intellectuels. Nombreux furent les soirs à la veillée où l'on se plût à échanger tous deux longuement nos points de vue. Peut-être toi t'auraient-ils saoulé ces développements à prétentions philosophiques et aux dimensions moralisatrices ? Les difficultés dans lesquelles Klaus et moi on se débattait dans nos existences expliquent, je crois, les bienfaits pour nous de ces discussions.

De même que cela avait été le cas peu auparavant lors de ma méditation nocturne et solitaire face au village de Labeaume, ces moments privilégiés me précisaient la direction par où aller. Grâce à eux, mon chemin s'éclairait. Après ces échanges de vues, je me sentais mieux. N'était-ce pas cette paix intérieure, au fond, qui m'avait le plus manqué au cours de ces dernières années ? Pourquoi était-elle si difficile à obtenir ? Si rare ? C'était si bon.

J'abordais cette fin juillet revigoré par la tournure des événements. J'étais en forme physiquement. Et dans ma tête du genre complètement libéré. Lavé, rincé, essoré et séché, au bon sens du terme. Je ne me sentais plus le moins du monde coupable d'occuper la place qui était la mienne sur cette Terre.

Avant ces fameux soirs au camping à discuter, je portais le poids de quelque chose qui pesait lourdement sur ma conscience (du moins encore un peu, parce que j'avais quand même commencé à m'en détacher tout seul...). Maintenant, je ne vivais plus ma condition de précaire à la façon d'un citoyen mis en examen par la justice en attente d'être présenté à un juge (mon « conseiller » chômage). Je ne redoutais plus le verdict favorable (l'attribution d'un travail intéressant, stable et payé correctement) ou défavorable (la radiation de la liste des demandeurs d'emploi et la suppression de mon allocation) d'un procès qui ne venait jamais, que je cessais enfin de craindre et qui jusque là me maintenait dans un état de délabrement moral avancé du fait de considérer que si je n'étais pas officiellement condamné, la punition sociale de chaque jour d'une vie de misère que j'avais à subir (autrement dit la peine préventive que je purgeais) me désignait toutefois comme éternel coupable présumé.

Si rien n'avait changé pour moi matériellement, au moins me fichais-je royalement de tout cela : le jugement, son Tribunal (l'opinion publique) et sa Cour (les autorités). Je n'en avais plus besoin pour me faire une idée que j'estimais cohérente sur moi-même. Je n'accordais plus aucune légitimité morale à tout ça. C'était juste que cela n'existait plus.

Mes échanges avec Vagabond m'avaient convaincu : ma vie avait suffisamment été gâchée, maintenant c'était FI-NI. Je marchais solidement sur mes deux jambes, la tête bien accrochée sur les épaules, la conscience au clair et c'était bien là ce qui comptait.

La maturation de ma réflexion en solitaire le soir où, face à Labeaume, l'image de la carte postale de ma vieille amie

Camille ainsi que le souvenir de La Communauté de mon adolescence m'étaient apparus m'entraînait vers d'autres considérations. Je ne savais pas comment je pourrais concrétiser ce désir. Toutefois, j'avais maintenant la volonté farouche, pour mon bien-être et mon épanouissement, de rejeter ce que l'on nous présentait comme l'alpha et l'oméga de l'existence, c'est-à-dire tous ces rêves de succès professionnels, sociaux et je ne sais quelles glorioles.

Je me concentrerai plutôt sur mon devoir vis-à-vis de moi-même de vivre dans un environnement naturel et humain sain, apaisé, solide, autrement dit au sein duquel je serai à l'aise, dans lequel j'aurai le sentiment d'avoir trouvé une place, quitte pour cela à devoir m'éloigner des chemins balisés ou à m'opposer au plus grand nombre. Mine de rien, trente ans après notre expérience collective du lycée et de l'internat, je sentais qu'il me fallait continuer de me détourner franchement des canons de pensée de la société contemporaine, de son idéologie dominante.

Vagabond et moi on éprouvait chaque jour et de longue date l'âpreté du monde. On n'en oubliait pas pour autant la valeur du simple fait d'exister. La vie est courte. Soit. Raison de plus pour que personne ne nous dicte comment nous devons vivre. Exister est une chance, beaucoup paraissaient l'ignorer. Pas nous. Voilà pourquoi il n'y avait pas de paradoxe à ce que malgré notre dénuement, joie, rire et humour nous accompagnent au cours de ces jours et de ces nuits.

« - T'as bien fait de partir de chez toi pour venir ici et me rencontrer ! » finit-il par me dire un soir après une énième conversation.

J'acquiesçais, convaincu. Puis je répliquais gaiement :

« - Je ne le regrette pas. Et c'est bien la première fois que je décide moi-même tout seul de quelque chose d'important qui me concerne !

- La première fois, toi, que tu décides de quelque chose toi-même tout seul ? Vraiment ? »

J'étais d'humeur badine. Il ne comprenait pas que je le menais en bateau. Je poursuivais :

« - Jusque là, dans mon existence j'avais tendance à me laisser aller. Je repoussais à plus tard les choix importants. Ou alors je restais tout le temps indécis. Incapable d'opter franchement pour telle ou telle direction. Les seules fois où j'ai pris de fermes décisions, c'était après un film vu au ciné, à la télé ou sur l'ordi en réaction ou par mimétisme de ce que faisait une actrice, toujours la même, qui chaque fois qu'elle apparaît me bouleverse, ou alors me fait mûrement réfléchir quand elle-même à l'écran est bouleversée, ou qu'elle-même réfléchit mûrement.

- En réaction ou mimétisme de ce que pouvait faire une actrice à l'écran ? Et toujours la même ? Qui donc ? »

Vagabond était interloqué.

« - Juliette, Klaus ! Juliette Binoche ! Au premier film que j'ai vu d'elle j'ai été foudroyé. Et par la suite l'effet foudroyant a duré... Chaque fois qu'elle paraît, mon cœur s'accélère, je sens battre mes tempes, des papillons s'agitent dans mon ventre, mes pupilles se dilatent, les yeux cherchent à me sortir des orbites... La fascination n'a pas cessé. Cette beauté ! Cette gravité d'expression sur le visage dans certaines scènes pile au moment où il le faut ! Et pourtant sur ses traits, cette douceur, dont quoi qu'elle fasse il reste toujours quelque chose ! C'est juste incroyable et unique ! »

Ce que je venais de dire était extrêmement proche d'être vrai, un tout petit peu exagéré tout de même. Joke *! Et pour le coup, c'était Vagabond qui demeurait ébahi. On partit d'un bon rire tous les deux.

Rencontrer un frère humain. Ou une sœur. Un semblable. Ressentir et saisir que l'on est important à ses yeux et qu'il compte pour nous. Quand l'image qu'il - ou elle - vous renvoie de vous ne relève ni de la gêne, ni de la honte, ni de la tare, ni de la menace... eh bien cela fait prendre un bon bol d'air qui nous fait se quitter soi et aller à l'Autre.

Klaus et moi, nous devenions deux amis. Entre nous, il y avait que je lui paraissais ébahi dans la vie, c'est pourquoi j'étais Ébahi. Et lui, vraiment, qu'est-ce qu'il avait l'air vagabond ! C'est pourquoi il était Vagabond... Ébahi et Vagabond, Vagabond et Ébahi.

Je me souviens de ce matin d'un énième retour à Ruoms depuis Labeaume. Klaus m'accompagnait, on avait décidé de se rendre au marché de la petite ville en suivant pour une fois la départementale. Mon ami se trouvait être dans de très bonnes dispositions, il chantait du Renaud à tue-tête. Je tentais chaque jour de lui inculquer un peu plus de vocabulaire, y compris de l'argot. Cela fonctionnait plutôt bien, surtout lorsque j'enrobais le tout d'éléments de culture tels que des chansons populaires.

Présentement, il faisait mine de s'adresser à un interlocuteur invisible qui se serait situé quelques pas devant lui sur la route et il y allait franchement avec un extrait d'un succès bien connu de la vedette parigote : « Arrache-toi d'là t'es pas de ma bande ! », s'égosillait-il en ricanant. Je trouvais

---

* Joke : farce, blague (traduit de l'anglais). (Ndla)

cela pas mal de la part de quelqu'un dont la langue de Molière n'était pas celle d'origine. Certes, le reste n'était pas terrible : en effet, le « Casse-toi tu pues... et marche à l'ombre ! » qui aurait dû suivre pour être fidèle au refrain authentique devenait par sa voix cocasse :

« Cache-toi tu pues... et marche à Londres ! »

Mais on sait tous que le français recèle bien des difficultés, non ? Que l'on soit néophyte ou qu'on le parle depuis sa naissance, on y est tous régulièrement confrontés. C'est pourquoi je ne lui en voulais pas le moins du monde.

Ainsi parvint-on cahin-caha aux portes de Ruoms, Vagabond, moi et l'œuvre artistique de Renaud Séchan tout à la fois honorée et malmenée.

Sans surprise en cette période de haute saison touristique, on trouva là-bas beaucoup de monde. Et même la foule se densifiait considérablement au fur et à mesure que l'on progressait en direction du centre-ville. Il faisait beau - pas encore chaud - c'était bien l'été, nous suivions docilement le flot humain. Celui-ci nous amena pour finir sur la grande place du marché.

On avait entrepris de faire le tour de l'endroit lorsqu'un vacarme se fit entendre dans notre dos. Je me retournai, cherchai un instant du regard ce qui pouvait bien être la cause de cette agitation soudaine. Trois types faisaient sensation. Ils se détachaient de la cohue par leur accoutrement. Tous trois dissimulaient leurs visages sous des masques des frères Dalton tels que ces personnages de l'époque du Far West apparaissent dans les albums de Lucky Luke. L'imitation ne s'arrêtait pas là : ils en portaient également les mêmes costumes de forçats genre pyjamas jaunes rayés de noir. Cela n'a peut-être pas l'air de grand-chose, pourtant leur irruption avait généré un certain affolement dans le public. « Alors quoi ? » paraissait s'interroger la foule. Un acte de piraterie ? Du gangstérisme ? Des terroristes ? Une attaque de banque, peut-être ? Que nenni ! Une sono qui accompagnait ce trio s'était mise à cracher de la musique mélangée à des échos de chaînes métalliques traînées sur le sol, de grosses clés tournant bruyamment dans un verrou...

Moi au moins, je me sentis rassuré. Les trois types en question se tenaient alignés les uns à côté des autres, têtes basses, immobiles... sans doute la promotion d'un spectacle ! Rien de violent en tout cas. Ils essayaient d'attirer l'attention pour une raison que j'ignorais encore, voilà tout. C'était de leur part tout de même osé de le faire ainsi grimés en ces temps de frayeurs collectives propices aux paniques de rues !

Je voulus me rapprocher de la scène pour percer le mystère de leur présence. Klaus me fit signe que non. On les verra plus tard, disaient les mains de mon ami. On allait faire le tour de la place puis on reviendrait. Bien. Seulement, à notre retour les trois fauteurs de troubles n'étaient déjà plus là. Le hasard fit pourtant qu'on les retrouva tout de même en fin de marché, accoudés au comptoir d'un bar de la ville. Je crois qu'ils avaient deviné que l'on se posait quelques questions à leur sujet, car l'un d'eux mit fin au suspens sans qu'on lui demande rien :

« - Salut ! Moi, c'est Pierre, alias Joe. » Et ce dernier d'ajouter en désignant tour à tour ses deux compères : « Voici William, alias Will. Et lui c'est Tony, alias Rell.

- Fort bien - rétorqua Vagabond. Et qu'est-ce que vous faites là, les Dalton ? Lucky Luke est dans le coin ? » ironisa-t-il gentiment.

La conversation partait sur de bonnes bases. Peut-être ces comédiens grimés en desperados de westerns avaient-ils senti en mon ami Klaus, à qui il arrivait de s'adonner à l'art de la marionnette sans fil, un acolyte ? Il faut dire que l'ambiance détendue du café se prêtait bien aux mots pour rire. Pourtant on le comprit vite, l'histoire de ces trois-là désormais sans leurs masques, mais qui avaient gardé leurs mêmes costumes jaunes striés de noir, était une affaire tout ce qu'il y avait de plus sérieuse.

J'évaluais l'âge respectif de ces garçons : Joe pouvait avoir cinquante ans environ, Will qui était en réalité une fille devait avoir tout juste dépassé la trentaine, et celui de Rell semblait se situer entre les deux. À leur initiative, une pétition circulait dans le débit de boissons. Quand le document tomba entre mes mains, le souvenir de L'Antoine, l'agent de police faussement décontracté de Labeaume, se raviva en moi. Quand j'avais croisé ce triste sire, il aurait dû porter un uniforme et il n'en avait pas. Aujourd'hui avec ces trois-là c'était l'inverse. Dans tous ces cas, si l'apparence paraissait sympathique l'habit pouvait très bien ne pas faire le moine. Une grande circonspection m'habitait par conséquent au moment de prendre connaissance du texte qu'ils voulaient que l'on signe.

Ma méfiance fut balayée à la première lecture. Il s'agissait de défense des droits des chômeurs. Durant l'été, quelques centaines d'inscrits à Pôle emploi de diverses régions de France s'étaient vus retirer le bénéfice de leur allocation pour soixante jours faute de ne pas s'être présentés à un entretien de contrôle. Cela fait bien longtemps que la menace d'une telle sanction - radicale - pèse au-dessus de la tête des privés de travail. Sauf que d'ici le vote d'une nouvelle loi pas encore entrée en vigueur, ladite mesure n'était censée s'appliquer que pour une durée d'un mois. L'administration avait donc fait preuve à leur égard d'un zèle tout ce qu'il y avait de plus illégal. D'où le remue-ménage provoqué par les susnommés Joe, Will et Rell à Ruoms à l'heure du marché...

La politique des pouvoirs publics vis-à-vis des demandeurs d'emploi et la marge de manœuvre dont ces derniers disposent pour tenter d'influer sur celle-ci, ce sujet ne m'était pas inconnu. Dans le prolongement de préoccupations anciennes et en ce qui nous concernait nous deux, Vagabond et moi, dans le droit fil de certaines de nos discussions récentes au clair de lune. Aussi l'idée de s'asseoir ensemble tous les cinq autour d'une table afin de donner une suite à l'échange entamé debout face au comptoir m'intéressa.

Aucun des Dalton ne résidait dans la région. Le plus loquace et le seul d'entre eux à avoir des enfants, Joe, ouvrier agricole de son état, venait de la Creuse. Le mode de vie campagnard ne lui déplaisait pas, à Joe. Cela se sentait à travers ses propos. Malheureusement, depuis quelque temps, de périodes chômées en saisons moins travaillées les ressources de base finissaient par manquer. Du jamais vu de mémoire d'au moins trois générations de forçats de la terre, depuis la fin de la Seconde Guerre mondiale, dixit ce fils et petit-fils de paysans de la France vraiment rurale du temps jadis. C'était la raison de sa présence en Ardèche. Parce qu'il pensait encore pouvoir changer la donne pour lui, pour sa femme ainsi que pour leurs deux enfants.

La même volonté de contrarier un destin malheureux avait poussé les deux autres Dalton à venir en Ardèche. Tous trois avaient sympathisé par écrans d'ordinateur interposés, via un site revendicatif, bien avant de se rencontrer physiquement.

Will présentait un profil sensiblement différent. Elle aussi cependant était confrontée à une certaine forme de décadence. Elle était originaire de Bessèges, dans le département du Gard, où rien là-bas n'a remplacé le métier de mineur de fond - pourtant rangé au rayon des souvenirs depuis belle lurette - qui donnait jadis à chacun une fonction, un sentiment d'appartenance à quelque chose et permettait de se constituer une situation, de quoi vivre dignement.

Cette mine que pour autant nul ne regrettait franchement tant elle fut dure on la connaissait aussi chez Rell, troisième et dernier Dalton, en provenance de Chazelles sur Lyon, autre région de charbon et de terrils à côté de Saint-Étienne.

Dans cette petite ville proche de la capitale du Forez, historiquement on suait, pensait et dépensait autour d'une seule usine, une chapellerie industrielle qui embauchait la plupart des membres de la famille et pratiquement tout le voisinage :

« - La vie n'y était pas coton, mes bons messieurs. Ça ne rigolait pas tous les jours. Ça on peut le dire ! Et maintenant là-bas, de la fabrique il ne nous reste que le souvenir. La manufacture, la condition ouvrière... tout a disparu. Tout a été englouti. Par le temps... par la post-industrialisation... la postmodernité... par je ne sais quoi encore. Mais, car il y a un «mais», l'essentiel de tout ça est conservé avec précaution. Dans le corps d'usine transformé en lieu polyvalent, le bâtiment est dans son état d'époque, si bien qu'il impressionne et séduit beaucoup de visiteurs pas du tout habitués à cette forme de paysage courante en ce temps-là. On a voulu garder la mémoire de ce qu'a été la vie de nos ancêtres. Jusqu'aux vêtements qu'ils portaient tous les jours. Y compris leurs regards, loin de nous dans le temps et pourtant vifs, jeunes et vigoureux sur les photographies noir et blanc grandes de plusieurs mètres de côté en affiches sur les murs d'une partie de l'ancienne usine devenue resto.

Ces photos racontent l'aventure des parents, des grands-parents, l'histoire de gens à qui un quotidien de labeur donnait beaucoup de fil à retordre de leur premier à leur dernier jour d'existence, mais qu'ils étaient tout de même bienheureux de vivre parce qu'il les avait sortis d'une sombre misère, l'enfer de la boue des champs, et d'une mort encore plus précoce qui rôdait tout autour d'eux au sein de leur univers de paysans faméliques, à cause des maladies, de la malnutrition...

Avec ces clichés, on ne s'habitue pas à ce que disent ces regards dont certains fixent l'objectif du photographe, d'autres leurs collègues ou leur tâche au travail. Leurs attitudes, leur allure, leurs postures, leurs gestes expriment à la fois l'extrême grandeur de leur vie (n'est-ce pas une glorieuse entreprise humaine que d'être parvenus individuellement et collectivement à se tirer du néant ?) et son extrême modestie (qu'est-ce que cela représentait alors d'être ouvriers en chapellerie dans un bled inconnu du Forez ?)

Pour qui les regarde comme je le fais, ces photos disent une chose superbe - ajouta Rell. À nous qui sommes la chair de la chair de ces gens-là et qui venons après eux sur le même sol, elles disent que grâce à elles et à ces visages on ne pourra pas se mentir à nous-mêmes au sujet d'où l'on vient. Et aussi que personne ne pourra tricher durablement avec nous sur ce que fut le passé - quelle fut la texture de ses joies et de ses drames, le poids respectif des unes et des autres dans la balance de l'existence - afin de nous préparer un avenir dont nous ne voudrions pas. On sait ce qu'a été la vie avant, sa dureté, la somme des misères... et l'on sait aussi les bonnes choses. On sait tout cela et ça nous permet de comparer. On sait quoi apprécier et quoi ne pas apprécier. On sait mieux vers quoi se diriger et vers quoi ne pas aller. »

Le temps passait sans que l'on s'en rende aperçoive. Au café qui allait bientôt fermer, avec les trois frères Dalton on s'était attablés autour de quelques pots. Et l'on causait. Eux, ainsi déguisés afin d'attirer l'attention et de tourner en dérision le symbole de privés d'emplois présentés en délinquants, ne comptaient pas en rester là les jours prochains. Ils nous donnèrent rendez-vous en fin de semaine. Ils nous promirent même une surprise.

« Pourquoi imaginer quelque chose de nouveau ? Il y a les Gilets jaunes ! Les Gilets jaunes sont faits pour ça, non ? » tempêta Vagabond après que Joe nous eut indiqué vouloir évoquer le projet auquel il souhaitait que l'on adhère.

Notre seconde rencontre avec la fratrie Dalton n'avait pas tardé à reprendre la même forme d'un échange sur la conjoncture politique et sociale qu'elle avait eue la première fois.

Une somptueuse journée d'été s'annonçait, l'on assistait depuis notre table en terrasse Chez Hugo à l'illumination progressive du paysage par l'astre solaire. Le jour s'était levé depuis un bon moment, les variations de lumière naturelle ne cessaient de transformer le décor autour de nous. Les ombres mouvantes des belles pierres, l'étincellement soudain des hauteurs cernant le village, au fond du Sablas, à l'opposé de nous, le scintillement de la rivière gonflée d'énergie charriant gaiement ses eaux argentées... une discussion sérieuse paraissait incongrue dans ce cadre féerique. Et pourtant le même type de conversation qui l'autre fois avait été seulement interrompu par l'arrivée à notre table d'un alléchant lapin chasseur aux pommes de terre s'imposa à nouveau, aussi sûrement et inéluctablement que Labeaume sortait de la torpeur du petit matin.

Je me doutais que la réaction épidermique de Klaus était pure provocation de sa part. Probablement cherchait-il à tester celle de l'assemblée.

« - Vagabond, si tu suivais bien l'histoire des Gilets jaunes, tu te serais rendu compte de deux ou trois choses fondamentales... ».

Rell lui répondit très sérieusement, même si sans doute lui aussi avait perçu la mauvaise foi de l'ami allemand. Il se montra persuasif, car personne ne le contraria après qu'il eût exposé la nécessité, je cite « pour le salut des plus démunis d'entre tous au sein de la société française d'allumer un autre brasier de contestation sociale par leurs propres moyens sans que cela vaille condamnation du mouvement des Gilets jaunes ». Joe renchérit pour nous annoncer la nouvelle :

« - J'ai le plaisir de vous faire savoir, cher Ébahi, cher Vagabond (en nous dénommant de la sorte, Joe nous rendait avec humour la monnaie de notre pièce de les appeler, eux, « Dalton ») qu'un rassemblement est prévu dans quelques jours à deux cents kilomètres d'ici. Il doit nous permettre à nous tous, sans domicile et/ou les privés de ressources décentes car privés d'emploi, de mieux nous fédérer sur le plan national et européen. Il doit aussi servir à décider d'une action de protestation d'envergure à la rentrée dont les modalités restent à définir et les objectifs seront de prendre l'opinion publique à témoin ainsi que de secouer les gouvernants pour que les choses bougent enfin concernant la grande pauvreté.

Quarante ans de renoncements et d'échecs à garantir une vie décente pour des centaines de milliers, des millions de citoyens, alors que les plus fortunés ne cessent de s'enrichir, ça suffit ! Crise sanitaire ou pas, il y a toujours quelque chose qui les empêche d'agir ! On exige plus d'intelligence et d'esprit de solidarité pour réfléchir à comment réorganiser le monde ! Vagabond et Ébahi, voulez-vous bien nous accompagner dans le campement prévu pour ce rassemblement préparatoire ? Oui, venez avec nous ! Je parie volontiers que vous ne le regretterez pas et aussi qu'on s'y amusera un peu ! »

Il y eut un mini-conciliabule. On posa deux ou trois questions, on s'enquit mieux de la chose. N'oublie pas que tout ça se noyait dans une espèce de météo estivale parfaite et par conséquent propice à tenter toutes les aventures. C'est pourquoi Klaus et moi, on décida sans hésiter de participer à celle-ci. Au moins au début. Pour voir. Ainsi quitterait-on l'Ardèche pour les Cévennes.

" Wind of change " - « Vent du changement », dit une célèbre chanson du groupe Scorpions. Là-bas dans les Cévennes celui-ci s'apprêtait-il peut-être à souffler encore une fois. Il balaierait les injustices et apporterait le renouveau ! L'Histoire, peut-être, était en marche. Oh, oui, je sais : une formule grandiloquente en cette époque où l'idée la plus répandue est que celle-ci suit immuablement son cours au mépris des peuples qui cherchent à en modifier le courant ! Quoi qu'il en soit, Vagabond et moi ne nous étions pas dit lors de nos échanges récents au clair de lune : « Être intelligents et clairvoyants » ? « Se tenir prêts » ? « Savoir monter dans un bon train qui viendrait à passer » ? Un nouveau chapitre devait donc s'écrire. J'ignorais qu'il me conduirait à toi.

Ne pas tergiverser et foncer droit m'était bien plus facile que deux mois auparavant lors de mon départ du Grand Nord. Clairement. Cette fois, j'avais Vagabond auprès de moi et les trois autres compagnons. « Banzaï ! » aurait sans doute plaisanté ma chère Pauline, ainsi qu'elle le lançait à la cantonade en guise d'« Allons-y franchement ! ».

La perspective de ce rassemblement dans les Cévennes m'intriguait à défaut de m'attirer. De quelle action revendicative accoucherait ce rendez-vous ?

Un point m'attristait néanmoins : Clem. Je m'éloignais de la jolie serveuse sans un au revoir ou un adieu, pas même un mot. Elle avait disparu du jour au lendemain et n'avait pas réapparu. Cela me peinait beaucoup. Elle m'attirait toujours autant, à tous points de vue. On s'était vus assez souvent. Par un bel après-midi, on était même partis ensemble à la baignade. On avait parlé, on avait ri... On se connaissait mieux, on se gênait moins... Le soleil était éclatant. Un coin à l'ombre en bord de rivière. Avant de mettre une seconde fois à l'eau, elle avait fait mine de dégrafer le haut de son maillot, ses joues s'étaient empourprées, et m'avait demandé :

- Ça te dérange si... ?
- Si ça me ran... Si tu me tai.. Si tu me té... ?

Tu penses bien que cela ne me dérangeait pas. Découvrir quelles merveilles d'elle pouvaient bien se cacher que je subodorais osant à peine les deviner au-delà de ce que je connaissais déjà et qui me séduisait tant...

Avait-elle oui ou non un copain ? Petit ami ou pas, il me paraissait on ne peut plus clair que... enfin, tu m'as compris. Tout s'était enchaîné très naturellement et magnifiquement. Après cela, je l'aimais encore plus. Et j'avais l'impression d'avoir encore tant à découvrir à son sujet.

Le matin de notre départ programmé pour les Cévennes, je filais au bistrot. J'expliquai à Hugo que je ne reviendrai plus sans doute avant bien longtemps et que j'avais tenu à le saluer. Je lui demandai des nouvelles de Clem. Elle s'était bel et bien volatilisée :

« - C'est le mot - me confirma le patron de bar. Je la connais depuis qu'elle devait avoir seize ans, c'est une habituée. Elle est venue et m'a dit : «Je pars». C'est tout. Elle avait déjà fait ce coup, tenta-t-il de me consoler. Si elle n'est pas retournée voir son père dans le Sud ! Ses parents vivaient ici. Séparation. Lui a filé vers la Méditerranée. Maintenant ? Va savoir... »

Ces paroles ne me réconfortaient pas. Le mystère s'épaississait au sujet de ma dulcinée. Malheureusement, aucun moyen pour moi de lever celui-ci, sauf à placarder des affiches à son effigie sur les murs du village avec mes coordonnées en cas d'information utile à communiquer, ce que je n'avais pas le temps de mettre en œuvre si tant est que j'en eusse l'audace :

« - Si elle réapparaît, dis-lui qu'elle peut me contacter. »

Hugo soupçonnais, je le soupçonne, la précarité de ma condition. Il devait s'en émouvoir un peu, par amitié pour moi ou au moins seulement par compassion, sans le dire, parce que moi-même je ne lui en avais jamais franchement parlé. Disposition rare chez les patrons de bars, surtout ceux qui sont implantés là d'où ils sont natifs, il était quelqu'un qui se livrait peu sur lui-même, aussi respectait-il cette même inclinaison de la part de ses clients. Je le sentais délicat envers autrui, sans qu'il se départisse d'une certaine distance professionnelle (je comprenais fort bien cette attitude).

Je lui remis mes coordonnées postales et téléphoniques. À transmettre à Clem quand elle reviendrait, si un jour elle revenait. Il les prit, on se serra la main chaleureusement, il en passa une derrière mon cou pour tenir ma nuque fermement puis me lança :

« - À un de ces quatre. Salut, grand ! »

On se jeta un regard plein de bonté réciproque. L'essentiel ayant été dit, je disparus à mon tour.

L'instant d'après, on arpentait - Vagabond, Joe, Will, Rell et moi - les rives de la Beaume pour un dernier petit tour en forme de salut que Klaus et moi avions souhaité rendre à la rivière. Nos bagages avaient déjà rejoint le van qui devait nous transporter pour le voyage. Nous deux marchions devant, les Dalton se tenaient à l'arrière quand Klaus s'arrêta net, s'affaissa au sol et hurla :

« - Un serpent ! Aïe ! »

Mein freund [*] se tordait de douleur ! Et ce n'était pas une plaisanterie de sa part.

« - J'ai rien vu, Klaus ! Vingt dieux, rassure-toi ! Pas de serpent ! Rien ! J'étais juste derrière toi. Un de nous trois l'aurait vu venir ou repartir ! » - réagit Rell, immédiatement suivi de Will et Joe.

On n'en menait pas large. Ce que croyait Vagabond était peut-être vrai, après tout.

On s'agita en tous sens puis les secours que l'on avait prévenus ne tardèrent pas à nous rejoindre. On resta aux côtés de notre ami mal en point. Il n'avait pas perdu conscience, c'était déjà ça. Un examen médical se déroula sur place. Les professionnels de santé parurent optimistes. Il y avait bel et bien eu quelque chose, en effet, sauf que selon eux il ne s'agissait ni d'une vipère ni de tout autre reptile serpentant dans la savane environnante. Un traitement lui fut aussitôt administré afin de prévenir tout risque d'empoisonnement à quoi que ce soit. On allait l'emmener et le placer en état d'observation pour tenter d'en apprendre davantage. Ce faisant on nous le certifia : le pronostic vital de Vagabond n'était pas engagé. La situation aurait donc dû être sous contrôle. Le hic était que le désarroi de Klaus ne faiblissait pas malgré notre bonne volonté et toute notre attention :

« - Je vais mourir ! Je vais mourir ! » répétait-il sans que quiconque parvienne à le rassurer.

---

*   Mein freund : Mon ami (traduit de l'allemand). (Ndla)

Dans la mesure où il paraissait hors de propos, ce stress extrême nous laissait désemparés. Vagabond insista pour me parler en particulier avant de partir :

« - Lorsque je serai mort, souviens-toi de moi de temps à autre - implora-t-il ses yeux dans les miens en tenant serré mon col dans l'une de ses mains. Et si tu es triste, prends le temps de t'isoler quelque part au calme et remémore-toi des moments passés ensemble. Ainsi, je ne serai pas tout à fait mort, et toi pas tout à fait seul, car alors mon esprit te visitera ! »

J'étais dépité. Rien ne paraissait pouvoir rassurer mon ami. Quelle peine j'avais quand l'ambulance s'éloigna sans un bruit pour ne pas l'exciter davantage !

Tandis que les portières du véhicule médical se fermaient, Vagabond, toujours persuadé de sa disparition imminente, crut bon de devoir me délivrer en toute hâte ses ultimes recommandations :

« - Et n'oublie pas, me cria-t-il, en ce moment Juliette Binoche fricote avec le Tout-Hollywood ou le Tout-Paris. Peut-être je me trompe, en tout cas elle est là-bas et toi t'es ici en Ardèche, et bientôt au fin fond des Cévennes ! Vous deux c'est pas le même monde ! N'oublie pas ! N'oublie surtout pas ! Même Blanche Gardin... (je ne me souvenais pourtant pas lui avoir parlé de Blanche Gardin)... Blanche Gardin, aussi ! Où tu en es, pour toi elle est hors de portée ! »

Rell resta en Ardèche pour veiller sur Klaus mais rien ne fut modifié en plus de ce que l'on avait programmé pour les jours suivants : Joe, Will et moi quitterions Labeaume l'après-midi même, direction le nord de l'Hérault, où l'on passerait la nuit avant de changer de véhicule et de gagner les alentours du lieu de rassemblement prévu pour notre réunion de protestataires. L'idée était d'optimiser le nombre de places disponibles dans les voitures et par conséquent de laisser notre van à d'autres candidats au séjour dans les Cévennes qui en temps voulu seraient eux à même de le remplir au maximum de sa capacité. Nous, une fois rendus à destination, on trouverait un hébergement jusqu'à l'ouverture du camp de base militant en espérant vite être rejoints par Rell et un Vagabond remis sur pied.

Ce programme intégrait une alléchante perspective : traverser une partie du pays cévenol lors du second jour de transhumance. Cela m'enchantait. En effet, ce nom de « Cévennes » me sonnait très agréablement aux oreilles depuis fort longtemps.

D'abord, il y avait eu deux courts séjours que j'avais effectué là-bas. Ils avaient été formidables. Ensuite, par l'une de mes tantes prénommée Odette, mais que tout le monde chez nous depuis toujours appelle je n'ai jamais su pourquoi « tata Lili », j'étais imprégné de récits fantastiques se rapportant à cette région.

Les pays ainsi que les êtres peuvent s'apprécier pour leur joliesse, celle que nous voyons, touchons, ressentons, par tel ou tel de nos sens. Pour peu qu'on les connaisse seulement parce que quelqu'un qui nous est cher ou quelqu'un qui détient un talent de conteur nous a vanté leurs charmes, ils nous paraîtront bien plus attractifs encore, car en ce cas l'imagination se déploie et commence son œuvre d'embellissement sans rencontrer l'obstacle de la réalité et ses dures lois. Certaines légendes se construisent ainsi. C'était le cas pour moi à propos des Cévennes grâce à tata Lili, dont chez nous la réputation de bavarde redoutable et impénitente n'est plus à faire, mais à qui je trouve pour ma part la langue bien pendue du bon côté.

Cette chère tante, une sœur de ma mère, m'a de très longue date raconté beaucoup d'histoires au sujet de ce nom de région de huit lettres, associé plus d'une fois à un autre de six, « Lozère », ces deux territoires se superposant en partie. Les deux appellations me suggéraient les mêmes coins de campagne à l'abri des dégradations de la civilisation industrielle ou post-industrielle, les mêmes merveilleux chemins de randonnée, les mêmes trésors de la nature à proximité desquels jouir pour une semaine ou davantage d'une existence délicieuse, les mêmes autochtones dotés d'une aura d'êtres authentiques intelligents et généreux détenteurs d'une science ancestrale du savoir bien vivre.

Lili, pour qui « palabrer » signifie pareil que pour le commun des mortels « boire » ou « manger » et à qui je suis prêt à tout pardonner parce qu'elle est d'abord gourmande de vie, m'avait enfin enseignée ceci qui m'importait beaucoup au sujet des Cévennes : la région fut à divers moments de son histoire le refuge de plusieurs générations de réfractaires à l'ordre établi. Ainsi les camisards, des révoltés d'autrefois, y avaient défié le Roi et l'Église pour pouvoir pratiquer leur religion protestante jusqu'à mener une guerre ouverte contre leur autorité à l'un et à l'autre à une époque où celles-ci étaient toutes puissantes. Bien plus tard, à la fin des années 1960 début de la décennie suivante, ces mêmes terres avaient été le terrain privilégié en France des hippies, pour la plupart d'anciens citadins exilés installés dans des fermes collectives où l'on vivait sur le mode communautaire, gardant, élevant et exploitant des chèvres et des moutons, produisant et commercialisant de la laine, des bijoux d'inspiration orientale, des fromages, que sais-je encore... Entre les uns et les autres, voilà une population, me disais-je, qui de longue date avait choisi de ne pas s'en laisser compter et de suivre sa propre voie quoi qu'il lui en coûte.

Tout ceci explique pourquoi je trouvais cet endroit et ces gens fascinants.

Dès l'instant où j'avais su que j'irais là-bas, j'identifiais l'histoire de ces femmes et de ces hommes à la mienne telle qu'elle s'était dessinée avec mon départ du Grand Nord. Je voyais en ce riche passé cévenol un élément de modernité : l'attachement farouche au principe de liberté. Et mon existence elle aussi portait la marque d'une quête d'indépendance.

Le premier jour de voiture se déroula sans faits notables. Sans contretemps non plus, avec seulement une pensée attristée et un peu inquiète en direction de Vagabond. Se profila enfin cette seconde partie du trajet dont je me réjouissais par avance.

Joe, pourtant très amateur de voyages et d'espaces naturels préservés, n'était encore jamais venu dans les Cévennes. Mon plaisir s'en trouvait décuplé. J'adore accompagner des amis en de telles circonstances. Le paysan creusois ne cachait pas son impatience de bouger, d'autant qu'il s'intéressait comme moi au passé cévenol riche en épisodes de résistance à l'oppression.

J'avais opté pour un itinéraire mêlant lieux connus et inconnus de nous trois. Ainsi serions-nous tous, à un moment ou à un autre, en situation de découverte. J'avais préétabli un parcours de façon quasi intuitive sans consulter la moindre image ni lire aucun propos, m'aidant seulement d'une carte routière. À l'ancienne. Cette méthode touristique simplissime m'avait souvent offert de prodigieux instants, certains tout à fait inopinés. Je te la recommande volontiers. Contrairement à mon départ du Grand Nord deux mois auparavant, j'avais préparé celui-ci dans des conditions sereines, qui m'avaient été familières autrefois et que je maîtrisais toujours assez bien.

Pour appeler la chance au cours de cette migration à venir et inviter le plaisir à s'en mêler, on devait d'abord vérifier que l'on possédait l'indispensable : bonne connaissance globale de l'itinéraire, plein d'essence, à boire, à grignoter. Ensuite, nous assurer de l'état correct du carrosse et de nous-mêmes. Après quoi, il n'y aurait-plus qu'à mettre le contact et à démarrer tous sens bien en éveil afin de « tenir la route » au sens propre comme au figuré, en accordant à cette dernière le respect lui étant dû (« accorder à la route le respect lui étant dû » : je veux dire par là que durant le trajet, à l'image de ce que l'on peut se souhaiter à soi pour sa vie d'Homme ainsi qu'à tous les êtres vivants apparus sur cette Terre, on se montrera réceptif et réactif aux péripéties qui ne manqueront pas de survenir, les heureuses ou les malheureuses ; un vieux dicton résume cet état d'esprit : « L'important n'est pas le but, c'est le chemin »... ; pour ma part, je préfère transhumer de cette manière plutôt qu'à la façon de certains qui ne font attention à rien et ferment leurs écoutilles tout le temps de leur déplacement pour simplement se transporter d'un point A à un point B !).

Je redécouvrais ce petit cérémonial lié au départ en voyage. Je l'avais totalement mis de côté ces dernières années bien malgré moi, accaparé comme je l'étais par mes problèmes. D'ailleurs, tandis que je m'affairais encore aux ultimes préparatifs, tout en retrouvant ces gestes et ces sensations anciennes je prenais conscience avec effarement de la singularité de ce que j'avais vécu à l'instant de quitter la ville en juin avant de partir pour Labeaume et au cours des semaines qui avaient précédé. Il m'avait fallu un temps fou pour me décider et m'organiser ! Que jamais, ô grand jamais, je n'ai plus à devoir me dérouiller les membres et l'esprit ainsi que cela avait été nécessaire alors !

Que ma mémoire ne me trahisse pas pour te faire un peu le récit de cette journée-là, le second jour de notre trajet qui nous amena de l'Ardèche aux Cévennes ... Voyons, nous prîmes la route par une météo idéale : zéro trace de nuage dans bleu azur immense à la pureté absolue. Sous cette voûte céleste si phénoménale que j'imaginais un océan majestueux suspendu par-dessus nous, d'une splendeur à couper le souffle, face à cette étendue vertigineuse à la surface de laquelle pas le moindre mouvement n'était perceptible, à perte de vue, nous, oiseaux de passage, ressemblions à de minuscules insectes véhiculés à moteur.

Cette sensation ne m'était cependant point désagréable dans la mesure où c'était seulement par contraste avec ce ciel superbe, véritable merveille de la nature, et où par ailleurs l'on bénéficiait d'une température de l'air parfaite qui m'incitait à me contenter d'apprécier à sa juste valeur l'instant présent, sans autre considération. L'envie de partir gambader me donnait des fourmis dans les jambes. Ces conditions quasiment optimales me rendaient léger, léger... Nymphe plutôt qu'insecte, je sentais proche ma métamorphose en papillon.

À la sortie de la commune de Pont d'Hérault, dans le Gard, on suivit la direction de l'Aigoual, emblématique sommet perché à plus de mille cinq cents mètres au-dessus du plancher des vaches. Ceci nous amena à entreprendre de traverser un paysage de campagne intriguant, qui perdait subrepticement son caractère méditerranéen, de courbe en courbe, kilomètre après kilomètre, sans que cela n'enlève rien à ses attraits.

Ainsi se profila le lieu-dit La Pénarié, territoire de la localité de Vallerauges. C'était pile le moment où déjà pour tout le monde dans la voiture il faisait faim. Le soleil, radieux, était toujours de la partie, de même cette météo parfaite.

On avait entraperçu depuis la route un plan d'eau distant tout au plus d'une cinquantaine de mètres au bord duquel se dressaient une table de pique-nique rudimentaire et ses bancs. On se gara à proximité. En s'en approchant à pied, on découvrit un endroit magnifique, à la végétation luxuriante, au sein duquel régnait un calme impressionnant - une quiétude pas même troublée par les véhicules en circulation, extrêmement rares - et où rien n'empêchait l'omniprésente Dame Nature de dispenser ses bienfaits à flot continu.

Durant le pique-nique, a fur et à mesure que nous devenions moins concentrés sur nos ventres et le contenu de notre sac à victuailles, peu à peu repus, on se laissait aller à observer plus finement le site sur lequel nous nous trouvions ainsi que ses alentours. Une demie-heure avait peut-être passé, on avait peut-être échangé quinze mots en tout et pour tout depuis notre installation lorsque tout à coup Will, s'extirpant de son silence et de sa contemplation se tourna vers Joe, incrédule : « On est au paradis ici, en fait. ». Ce à quoi nous répondîmes du tac au tac : « C'est ce que j'étais en train de penser. » Une évidence sensorielle nous avait saisi tous trois à peu près au même instant.

Devant nous, un bassin presque aussi vaste qu'une piscine publique demeurait à l'ombre dans une atmosphère alanguie aux teintes mordorées. Tout autour, une campagne exubérante et verte, d'un vert tropical, tirant plutôt vers le sombre et que l'on aurait dit pur autant que le vert des plus profondes forêts d'Afrique (du moins je l'imaginais, car je ne connaissais celles-ci que par écran interposé). Un tableau rendu définitivement original et impressionnant par son arrière-plan, où se détachaient les premiers reliefs, tourmentés, de l'Aigoual.

Deux personnes apparues l'une après l'autre finirent par se manifester, vraisemblablement des locataires des quelques bungalows de bois disséminés en surplomb dans la végétation. Peut-être les autochtones avaient-ils eu peur de notre présence ? Il avait fallu la durée de notre repas avant que la vie humaine se montre autour de nous ! On avait bien pris soin de s'introduire dans ce paysage si tranquille en toute discrétion, nous déplaçant sur la pointe des pieds, afin de ne déranger personne, et l'on n'avait pas fait plus de bruit par la suite, mais ici tout était si doux et voluptueux que les plus précautionneux des visiteurs auraient eu l'air d'éléphants dans un magasin de porcelaine.

L'un des deux arrivants s'était mis à l'eau. Le baigneur profitait si paisiblement du bassin pour lui seul qu'il paraissait dormir en nageant. Je me rendis compte un peu après de la présence d'une jeune femme dont la grâce et la beauté tout à fait extraordinaires se fondaient parfaitement dans la somptuosité de l'ensemble. Longue chevelure brune librement déployée jusqu'entre les deux pièces de son maillot de bain blanc, elle allait langoureusement et sans ostentation pourtant, son attitude appelant l'amour malgré elle et cependant à un point tel, me semblait-il, que chaque membre de la maigre assistance devait en la contemplant ressentir cela au plus profond de lui-même.

On prolongea notre halte et lorsqu'on se décida malgré tout à reprendre la route, ce fut le cœur lourd de laisser derrière nous cet écrin magique. Dans notre sillage, un zeste de regret, celui de ne pas rester davantage, dans plusieurs doses de reconnaissance mâtinées de satisfaction ayant constaté que quelque part dans l'Univers au moins l'on savait vivre merveilleusement bien dans la simplicité. On avait pénétré dans ce somptueux jardin de La Pénarié par pur hasard, on aurait souhaité ne plus en bouger. Ô, chère escale enchanteresse, je ne t'oublie pas...

À peine Vallerauges hors de vue, déjà l'on attaquait l'ascension de l'Aigoual. Partir à l'assaut de ses pentes avait pour nous valeur de césure. De cette façon, on se sentait entrer de plain-pied en pays cévenol. Dans le genre porte d'accès majestueuse, celle-ci ne manquait pas de style. Sur les flancs du géant des Cévennes, immersion dans le secret de la montagne, désert d'habitations, immense forêt ininterrompue, panoramas grandioses et plus de vingt kilomètres d'ascension continue. Personne ou presque lacet après lacet d'une route impeccable aussi large qu'une autoroute et dont la vue me transportait en pensée sur le bitume de ses cousines nord-américaines du Canada ou de la région des Rocheuses aperçues seulement dans des images rapportées, comme précédemment les forêts d'Afrique auxquelles notre lieu de pique-nique m'avait fait songer. Si tout le reste de ce pays ainsi que ses habitants ressemblaient à cette porte d'accès, le mont Aigoual, ils ne devaient manquer ni de robustesse ni de style. C'était quelque chose !

Afin d'en profiter au mieux, savourant le chemin, ici de nouveau tous les trois on devenait chiches en mots, préférant nous concentrer sur la jouissance du spectacle, les yeux grands ouverts. Lorsque le sommet sembla se profiler, on zigzagua encore près d'un quart d'heure dans un paysage métamorphosé de lande humide et désertique. De petites nappes de brume à ras le sol que l'on déchirait en passant ou que l'on apercevait sur les côtés attestaient d'un climat chamboulé.

Quelques panneaux indicateurs étaient les seuls témoins d'une présence humaine, ici pour montrer la direction d'un gîte d'étape, là celle de chambres d'hôtes. Et puis ce fut le sommet. Arrêt sur un parking jouxtant une station météo vieille de plus d'un siècle. Le thermomètre du véhicule affichait une température en baisse de près de 20°C par rapport au bas de la pente. Quelques pas dans ce nouvel environnement. Crachin mouillant le corps. Vent soutenu refroidissant encore un peu plus l'atmosphère. Welcome in les Cévennes.

Sitôt repartis, on glissa tout schuss sur le versant opposé de la montagne. Sans crier gare, notre voyage prit alors des allures symphoniques. *Les Quatre saisons* de Vivaldi. Nulle musique ne résonnait pourtant dans l'habitacle de la voiture et il n'y avait pas non plus d'orchestre et d'interprètes. Tout se passait au-dehors : après avoir connu l'été de Pont d'Hérault le matin jusqu'au début d'après-midi au pied du seigneur Aigoual, ensuite un étrange automne au sommet de celui-ci, c'était un printemps splendide qui chantait tout autour de nous tandis que s'amorçait notre descente de la face nord de la montagne magique. Nouvelle brusque mue de Dame Nature : vertige de bouquets touffus où régnaient sur profusion d'espèces les poétiques bruyères et les genêts en bosquets ; verts pâturages que l'on devinait arrosés à souhait par les cieux... pour un peu, notre périple se serait confondu à quelque aventure originale d'*Alice au pays des merveilles*. Ou dans un style tout différent, parce que d'étape en étape on évoluait dans des cadres, des arrière-plans et des climats modifiés subitement du tout au tout, j'avais l'impression qu'on était des héros de jeux vidéos, passant sans transition d'un stage à l'autre tels des Super Mario transposés sur Terre.

On était tout juste remontés à bord, la route dégringolait déjà vers la petite ville de Florac Trois Rivières en nous offrant le spectacle d'un fabuleux Nouveau Monde qui ne ressemblait à rien de ce que nous avions vu jusqu'alors. Dans des prés d'herbe épaisse sans nulle âme humaine qui vive, d'élégantes vaches racées à la robe d'un brun roux inédit paissaient placidement, toutes cornes proéminentes fièrement posées et toutes cloches au cou prêtes à tinter. Dans l'air baigné d'une lumière virginale flottait une douceur incroyable. Torpeur d'aube du premier matin du monde. Tout ici paraissait naître ou renaître. Joe, volant en main, souriait béatement à la vision mirifique.

Un panneau apparut sur la droite de la chaussée, bien visible,: « Vous êtes en Lozère ». Ceux qui l'avaient conçu semblaient avoir compris par avance que beaucoup de voyageurs passant par là ressentiraient le besoin d'être tirés de l'état d'hébétude dans lequel cet environnement les aurait plongés, d'avoir en quelque sorte la solution à l'énigme « Où donc ai-je atterri ? » qui se serait imposée à eux après ces quelques kilomètres de descente époustouflante. Moi, je l'avais bien reconnue, et Will dans mon dos sur la banquette arrière elle aussi, sans nul doute, cette Lozère si bucolique, si tranquille, comme mystérieusement à part de toute autre forme de terre habitée et qu'on aurait dite immergée dans une époque différente, voire un univers parallèle. « Parc naturel national des Cévennes », « Site classé au patrimoine mondial de l'humanité par l'UNESCO » annonçaient à peine plus loin deux nouvelles pancartes l'air de vouloir signifier : « Profitez bien de ce qui vient et prenez-en grand soin ».

C'était presque déjà le retour de l'été où la route devenue plus étroite et plus imprévisible s'aplatissait à nouveau. Sous le soleil réapparu, impérial, glorieux, elle serpentait maintenant joyeusement au cœur d'un jardin dont on avait l'impression qu'il suivait interminablement son propre cours, enchâssé dans je ne sais quelle vallée emplie de délices.

À Fraissinet de Fourques, au détour de bâtisses, surprise : une population d'humanoïdes, certes peu nombreuse, discrète et quasi insignifiante au milieu de toute cette nature et sa profusion de couleurs et de formes de vies. Ces gens on aurait dit des figurants de cinéma, le rôle principal étant toujours tenu par l'étonnant paysage. Sans doute quelques estivants tout entiers immergés dans ce décor de rêve, une poignée de représentants de la sous-espèce Homo sapiens sapiens réduits pour une fois au statut de modeste, d'élément secondaire, ainsi que ce devait être le cas partout à la surface de la boule ronde au début du genre Homo, aux origines, et même encore il y a seulement quelques milliers d'années.

Parvenus à ce point du trajet, je me demandai ce qu'inspirait notre voyage à Joe et Will. Je l'ignorais. Quelquefois, l'un d'entre nous s'enthousiasmait à voix haute pour ceci ou cela. C'était tout. Moi, j'imaginais que notre voiture possédait un toit ouvrant. Alors je me voyais défaisant ma ceinture, me dressant debout, le buste hors de l'habitacle, levant les bras au ciel et criant : « Vive la France libre ! Vive la France libre et verte ! » Extase, je te jure ! En vérité, on parlait le moins possible, ainsi que déjà cela avait été le cas plus tôt à Vallerauges, ensuite dans l'Aigoual. On roulait tranquille, on regardait bien, on appréciait. Délectation pour nous-mêmes et les autres chanceux d'être là que l'on croisait.

Je songeais : « Pour l'ensemble du vivant, c'est super qu'un tel pays existe ! » quand, soudain, en rase campagne : « Oh ! Joe ! Will ! Devant ! Au-dessus du talus ! » Sur le côté gauche de la route, à une vingtaine de mètres devant la voiture et à trois mètres environ en surplomb, des moutons ou des chèvres occupaient un genre de promontoire - extrémité d'un pré pentu à l'herbe verte coupée très court - en bordure duquel était assis, à même le sol, leur berger.

C'était un vieil homme. Il se tenait immobile, placide. Dominant la chaussée, près de ses bêtes, il tenait entre ses lèvres un brin de paille. Ses yeux fixes étaient braqués face à lui vers l'avant. Sur son visage, un air serein, enfantin. Un peu plus loin, après avoir poursuivi notre chemin et pris du recul par rapport à cet endroit, on se rendit compte que le brave jouissait là où il se trouvait d'un panorama immense, couvrant des dizaines de kilomètres carrés de part et d'autre des points cardinaux, dans lequel n'apparaissait, sans même parler de ville ou de quelconque industrie, aucun village, tout juste au loin deux ou trois hameaux et guère plus d'habitations isolées.

Florac Trois Rivières à peine abordée fut aussitôt contournée. Après quoi l'on bifurqua sur la droite pour suivre une autre route bientôt comprimée entre la paroi escarpée d'une montagne et un ravin au bas duquel coulait une rivière nerveuse et plutôt large, le Tarn. Cette partie du chemin dura, dura... elle durait depuis si longtemps que j'en étais à me demander si elle finirait un jour. Alors parurent les premières maisons de Le-Pont-de-Montvert.

Aucun de nous trois n'avait jamais mis ni ses pieds ni même ses pneus ici avant cette merveilleuse fin d'après-midi. La fatigue due à notre intense journée de voyage explique peut-être pourquoi le village prit pour nous la forme d'un mirage lorsqu'on y entra. Après tout le chemin effectué, sous la radieuse lumière d'été ainsi que la rude et austère beauté verticale du paysage alentour, avec ses sommets dépouillés au profil à chacun singulier, on crût avoir accosté sur un îlot de civilisation perdu au milieu d'un océan de nature à la prodigalité sans limites.

Bouches bées, on découvrit là, d'un côté du quai du Tarn sur lequel on roulait un petit pont de pierre datant de Mathusalem ; juste au bord de celui-ci une tour du même matériau, rustique et sobre d'aspect ; trois cafés-restaurants alignés l'un à la suite de l'autre ; en face, leurs sympathiques terrasses ; à peine plus loin, une boutique de souvenirs et de cartes postales ; une épicerie ; une intersection de rues étroites et anciennes ; quelques badauds déambulant nonchalamment ; la rivière enjouée qui dévalait ce décor gaiement, comme si elle chantait un air appris là-haut dans ces montagnes qui observaient le village de si près qu'elles paraissaient le scruter ou alors veiller sur lui ; enfin, en face de l'autre côté du cours d'eau, une bâtisse elle aussi toute en pierre, massive, fière, aux formes rassurantes et simples et qui paraissait être elle aussi là depuis une époque immémoriale, l'auberge dite « des Cévennes » comme il l'était écrit sur la façade, assise là au bord du Tarn, semblant signifier aux hommes qu'on pouvait avoir confiance en elle et qu'elle ne s'en laissait pas compter par la nature impressionnante tout autour.

On ne se posa même pas la question de marquer ou non l'arrêt dans le village : la halte s'imposait d'elle-même.

Iana, mon amour, j'ai une perception floue de ce que je t'ai raconté ou pas des événements survenus au cours de l'été dernier à dater de notre arrivée sur le territoire de Le-Pont-de-Montvert. Il me semble atteindre ce moment de mon récit au-delà duquel tu connais presque tout de ce qui m'a concerné moi et de ce qui nous a intéressés l'un et l'autre.

Tu n'ignores rien de l'enchaînement des faits ayant conduit quelques jours plus tard à notre rencontre, pas plus que celui ayant initié la formation de notre groupe de partisans déterminé vaille que vaille à œuvrer en faveur d'une plus grande justice sociale. Tu sais tout cela. Seulement, je connais ta volonté d'analyser comment je tirerai les fils de ma mémoire, puis les relierai ou pas entre eux pour donner sens ou non à mon présent, et si oui lequel, ce présent dont tu as bien compris que j'ai le sentiment qu'il m'échappe de trop, qu'il me paraît plus souvent qu'à son tour incohérent, étranger à moi-même. Voilà pourquoi je reviens sans plus tarder en ce même jour d'août dernier, une heure après être descendu de voiture, dans ces ruelles de Le-Pont-de-Montvert sur la rive droite du Tarn.

Ce qui nous marqua presque aussi rapidement que la beauté de ces lieux fut leur quiétude. Rien ne semblait pouvoir troubler l'une et l'autre, pas même les quelques estivants disséminés ici et là dans le village. Le temps de flâner un moment dans l'entrelacs de ces curieuses maisons constituées d'énormes blocs de granit, de découvrir depuis un balcon élevé entre deux d'entre elles l'impétueux Rieumalet, torrent venu des hauteurs pour s'inviter au bal du village et aux abords duquel on s'étonna d'y apercevoir des jardins et des cultures en terrasses d'inspiration hobbit (à moins que ce ne soit plutôt les Hobbits qui piquèrent l'idée aux gens d'ici), déjà l'Ardèche était tout à fait oubliée. De même, pratiquement toute la fatigue du trajet.

Pas plus que la décision de marquer une pause en ces lieux n'avait eu besoin d'être débattue, moins d'une heure après être arrivés ici on était tous trois convaincus de vouloir y passer la nuit. Un puissant charme, mystérieux, avait agi. Et déjà tous les trois Joe, Will et moi nous nous imaginions dans l'auberge, les pieds sous la table, devisant du lendemain un verre à la main, respirant l'air pur et serein du soir lozérien avant de finir comme il se doit un jour pareil la tête sur un gros édredon et le corps au repos dans le petit dortoir du gîte communal que l'on avait déniché un peu à l'écart de ce pays des merveilles.

Plus tard, dans mon lit, je songeais avec une profonde satisfaction à cette journée si dense et si heureuse. Tout s'était enchaîné si vite ! Cévennes et Lozère : ces contrées pour lesquelles je ressentais une forte attirance semblaient avoir dévoilé l'essentiel de leurs charmes sitôt qu'on les avait investies et parcourues. Curieux, tout de même...

D'abord, il y avait eu La Pénarié à Vallerauges, ce site paradisiaque. Puis s'était présenté à nous cet Aigoual si puissamment forestier, fantastique et sauvage durant notre ascension, et tellement extraordinaire dès les premiers lacets de sa descente. Ensuite, le jardin radieux de Fraissinet de Fourques. Après quoi, le vieux berger assis sur l'herbe auprès de son troupeau, seul face à l'immensité des vallées sans villes... Enfin, les heures suivantes m'avaient appris que le village de Le-Pont-de-Montvert dans lequel on était arrivés par hasard avait été celui précisément où jadis la fameuse guerre des camisards opposant les protestants à l'Église et au roi de France avait commencé, et que bien des années plus tard il fut une étape du périple de l'écrivain Stevenson, auteur de *Voyage avec un âne dans les Cévennes*, un ouvrage sacrément réputé. Tout cela, je l'avais vécu et su en si peu de temps... le temps d'une seule journée... cela pouvait-il être le fruit du hasard ? Il y avait comme de la magie là-dedans !

Un peu plus tôt, durant la soirée, tandis qu'on remontait de l'auberge à pas lents après y avoir mangé, il faisait noir, le village était devenu tout à fait paisible, sans plus aucun estivant ni la moindre autre présence malgré l'horaire raisonnable, Will s'était esclaffée de ce qu'elle venait de lire au chapitre « Le-Pont-de-Montvert » dans le guide touristique entre ses mains. Ses rédacteurs revenaient sur l'importance qu'avait eu dans les parages le phénomène hippie. Ils s'en moquaient : « Ces adeptes du retour à la nature sont repartis depuis belle lurette, leur idéal n'ayant pas résisté aux rudesses de l'hiver cévenol ». Dans le silence et la solitude de la nuit, je songeais que je n'avais pas envie de les traiter par le mépris, moi, ces hippies que le guide touristique présentait cheveux longs, sempiternellement flanqués de leur guitare folk, de leur joint de beuh et placés sous l'observation mi-suspicieuse mi-goguenarde des autochtones.

Flower power ! Pour moi, ces terres lozériennes se dotaient en plus de tout le reste du charme mélancolique de cette ère maintenant lointaine durant laquelle la majeure partie d'une génération - la génération Peace and love - avait pu croire un moment en l'avènement d'un autre monde et commencé d'œuvrer à son édification.

Je me doutais bien que pour pas mal d'entre eux cette expérience n'avait été qu'une question de mode, suivie parce qu'elle avait été dans l'air du temps. Mais sans doute que pour quelques-uns au moins cela avait été plus profondément vécu et ressenti.

Et si ce lieu où nous avions trouvé refuge pour la nuit était un produit de cette époque ? Des indices le laissaient supposer : on y avait été accueilli simplement et sympathiquement ; on pouvait profiter d'un lit confortable, d'une douche chaude, de sanitaires propres, d'une cuisine équipée, de même si la nécessité s'en faisait sentir d'une belle et grande cheminée à l'âtre immense ; tout ceci pour une somme dérisoire... Cela ne s'inventait pas. Cela fleurait bon la mentalité hippie qui avait perduré. L'architecture du gîte mêlant béton et métal dans des figures géométriques peu académiques était bien le style en vogue au cours de ces années-là.

Et si le guide touristique mentait, ou se trompait ? Et si la culture baba cool de ces citadins arrivés de fraîche date n'avait pas tardé à rencontrer un écho auprès des gens d'ici, réceptifs à la propagation d'idées alternatives ? Cette construction matérialiserait en quelque sorte un pacte établi entre ces deux populations au départ distinctes, et pourtant l'une et l'autre soucieuses d'indépendance, d'auto-organisation bien pensée en même temps que de progrès et de mieux-être social... bref, avides de quelque chose de meilleur. Leur croisement aurait produit une histoire commune et donné naissance à ceci, ce solide navire en plein océan de nature, asile ouvert à tous les voyageurs ainsi qu'à tous les êtres épris de de liberté et de grands espaces préservés.

La Lozère d'inspiration hippie attisait ma curiosité. Elle déclenchait un flot d'images et de sensations. Elle me dessinait un sourire sur l'esprit. « Supplément d'âme » dit-on de certaines choses. C'est ce dont il s'agissait pour moi quand on évoquait ce courant d'idées, ce qui s'y rapportait, celles et ceux qui l'avaient alimenté et avaient contribué à en colporter la philosophie.

Je tournais et retournais dans mon lit. Intuitivement, il me semblait que cette Cévenne-là était toujours bien vivante quelque part autour de ce gîte, dans cette bourgade et au-delà. Je rêvais éveillé : de ce que fut cette aspiration commune à tant d'êtres à partir de la fin des années 60, n'en restait-il pas en ces parages quelques somptueux ou tremblants vestiges, au détour d'un hameau, au flanc d'une montagne, au creux d'une vallée, au fin fond d'un sentier, dont le cœur battait encore, ou que nous pourrions trouver enfouis et que nous relèverions afin d'en faire un témoignage pour l'avenir, à la manière de ces anciennes civilisations millénaires dont une trace est exhumée et par la suite précautionneusement préservée ?

Je me levai matin avec la sensation de m'éveiller dans un pays étranger, inconnu et ami, et qui nous ouvrait largement les bras en signe d'hospitalité. Pas plus que tricheur en truffant de bobards mon récit, je n'ai envie de te paraître vulgaire, mais veux-tu bien t'imaginer - bon sang ! - comme c'était bon de rêver un vrai bon vieux rêve comme celui-là ? Bon sang, oui ! Je te jure ! C'était sacrément bon ! Tout ce que la veille nous avait réservé d'agréables surprises nous poussait à croire en ça.

La meilleure des nouvelles nous attendait à l'heure du petit-déjeuner : Vagabond était guéri, sorti de son cauchemar. Rell et lui nous rejoindraient d'ici deux jours, trois tout au plus. Cette annonce couplée au grand soleil de ce milieu de matinée acheva de rendre l'atmosphère mieux qu'insouciante : doucement euphorique. À l'instant du café noir sur la terrasse en bord de rivière, notre vie on aurait dit un paysage de peintre, une toile déjà très personnelle à laquelle son créateur venait d'ajouter l'ultime coup de pinceau, la touche finale grâce à laquelle elle devenait une œuvre en tous points remarquable.

On restait immobiles sans parvenir à nous détacher de ce tableau enchanteur du vieux pont de pierre et de sa tour ainsi que du chant jovial et vivifiant de l'eau en contrebas.

On soupçonnait que dans le village de Le-Pont-de-Montvert et ses environs, où que ce soit la nature impressionne et domine. Finalement, nous partîmes par les chemins situés tout autour de nous, répondant à l'appel silencieux des potagers à flanc de montagne, des arbres et des champs.

On commença de se familiariser avec ce décor exotique de maisons en pierre sèche, de bancels*, de châtaigneraies et de ruchers, de cimetières familiaux établis dans des jardinets délimités par leurs murets et leurs portillons de bois et au cœur desquels reposent paisiblement les ancêtres, de tout cet enivrant et fascinant patrimoine vivant inconnu de nous et qui me paraissait être à la fois d'une grande richesse, multiséculaire et attachant.

---

* bancels : terrasses construites sur les terrains en pente et traditionnellement dévouées à des cultures végétales. (Ndla)

Ici, on croisait des randonneurs au long cours marchant dans les pas de Stevenson dont la mémoire flottait aussi dans l'air. Certains d'entre eux se plaisaient tant à ressembler au célèbre écrivain voyageur qu'une mule accompagnait leur aventure ! Là, au détour de l'un de ces innombrables sentiers ombragés dominant le village et noyés dans la verdure, on échangea un franc et cordial bonjour tout de légèreté et de fraîcheur campagnardes avec une belle jeune femme vêtue à la façon des fermières d'autrefois qui furtivement était passée.

Où que l'on se rendît durant ces heures à Le-Pont-de-Montvert, ce fut le bonheur ! Et moi j'étais intensément désireux de m'approprier les us et coutumes de ces gens. Je sentais au dedans de moi le même attachement qu'ils vouent eux-mêmes à ce pays et à son mode d'existence. Où que l'on soit à Le-Pont-de-Montvert la nature impressionne et domine. Et moi, cela me rassurait. Je me disais que l'humanité y faisait preuve d'une humilité plus que bienvenue. Enfin, un lieu où elle fermait un peu sa bouche. Partout, vraiment, ici l'été, la vie sensuelle, fervente, néanmoins sereine et complètement libre.

Quand Vagabond et Rell nous eurent rejoints, ils se fondirent aussitôt dans l'atmosphère béate au sein de laquelle nous flottions tous les trois. L'ami allemand remis sur pied et consolé fut à son tour conquis par cet endroit. Moins de soixante-douze heures s'étaient écoulées depuis notre arrivée à Joe, Will et moi, et un autre que Klaus aurait pu nous prendre pour des natifs de ces lieux tellement on s'y sentait à l'aise, ravis de les lui faire découvrir et nous-mêmes de mieux les explorer !

On accompagna nos deux justes débarqués au hameau de Viala, plein sud sur le mont Lozère, en direction de Racoules. En chemin, depuis un vieux banc de pierre posé à l'endroit opportun nous jouîmes du merveilleux spectacle du Tarn, du village de Le-Pont-de-Montvert et de ses environs. On poursuivit bien plus loin sur ce versant de montagne, à La Fage, où se trouve un clocher de tourmente, l'un de ces ouvrages qui doivent leur nom à leur ancienne fonction principale, qui était de battre le rappel lorsque sévissaient des tempêtes de neige si terribles qu'elles étaient susceptibles d'égarer les autochtones eux-mêmes. Klaus et Rell s'étonnèrent de constater que derrière chacun de ces noms de lieux se cachait une réalité de quelques dizaines d'habitants tout au plus.

Avec ce même état d'esprit avide de nouveautés, un peu plus tard on emmena Klaus gravir les pentes à l'opposé, depuis l'étroit réduit niché entre deux maisons en face ou presque la boulangerie du village, une calade qui par-delà les terrasses à l'abandon se mue en sentier et permet d'accéder au ron [*] de Chastel et à son point de vue dominant l'ensemble du site, avant de filer plus haut encore, tout en haut jusqu'à atteindre un plateau.

On avait réservé pour finir à nos deux acolytes ce qui nous avait paru à nous le plus remarquable. Je me souviens de la réaction de Vagabond lorsqu'il découvrit la cham [**] de L'Hermet ! On avait arrêté la voiture sur le bas-côté, on était descendus et il était parti seul. Le tableau surnaturel sculpté de siècle en siècle par l'appétit des moutons l'éberluait. L'immense étendue vierge, cette pelouse rase se prolongeant au loin à perte de vue, le stupéfiait. Il en restait muet. Puis il avait voulu s'y promener, ainsi que je l'avais fait moi, sans personne à côté de lui. Se représentait-il les grands troupeaux

---

* ron : roc. (Ndla)

** la cham (ou la can) : se prononce comme «champ» ou «quand». Signifie le plat, plateau. (Ndla)

d'autrefois venus du Sud et qui, m'avait-on affirmé, pouvaient compter plus de mille bêtes ? Il ressentait à cet instant précis ce même effet que bon nombre de voyageurs ont évoqué concernant ces lieux, et qui m'avait saisi moi aussi en errant dans la lande déserte : celui d'un apaisement immédiat. Son regard, on aurait dit un petit enfant contemplant sa mère aimante.

Alerte, enjoué, bien dans sa peau à tous égards, l'ami Klaus ne dépareillait pas avec nous. Ces quelques journées suffirent à effacer de ma mémoire l'épisode malheureux de notre départ de Labeaume. Pour sûr, c'était une bonne nouvelle de le voir ainsi ! Une de plus, songeais-je, après toutes les autres que Le-Pont-de-Montvert nous avait réservées à peine y avait-on mis les pieds. C'est-à-dire qu'ici rien de désagréable ne paraissait pouvoir advenir. On le sentait, c'était dans l'air. Le bonheur coulait presque de source. Toute méfiance vis à vis du présent et de l'avenir immédiat aurait été malvenue. Ici, il y avait juste à profiter et à continuer de se requinquer avec la légitime retenue due aux habitants de cette si envoûtante région du monde.

À la terrasse de l'auberge des Cévennes qui donnait sur le Tarn, Will avait rapproché son visage du mien tout en restant de son côté à elle de notre table. Elle s'était mise à me regarder attentivement en penchant sa tête à droite, à gauche, d'abord avec de gros yeux ronds, puis avec de petits, plissés et scrutateurs, mimant pour de rire je ne sais quel savant à l'affût d'une vérité dissimulée au plus profond de moi. Après quoi elle pointa un index dans ma direction et récita :

- « Je ne parlerai pas. Ne penserai rien : Mais l'amour infini me montera dans l'âme, Et j'irai loin, bien loin, comme un bohémien, Par la Nature... heureux comme avec une femme ». Arthur Rimbaud.

- Que subodores-tu avec tes jolis vers, mon amie ? Que je me prends pour un poète ? Pour un bohémien ?

- Je t'ai bien observé depuis qu'on est partis l'autre jour de Pont d'Hérault et j'ai vu que t'étais heureux de préparer le trajet, de te balader, y compris depuis qu'on est au Pont-de-Montvert. Tu es fait pour les voyages, Jacques ! Pour être sur les routes ! Y'a pas à dire ! Tu devrais peut-être penser à en faire un métier... Ça serait temps d'en avoir un !

- Dis donc, c'est pas moi qu'on surnomme Vagabond ! » Et après une courte réflexion, moi de poursuivre : « Non, tu vois... Certes, je reconnais sentir en moi quelque chose de l'instinct du chasseur-cueilleur originel. Et j'ai le plus grand respect pour ce mode de vie qui est celui de l'humanité à l'aube de sa présence sur... » Je ne pus terminer ma phrase. Joe avait déboulé :

« - Yo, les gars ! Là-haut tout est prêt. Faut qu'on y soit ce soir, vers dix heures et demie. Je dois aller à la réunion du comité de pilotage et avant on doit faire le crochet par Barre-des-Cévennes pour récupérer quelqu'un. »

Ce comité n'était autre que l'instance démocratiquement élue issue du collectif de chômeurs, de précaires et de sans domicile chargée de veiller à la bonne organisation du village revendicatif en train de se constituer à quelques kilomètres de nous ainsi qu'à la préparation de l'action d'envergure envisagée pour un peu plus tard.

On sauta dans les voitures. On se dirigea vers Florac en sens inverse de l'itinéraire emprunté quelques jours auparavant. À proximité de là, on reprit le chemin de l'Aigoual, que l'on quitta très vite pour bifurquer vers l'Est par une route que seul Will connaissait.

La nuit commençait à tomber lorsque l'on sortit de Barre-des-Cévennes tous les six, nous cinq accompagnés du nouveau. On s'était dépêchés et l'on avait si bien roulé que maintenant on arriverait trop tôt au point de rendez-vous. On ne le voulait pas : prière de ne pas déranger l'organisation du camp, surtout que pour certains d'entre nous ce serait notre premier contact avec le groupe. Will décida alors d'arrêter la voiture en rase campagne sur une vaste étendue déserte et figée. Je ne m'habituais toujours pas à ces paysages insolites. On se trouvait une fois encore au milieu d'un bien curieux et superbe nulle part. Tout de même, il y avait là un carrefour de voies et cent mètres plus loin un hameau de trois ou quatre maisons duquel on eût tôt fait d'atteindre à pied.

On quitta le bord de route pour s'engager sur un chemin quasiment parallèle à celle-ci. On longea le devant de la plus proche de ces demeures en belles pierres, somme toute modeste en dimensions, puis le joli muret de son jardin attenant. Ici, pas un bruit. Personne en vue, non plus. Ce que je voyais là - cette maison, son petit terrain, l'ensemble harmonieux formé par ces habitations - me rappela instantanément notre rêve adolescent de La Communauté.

Écrin à l'attrait mystérieux, hors du temps, typiquement le genre d'endroit susceptible de satisfaire de doux désirs de maintien à distance de la civilisation moderne. Ce n'était certes pas le premier de la sorte que je découvrais depuis notre arrivée dans la région. Seulement, là, à cet instant, la sensation avait été fulgurante. Ce pays en regorgeait-il, de tels petits paradis ? En tout cas, il n'en manquait pas.

On passa en marchant devant le petit groupe d'habitations, on poursuivit toujours à pied dans la même direction, droit vers le couchant. Le chemin avait rétréci, il s'était mué en tracé net d'une sente sur l'herbe rase de la lande, étroite bande que l'on sentait avoir été imprimée peu à peu par des pas humains au long des générations et que l'on suivait en file indienne. Le soir était d'une totale sérénité. Incroyable instant. Dans les couleurs du ciel crépusculaire et clément, un je-ne-sais-quoi de transcendant imprégnait l'air autour de nous. On n'entendait rien d'autre que nos jambes et nos souffles. On ne voyait personne alors même que le paysage s'étendait à des kilomètres de toutes parts. Dans cette atmosphère irréelle, on se serait crus naufragés d'un monde splendide vidé de ses habitants. Là, à ce moment précis, tout absolument était harmonie, ordre et beauté, luxe, calme et volupté. Et le temps, suspendu, paraissait figé.

Je marchais précautionneusement, mes compagnons de même. Aucun de nous ne déviait de la piste de terre. On serpentait avec elle. Je pensai tout à coup : « On dirait des humains découvrant une nouvelle planète qu'ils prennent garde de ne pas dégrader. Ou, venus du passé ou de l'avenir, des voyageurs spatio-temporels soucieux de ne pas déranger outre mesure une époque étrangère à la leur. » Toujours, ce silence parfait, cet environnement grandiose et pourtant sans âme qui vive, cette paix complète, cette douceur dans l'air, cette magie de soir d'été tranquille baignant une campagne au charme magnétique et irrésistible.

Cinq minutes tout au plus et le sentier disparut, effacé au pied d'un monticule d'une dizaine de mètres de hauteur situé sur la gauche en direction du Midi, à moins qu'il continuât par d'autres ramifications qui me demeuraient invisibles, la pénombre rendant certains pans du paysage obscurs. On grimpa sur la bosse dont le sommet formait un petit plateau naturel. On y tenait tout juste à six. De là, médusés, on découvrit un panorama s'étendant à des kilomètres alentour. Surtout vers le sud où s'ouvrait une large et profonde vallée. Vers l'ouest, une falaise impressionnante, le Causse Mejean, coupait au loin l'horizon.

« - Un peu en contrebas, nous dit Will, ici devant, sur la gauche, et là sur la droite, plusieurs empreintes de gros animaux préhistoriques sont conservées depuis des millions d'années. »

Des panneaux explicatifs détaillaient le propos de Will. Nous apprîmes en les lisant que l'endroit sans cela déjà extraordinaire où nous nous trouvions constituait il y a très longtemps le bord d'une mer. Celle-ci recouvrait tout à l'exception des plus hauts sommets. Si je n'avais pas pu le deviner, maintenant qu'on me l'avait dit cela paraissait plausible. Soudain, sous mes yeux, tous les creux du paysage autour, jusqu'aux vallées les plus profondes, se remplissaient d'eau, dessinant un tout autre environnement.

Ici précisément, bien avant l'aube de l'humanité, des dinosaures s'étaient déplacés dans des marais soumis à des crues. Le sol alors était sablonneux, du moins très argileux, et un brusque refroidissement avait dû le durcir d'un coup, laissant pour la postérité les indices d'une présence de ces empereurs des temps immémoriaux. Quelques-uns de ces géants du paléolithiques nous avaient donc précédés ici même, à une époque qui ressemblait si peu à la nôtre ! Que pesaient ces soucis au regard de ce qui avait constitué dans sa beauté et sa dureté l'existence des animaux à qui appartenaient ces empreintes vieilles presque comme le monde et celle des milliards d'êtres issus des dizaines de milliers d'espèces au cours des millions d'années qui avaient suivi ? Sans que cela fût tout à fait négligeable, en tout cas bien moins lourd qu'à mon arrivée. Cette subite mise en abîme sur le lointain passé de la Terre plutôt que de me donner le vertige me rendit plus serein.

De retour dans la voiture et sur la route... Décidément, ce pays où la marque de l'Homme était ténue, parfois même carrément absente, guidait le corps et l'esprit vers des considérations profondes et essentielles - vitales - les rattachant non à un système économique, à une société ou à une civilisation et à ce qui en découlait, mais à toute la planète et à tout le vivant. Et moi elle me ramenait à mon rapport personnel à l'ensemble des éléments, ainsi qu'à la vie et à la mort. Si les problèmes qui m'accaparaient n'avaient pas disparu, ils m'apparaissaient autrement. Cette terre cévenole m'aidait à les mettre à distance. Elle me permettait de les observer d'un point si décalé qu'il me semblait les cerner dans leur entièreté. Je pouvais enfin en faire le tour, les appréhender si je le voulais de l'extérieur, de façon posée. Et cela me soulageait bigrement. Voilà sans doute qui me serait utile au moment d'avoir à me jeter dans la lutte qui s'annonçait.

Toutes ces préoccupations anciennes de chômage, de détresse matérielle et affective, s'étaient atténuées sur les bords de la Beaume. Depuis que je me trouvais dans cette région, je les vivais de manière encore plus détachée. Et c'était encore plus vrai après ce moment en lien avec les temps de la préhistoire.

Durant les derniers kilomètres de notre parcours, je me sentais tranquille avant d'enchaîner par notre rendez-vous programmé avec les gens du camp. Direction plein nord, les pentes du mont Lozère, l'autre seigneur des Cévennes. Au loin, les silhouettes des montagnes, floues, impassibles, indifférentes, majestueuses nourrissaient encore davantage ma quiétude intérieure, telles de vivantes et silencieuses géantes complices de mon âme apaisée.

Commune de Finiels. Trois fois rien d'habitations. Juste un groupe de maisons d'altitude. Nous, à peine entrés déjà sortis, replongés dans la pénombre. Vingt mètres devant, au milieu de la route, un homme agite une lampe pour se signaler. On arrive à sa hauteur : mots aimables, poignées de main, deux ou trois phrases échangées, les prénoms des uns et des autres. « Suivez-moi. ». Il passe devant. On s'éloigne du village. Pas de bruit. Aucune lumière. Pas de voitures garées en stationnement. Rien qui indique la présence de la multitude envisagée.

Quelques minutes plus tard, en pleine campagne, l'entrée de quelque chose. Un champ peut-être, bordé comme c'est fréquent par ici d'un mur de pierres. Une pancarte annonce : « Aire naturelle de camping », inscription complétée d'un nom et d'un numéro de téléphone. On s'apprête à en franchir le seuil lorsque se présente un groupe de cavaliers. Sans doute des randonneurs à cheval. Ils vont au trot. Nous laissons place avant de nous engouffrer à notre tour dans la propriété.

Nous marchons bel et bien dans un pré. Un faux plat sur dix à vingt mètres, puis une descente à la fois face à nous et sur notre droite sur une distance que je ne parviens pas à évaluer d'emblée. On avance. Soudain cent feux brillants dans la nuit étoilée ! Une ville est établie ici même. « Nous y voilà », me susurre Vagabond. Méli-mélo de toiles de tente et de caravanes disposées çà et là. Le lieu tient du campement romanichel ou du village traditionnel indien d'Amérique du Nord. On s'y enfonce. Nous traversons la petite agglomération d'un bout à l'autre jusqu'en bas et la ferme qui clôt le champ, à plus de cent mètres de l'entrée. « Voici donc le Q.G. central de l'opération Overlord », m'amusé-je un instant en citant le nom de code donné à l'opération des troupes alliées de débarquement en Normandie en juin 1944

Tout au long de notre approche de la bâtisse, partout où mes yeux se sont posés au sein du village éphémère s'en sont dégagées santé et bonne humeur. Pour moi qui renoue alors avec la masse humaine, la foule, la vie collective, je songe que j'aurais pu tomber plus mal.

Rassemblement à caractère pacifique destiné à préparer un coup d'éclat protestataire censé réveiller l'opinion et faire bouger les autorités au sujet de la situation de nous autres les plus précaires. Chiche ? Volontiers !

Ce petit peuple nomade de la montagne et de la nuit, il me plaît beaucoup ! À Vagabond et aux autres aussi. Toutefois, en tout cas pour ce qu'il me concerne, attention : pas au point de m'aveugler ! On ne me la fera pas avec tout ce que je charrie de bagages et de désenchantements en tous genres, de douleurs, de mesquineries subies et de déceptions ! Comme les descendants de ces ouvriers en chapellerie de la région de Saint-Étienne immortalisés et magnifiés par la photographie dont Rell nous a parlé avec émotion à Ruoms lors de notre rencontre initiale, moi non plus personne ne m'emmènera où je ne voudrais pas aller !

La traversée du campement éclairé par cent feux au sol et au ciel par ceux des étoiles, l'atmosphère douce de cette accueillante terre cévenole exhalant mille et un savoureux parfums, le sentiment de pouvoir presque toucher du doigt l'espoir retrouvé d'un progrès social substantiel et par là même d'une vie future sans l'épée de Damoclès de la misère matérielle et morale suspendue au-dessus de la tête... tout ceci réuni contribua à ce que ma première nuit dans cette agglomération temporaire d'âmes à la fois en colère et souriantes (quel prodige !) fût une joie.

Iana, le lendemain, nos regards à toi et moi se croiseraient enfin ... Je l'ignorais. Qui peut prédire l'avenir ? Personne. Je ne l'imaginais pas, vois-tu ! Et toi, t'en doutais-tu ?

TROISIÈME PARTIE :

S'ÉLEVER

Dès que quelqu'un comprend qu'il est contraire à sa dignité d'homme d'obéir à des lois injustes, aucune tyrannie ne peut l'asservir.

Mohandas Karamchand GANDHI

Je sens ta menotte
Qui cherche ma main
Je sens ta poitrine
Et ta taille fine
J'oublie mon chagrin.

Cora VAUCAIRE

Paris poème, Paris misère, Paris la joie

(Quelques semaines ont passé...)

De nouveau seul. Le calendrier des jours à venir est fixé rigoureusement. Il ne peut varier, sans quoi la réussite de notre action est impensable. Pas possible autrement si l'on veut réunir pour un acte de protestation plusieurs centaines d'individus à un instant T en un point donné sans ébruiter l'affaire. Il est devenu si facile de surveiller les faits et gestes d'une personne ou d'un groupe !

Nous sommes un lundi de la fin août, Vagabond, Joe, Will et Rell ne me rejoindront que le samedi suivant. À compter du moment où l'on sera à nouveau nous cinq au milieu de tous nos semblables – des centaines, peut-être des milliers, je n'en ai pas la moindre idée, pas plus que je ne suis dans le secret du scénario envisagé, ni ne connais le lieu choisi comme théâtre d'opérations - Paris sera une lutte. Paris sera NOTRE lutte.

En attendant, durant les quelques jours d'intervalle, j'en profiterai allègrement pour m'amuser.

En main, la clé de ma chambre en ville. Je l'occuperai seul. Une famille habitant trois étages plus bas dans un immeuble du 13e arrondissement et avec qui j'ai sympathisé durant ces deux semaines à Finiels s'est généreusement proposée de la laisser à ma disposition. Avec ces deux jeunes retraités - Adèle et son mari qui ne se faisait appeler que « Blanc-Sec » - on a parlé plaisir des voyages. Dans le fil de la discussion, ils m'ont offert cette opportunité de venir plus tôt que prévu à Paris. Je n'ai pas voulu la manquer.

Dans le train lancé vers la capitale, je me sens gagné par une agréable sensation. Plénitude. Joie simple, toute en maîtrise... par conséquent la plus profonde, non ? Il en a toujours été ainsi : les rails me grisent. Passer d'une agglomération à une autre pourtant très éloignée en à peine le temps d'une grosse sieste, d'une lecture de journal, d'une réflexion sur tel ou tel aspect de l'existence ou de rêveries récréatives, cela m'a jamais cessé de m'amuser. Et que dire alors du plaisir de se sentir filer dans la campagne à toute berzingue, lové au chaud dans le ventre du serpent métallique, petit univers clos sur lui-même et où l'on demeure serrés les uns contre les autres ? Ce matin, l'impression est encore plus marquée, la satisfaction plus grande : on est partis tôt - un peu avant huit heures - et notre train fonce au travers d'épais bancs de brouillards. Le contraste accentué entre le dedans et dehors renforce le sentiment de confort et d'aventure.

J'ai rabaissé la tablette face à moi. J'ajoute quelques lignes aux notes de voyage que j'ai commencé à prendre. La joie intérieure et la bizarre sensation que j'ai ressentis tout à l'heure au départ perdurent. Le bénéfice physique et moral de mon séjour dans les Cévennes joue son rôle là-dedans, c'est certain. Je vis un moment de bonheur qui dure un peu, tout simplement.

Comme c'est le cas presque chaque fois que je vis quelque chose de fort et de bon qui se prolonge un peu dans le temps, sans préméditation mon esprit invite à la fête une galerie de personnes. Je songe à toi, Iana, ainsi qu'à divers proches, y compris les tout nouveaux - Bédouin, le gérant et propriétaire du camping de Finiels, Adèle, Blanc-Sec et quelques autres, Clem... et même l'ami Hugo de Labeaume, tiens ! Ils ne sont pas là tout en y étant. Ils sont très près. Tout près. Et toutes et tous partagent avec moi cette allégresse. Parmi eux, il y a aussi celles et ceux qui ne sont plus : maman, papa, Pauline, Martin... Oui, car je te l'ai déjà dit, je crois aux forces de l'esprit. Par conséquent, tous mes chers absents sont d'une autre façon là, eux aussi. Et la présence de leurs âmes à mes côtés, maintenant, avec moi, accentuent ma joie.

Un peu plus tard, debout dans la voiture-bar du TGV face à mon café, monte en moi une énergie telle que je n'en avais ressentie depuis des lustres... une vitalité physique et morale dont j'ai le sentiment qu'elles me permettraient de me rendre à pied sans trembler de l'autre côté du monde ! Il y a quelques mois, j'étais un fantôme. Là... Une telle différence, est-ce possible ? Harmonie parfaite entre le corps et l'esprit.

On approche du but : la gare de Lyon. " I want to love Paris ! " clament des tags sur les murs longeant la voie de chemin de fer. Le même slogan claque sur les tee-shirts de certains des voyageurs gagnant prématurément le sas de sortie. Ces formules pleines de vie et d'entrain tout à la gloire de la Ville Lumière ne me surprennent pas. J'ai su par les journaux qu'elles avaient fleuris au lendemain de la vague d'attentats qui avait frappé la capitale en 2015 dans le but de contrer la volonté conjuguée des assaillants, de leurs soutiens et des commanditaires de ces actes odieux d'imposer la terreur à la population. " To love Paris ", c'est ce que je désire moi personnellement aussi très fort.

Attendu que la pression ne tardera pas à grimper avec le programme spécial que l'on s'est concocté en secret dans le camp de Finiels, je m'attelle à ma tâche sans perdre une seconde, mon esprit mesurant la valeur de chaque instant. Dés ma descente du train, sur le quai, dans la longue file remontant vers le hall d'accueil, je reçois à pleins poumons le parfum de cette ville. Je suis avide de l'embrasser. Je sens son humeur en phase avec la mienne.

Lorsque la tripotée de tickets de la RATP que j'ai commandée au distributeur automatique de la gare tombe dans l'escarcelle prévue à cet effet, ce sont autant de sésames que je décroche pour un pays de cocagne dont tous mes sens m'indiquent que j'y suis déjà entré et que tout autour de moi il m'appelle à venir encore plus loin en lui.

Pourquoi se démener ? Toujours avec la volonté de ne pas perdre mon temps, je décide donc de le prendre. Je m'installe à la terrasse du café situé sous l'immense charpente métallique recouvrant cette scène, à quelques mètres du prestigieux restaurant Le Train Bleu, de son enseigne rutilante. Je n'y suis pas encore, déjà dans ma tête mon petit cinéma intime s'est remis en marche, sublimant davantage mon environnement si particulier. Je me délecte de l'ambiance. Je savoure par avance la joie de parcourir les rues et les quais de la prestigieuse cité, celle de marcher le long des grands boulevards, dans les parcs et jardins ... « Sous le ciel de Paris / S'envole une chanson / Hum Hum » ... Aller ici et là d'un coin à l'autre de dessous ces nues que de grandes voix portées par des personnalités si attachantes ont si bien chanté.

Quelques jours avant mon arrivée, je m'étais souvenu d'un reportage à la télé montrant Jacques Prévert, l'un de mes poètes préférés, flâner dans ces rues, se mêlant le plus naturellement du monde au flot des passants ou aux clients des bistrots. Alors je me l'étais promis : puisqu'à Paris je pourrai m'y promener moi aussi j'y ferai mon Prévert. Il me semble le comprendre si bien, le génial barde de mon enfance et de tant d'âges de ma vie, d'avoir fait et refait ce coup-là, celui de s'immerger dans la poétique du quotidien de la capitale ! Car, en effet, beaucoup de ce qui peut suffire à faire le sel d'une existence est là, posé aussi simplement que cela, à la portée de tous et offert aux sens.

Un je-ne-sais-quoi d'invisible et subtil flotte au vent, rendant l'air gai et léger. La jovialité de Paris... Un pas après l'autre, de rue en rue, la magie opère. Une petite musique berce mon esprit. Elle célèbre le charme de se sentir, avec les inconnus que je croise, capables de seulement vivre, le cœur battant, de désirer, d'être séduits, d'être émus, touchés, capables d'aimer, et peut-être en retour d'être soi-même aimé.

Les trottoirs s'éclairent. Le firmament étincelle. Alors j'insiste dans cette voie de rêveuse errance, sans souci de retenue, pas le moindre, m'abreuvant à cette source avec la fébrilité de qui sortirait d'un désert assoiffé et dont l'eau, soudain, humecterait les lèvres, emplirait la bouche, envahirait la gorge.

Marquant une dernière pause à l'angle des cinq longs et larges boulevards non loin de ma chambre, je gazouille de contentement tel un merle ou un rossignol. Aurait-il été encore de cet univers qu'il aurait à coup sûr entendu mes sons d'oiseaux, lui, le grand poète aux sens habiles à distinguer ce genre de prodiges. Peut-être les aurait-il croqués dans l'un de ses collages...

Le lendemain, à force d'être la proie des appâts que la cité offre à ses promeneurs, voilà ! je perds pied complètement et divague vraiment. Dans les jardins du Luxembourg, aux abords d'une pelouse impeccable, un peu austère, sur mon banc assis je suis témoin de la première rencontre entre Simone de Beauvoir et Jean-Paul Sartre. Je suis là ainsi que deux ou flâneurs et autant de couples lorsque tous deux échangent leurs premiers mots. Oui, je t'assure, je suis l'auditeur de leur première conversation.

Idem plus tard, de nuit, guère plus loin rue Guynemer, sur le pavé longeant les grilles du Luxembourg, à l'extérieur, je suis là lorsque apparaît et passe Honoré de Balzac muni d'un chandelier, l'air pénétré. Peut-être s'y promène-t-il cherchant l'inspiration ?

Le tourbillon de mes rêveries m'abandonne, l'instant d'après il me reprend. Je ne le retiens pas. À Montsouris, charme tranquille, autour la vie d'artiste ! À Montparnasse, music-halls, frivolité, liberté, néons, insouciance et cabarets !

Où donc je le rencontre, le grand Victor Hugo - oui, lui-même en personne ! - auprès de qui dès lors je marche un moment ? Je crois, rue Saint-Antoine. Un quartier très ancien sur la rive gauche de la Seine. Église Saint-Paul Saint-Louis, où l'éminent auteur a marié par sa plume la plus célèbre de ses héroïnes de fiction : Cosette. Je le trouve là, sage, humblement assis sur un banc. Il contemple, songeur, le chœur du noble et bel édifice. Comme moi sans doute (sans doute seulement, car si moi je le distingue lui ne me voit pas et je ne peux lui parler) il profite d'un peu de fraîcheur bienvenue. Puis il se lève, sort lentement et passe en face, Hôtel de Sully, qu'il traverse et au fond duquel il retrouve par une porte dérobée les allées couvertes et splendides de sa place des Vosges.

Je recroise le maître plus tard, dans une seconde église, Saint-Sulpice, à l'occasion de ses propres noces. Jeune, rieur et beau. Moi je me tiens à l'écart sur un côté, seul et silencieux. Je les vois tous deux, la future mariée et son conjoint, bras dessus bras dessous. Ils ont fait brusquement irruption dans l'immense édifice et se dirigent vers l'autel d'un pas vif et joyeux.

Avec Victor Hugo me revient la raison fondamentale de ma venue dans la capitale. Je pense à la Cour des Miracles et à son peuple de mendiants décrits dans le roman *Notre-Dame de Paris*... Ce souvenir me ramène à cet autre ici et aujourd'hui : le Paris crasseux, misère, le Paris survivre. Celui aussi d'Émile Zola, d'Eugène Sue... Oui il est à nouveau là et bien là, celui-là également, avec toutes ses figures sombres, anonymes et ses destins tragiques.

Je le rencontre dés le premier jour à mon arrivée. Tout de suite, un corps pauvre et usé et qui tend le bras et la main surgit d'un angle de bâtiment de la gare de Lyon. Comité d'accueil, comité de vérité. « Désolé, l'ami, je ne peux rien te donner. Je n'ai rien non plus. » Et je songe : « J'arrive à peine et déjà tu es là, toi... » La chasse au petit renard n'a donc pas cessé dans le Grand Nord... Merci d'avoir prévenu. De retour, l'hécatombe meurtrière ! les pièges finement élaborés ! leur mécanique hyper-perfectionnée !

Plus tard, plus loin, sur le trottoir extra-large du boulevard de Port-Royal, je découvre d'insolites voisins sous des toiles de tente, dans des cabanes faites de bric et de broc intégrées au paysage, devant lesquelles on passe sans prêter attention. Jamais leurs occupants n'oublient de se faire discrets, tentant même de demeurer invisibles. Rarement âme qui vit en vue autour des maisons de cartons. Le vide en apparence. Et le silence. Pas un son. Pas un mouvement. Rien. « Chut ! Continuez à faire comme si je n'étais pas là. D'ailleurs demain ou après-demain, je serai absent pour de bon. Si tout à coup vous me remarquiez, cela voudrait barder pour moi ».

Dans les rues adjacentes, sous un pont métropolitain, dans les recoins un peu partout, d'autres groupes de malheureux, les sur leurs radeaux de fortune perdus sur l'océan immobile. Seuls. Abandonnés.

Encore plus tard, ailleurs dans le centre de la grande cité, à nouveau place des Vosges - peut-être la plus riche de France - une rencontre stupéfiante. Il s'abrite sous les arcades cinq étoiles de ces lieux. Le contraste entre le personnage et son environnement est proprement saisissant. Il semble poser pour un tableau de maître. Il pleut, il est installé en plein passage avec sacs et matelas et s'y comporte comme s'il se trouvait dans sa chambre. Calme, digne, ne paraissant voir personne. Chez lui. Prêt pour la photo qui l'immortaliserait en Clochard Illustre. Pas même une écuelle tendue pour la manche. À quelques pas de la demeure du maître Hugo protecteur des démunis qui, un siècle et demi plus tôt, devenait le plus grand pourfendeur de la misère des hommes. Le sait-il seulement cela, ce sans-domicile ? Il me semble que oui. Oui, sûrement. Sinon pourquoi il ferait là comme s'il était chez lui ?

Je retrouve ailleurs encore quelques autres de ces occupés à ne pas mourir sur leurs radeaux. De façon tout aussi impromptue, dans une pizzeria. Un midi. Innombrables encore plus mal lotis que moi, vous n'êtes alors pas présents physiquement. Non. Seulement en tant que sujet de conversation de quatre bonnes femmes aux allures de secrétaires à l'heure du déjeuner. Ce sont des employées d'une administration au contact des plus précaires. Votre univers est au centre de leur repas. Pourtant, désolé de devoir vous le dire mais cela ne gâche en rien leur appétit... oh, non ! Elles parlent de nous en dégustant leur entrée, en reparlent encore, sans vergogne, sans sembler s'en repaître et sans pudeur non plus vis-à-vis de moi dont elles ne devinent pas la condition similaire à ceux qu'au fond elles méprisent avec une si belle gourmandise.

Ce repas est le dernier précédant leur week-end. Elles n'oublient pas de le rappeler avec délectation, étriquées dans le confort de leurs vêtements imitation bourgeois...

Il est donc là le deal ? Cette perspective imminente de la fin de semaine de travail donne à tout ce qu'elles racontent des accents légers et chantants. J'entends leurs bêlements.

Tout à coup, au milieu des je-parle-la bouche pleine de bonnes-choses, des sourires complices, des je-trinque avec-toi à mon-projet de samedi-shopping, un zeste d'humanité et de compassion fuse, histoire de se donner bonne conscience à moindres frais : « Ne pas toujours être avec eux dans un rapport de fermeté. Je veux dire le rapport de force. D'autorité. » C'est donc là, aussi, à ces moments-ci et dans ce genre d'endroits, qu'il se régénère et continuellement se refabrique, notre enfer...

Moi, depuis la table d'à côté, en les écoutant je vois revenir et se mêler à la leur repas sans qu'elles en soient gênées le moins du monde les cabanes tristes et muettes des trottoirs de Port-Royal, les visages de crasse de leurs pauvres habitants dans leur cachette, avec la désespérance qui les guette, démolit les êtres et tue en silence.

Un malaise me saisit. Une nausée. Un dégoût me monte. Je tremble. J'enrage. Des larmes viennent. Ne pas pleurer.

Il est cette complainte du Vieux Paris, jadis à moi transmise par un aïeul de la famille. Elle raconte l'errance nocturne d'un poète sans le sou. Il croit trouver l'amour auprès d'une mendiante. Jamais trop loin de moi, son refrain... Moi aussi, je ne suis qu'un miteux. Rien de plus, rien de moins, Iana. Il serait bon que je ne perde pas de vue cette dure vérité. Merci, mon cher aïeul, de m'avoir fait connaître la chanson. À un moment, elle dit, je me souviens : « La lune trop pâle caresse l'opale de tes yeux blasés / Princesse de la rue sois la bienvenue dans mon cœur brisé ». Heureusement que je t'ai, Iana.

Je marche, je marche et je marche... Le panorama depuis les hauteurs de Belleville me transporte à l'époque de la môme Piaf, peut-être au temps de son baptême en l'église toute proche. Je m'imagine mêlé au petit peuple ouvrier et faubourien... Le refrain d'une autre rengaine d'ici rendue célèbre par Edith Piaf fait, tu ne peux pas ne pas la connaître : « Sous le ciel de Paris / Marchent des amoureux / Hum hum »

Loin dans un quartier au bout de l'horizon, je recroise en songe ce Paris populo d'autrefois. Cela s'appelle la Butte-aux-Cailles. Encore un nom de lieu qui sonne familier, il n'est pas de ceux qui passent inaperçus. Au sommet de cette butte-là, je m'assieds à la table d'une terrasse de café. À peine le temps d'une pensée morne, d'un moment de solitude face à la rue sage et tranquille, déjà Paris-tristesse redevient Paris-espoir, Paris-promesse.

À l'intérieur du bar, deux jeunes femmes à l'allure avenante s'agitent. Leurs attitudes et leurs gestes m'incitent à les rejoindre. J'irai trinquer avec elles. À quoi ? Au présent, bien sûr ! À ce temps-là et rien qu'à cela ! Ainsi qu'à mon passé et ce qu'il contient de lumière, quand même... Et je boirai un coup à ma santé à moi ! Et un à la leur, ces filles ! Et un autre à nous ! Et un à notre passage sur Terre qui sera court - forcément - et qui sera aussi tout ce que nous aurons essayé d'y mettre de beau et de bon !

Lundi de fête. Mardi, mercredi, jeudi et vendredi itou. Quatre jours entiers, cinq soirs durant, Paris continue d'être un bal. Et un sacré. Un princier. Pour cela, nul besoin d'aller bien loin, je me suis amouraché de ce bout de ville des Gobelins où je loge, à deux pas de la Mouffe [*]. Il se résume pourtant à trois fois rien, un carrefour routier bruyant et encombré du matin au soir. Dans un tohu-bohu indescriptible, on dirait que le monde tout entier y passe. Immeubles cossus façon dix-neuvième siècle, larges artères, il ne présente pourtant en apparence aucun des charmes du Paris des cartes postales.

Aux Gobelins, dans la chaleur des brasseries, l'effervescence des trottoirs, je ressens toutefois cette atmosphère propre à la Ville Lumière : un bouillonnement, un quelque chose dans l'air qui me fait paraître à moi-même plus important, plus intelligent, plus perspicace et me donne à percevoir ainsi tout mon environnement. Le moindre bout de comptoir est susceptible de renvoyer l'écho de n'importe quel parler international. Il possède l'accent du moins pratiqué des patois de terroirs et tous ces langages s'y mêlent aux intonations titis. J'ai le sentiment - trompeur sans doute, mais quoi ! - qu'ici mon existence peut basculer favorablement en un instant, bifurquer à la faveur d'une rencontre, d'une idée, d'un projet né au hasard d'une déambulation et validé sitôt après qu'avoir été saisi au vol.

---

[*] La Mouffe : nom familier du quartier de Paris autour de la rue Mouffetard. (Ndla)

Dernier soir. Vendredi. Voilà, c'est fini. Demain je retrouverai Vagabond, Joe et les autres en bas de la rue Mouffetard. Une nouvelle page s'ouvrira, puis jeudi sera le grand jour. En attendant, je souris à ces Gobelins de Paris un peu miens. Je vais seul dans la nuit et serein. Simplement serein. Il fait si bon, l'air est si doux. Je me promène sur les boulevards et me sens léger, léger... Ma flânerie est la conclusion qu'il me fallait. Tout simplement aller sur ces trottoirs renommés et tranquilles de la Ville Lumière et me sentir un peu lumineux moi.

Je suis vivant. Je suis vivant ici. Je suis un vivant ici, qui à sa façon à lui ne cesse plus de célébrer la vie et le vivant. Je me sens si bien que je m'en étonne. J'avais oublié la sensation du bonheur... la voilà de retour ! Pas surprenant après un tel séjour ! Et il ne s'agit pas seulement de ça... Je comprends l'humeur de cette ville. Elle et moi sommes frère et sœur. C'est sûrement pourquoi je m'y sens si bien. Elle, elle a survécu aux attentats qui l'avaient frappée. Moi non plus je ne me suis pas laissé abattre. Moi aussi je suis tombé et suis allé chercher en moi des ressources insoupçonnées pour me reprendre, relever un genou d'à terre, puis l'autre, pour me redresser tout entier, enfin continuer la route et recommencer à croire que quelque chose de bien pourrait m'arriver. Quoi de plus important dans la vie d'un homme éteint par les épreuves et le mauvais sort ?

Comme la ville est calme. Que c'est bon ! Les trottoirs sont quasi déserts, la nuit est sereine, je marche et je songe. Depuis toutes ces années que je m'étais replié sur moi-même, isolé, caché ! Tout ce temps passé à jouer seul pour de vrai mon propre drame, ayant dressé entre le monde et moi une frontière invisible et cependant bien réelle dans le but de m'en protéger davantage.

Depuis combien de temps cette logique était à l'œuvre de défiance envers autrui, le présent, l'avenir, en particulier vis-à-vis de tout ce qui pouvait ressembler de près ou de loin à un projet, une aventure ou un groupe ? Le fossé entre moi et toute vie s'était élargi à tel point que...

Et puis il y a eu le bénéfice de mes réflexions en solitaire sur les bords de la Beaume, ces discussions avec Vagabond, ces plages de détente et le tout gracieux formé par ce village et la rivière. Quel nouveau précieux service m'aura rendu cette contrée amie depuis le temps de mes quinze ans ! Et ensuite, du jour de notre venue dans les Cévennes et de notre long voyage en voiture, il y a eu le rôle apaisant de ces paysages grandioses...

Soudain, retour au présent. Et à nouveau nez à nez avec des tentes de sans-logis. Combien parmi les passants bien portants dont je suis, l'estomac bien rempli et l'esprit en paix, savent qu'on peut en arriver là, demeurer tristement sous ces tentes, sans avoir causé le moindre tort à quiconque, pas le moindre, juste du fait de ne pas être bien né, ou alors parce que la roue de l'existence à un moment a mal tourné ?

Je refuse de penser à ça. Pas ce soir, mes cousins des cabanes. Ce soir, je veux profiter, penser à ce Paris-ci des Gobelins que je ne connaissais pas une semaine auparavant et qui m'apparaît familier et attachant au point de m'y sentir un peu chez moi.

Ici, j'ai ressenti en moi les bienfaits de ma nouvelle vie. J'ai compris la nécessité pour mon bien d'intégrer une tribu et c'est ce que j'ai commencé à faire avec les copains, les Dalton, Vagabond, tous ceux des Cévennes qui là-bas sont devenus des proches. Dans mon quotidien, j'ai redonné la primauté au contact, au relationnel, à l'échange et à la solidarité avec des gens d'abord peut-être prudemment choisis - de mon rang, de mon niveau, des femmes et des hommes d'accointance -

avant un peu plus tard de m'ouvrir aux autres, de tous horizons, pour peu qu'ils me fussent sympathiques et sans avoir la naïveté ou la prétention de croire que mes amis seraient forcément bien nombreux au final. Et le résultat est là.

Le résultat, c'est eux. Et c'est moi comme je me sens bien. Cultiver ces liens plutôt que poursuivre à l'infini ma réflexion et mes méditations solitaires presque permanentes, suivies ou non de bonnes résolutions, cette introspection quasi obsessionnelle mâtinée de méfiance quasi généralisée dans laquelle je m'étais en quelque sorte enfermé malgré moi. J'étouffais là-dedans. Maintenant je respire bien mieux. Grâce à deux ou trois petits efforts de ma part et à quelques autres personnes. J'ai cessé de vénérer ces bouts de passé auxquels je m'accrochais sans doute par crainte de regarder au-devant de moi.

Hier, à l'occasion d'une conférence à laquelle j'assistais, l'orateur fustigeait notre temps où disait-il l'incuriosité prime. Il citait quelques exemples illustrant sa pensée, tel cette soirée entre amis au cours duquel pas un dans l'assemblée ne s'était enquis de ce que lui avait pu faire au cours des derniers temps. Époque dangereuse, par conséquent ! Il parlait de la nécessité contraire de se plonger avec avidité et sans arrière-pensée dans l'immensité des savoirs disponibles. Dans la jungle du monde d'aujourd'hui, on ne doit pas craindre de se perdre. Et si toutefois l'on se perdait, une forme de logique, en tout cas de cohérence, de matière à enrichissement et de grandissement finirait quoi qu'il en soit par émerger. De ce désordre initial et apparent naîtrait quelque chose de positif qui nous régénérerait et ainsi nous nous retrouverions, à la fois différent et inchangé. Donc se jeter là-dedans sans rien redouter.

Joie de cette dernière nuit de grande liberté ici ! J'ai retrouvé foi en quelque chose et en mon prochain. Ici il y eut même un soir, je veux dire un autre soir, j'avais pas mal marché durant toute la journée, je me sentais fatigué et pourtant ivre d'une ivresse joyeuse... On aurait dit la fatigue d'un jeune homme qui rentre se coucher au petit matin de retour d'une fête chez des amis, qui a bu, dansé, devisé, fait de nouvelles connaissances, rencontré une fille dont il est tombé amoureux et dont il sent confusément qu'elle va magnifier son existence... Déjà, elle la magnifie, car au-delà de sa fatigue passagère, le jeune homme sent déjà les prémices d'un soleil radieux. Mes pas las portaient en eux une forme d'allégresse, comme si je pressentais que quelque chose à venir de beau pour moi était advenu.

Mon destin est entre mes mains. Mon imaginaire se perd, se hasarde. Boulevard de Port-Royal, la rencontre en rêve d'un inconnu. Cet inconnu qui viendrait là, face à moi, et qui s'approche, ne serait autre que moi-même. Le moi d'avant, à qui je décide de donner le surnom de « Triste Sire ». Entre lui et moi, dialogue de sûrs :

JACQUES

Bonsoir Triste Sire (Il aurait pu s'appeler aussi « Triste Sûr »). Quelle triste mine vous arborez... Et si vous vous égayiez un peu ? Entreprenez des choses qui vous changent de vos habitudes ! Innovez donc !

TRISTE SIRE *(en costume gris et serré)*

M'égayer ? Modifier mes habitudes ? Que nenni ! Vous n'y pensez pas, L'Étranger. Je risquerais de perdre le fil de ma vie, et alors là... ce serait la porte ouverte à tous les dangers.

L'important dans l'existence est de ne pas en perdre le fil !
Voilà ce qui est absolument indispensable, le plus précieux.

JACQUES

L'important, c'est au contraire d'en perdre parfois le fil ! Se laisser emporter, oui, parfaitement ! Au revoir Triste Sire ! Acceptez de vous laisser griser ! Acceptez donc l'ivresse !

Aux jours J

Que vas-tu penser de moi ? Quelle est la valeur de ce que j'écris ? Vais-je réussir à exprimer mon ressenti sans malentendus ou mauvaise interprétation de ta part ? Je suis encore une fois rattrapé par le doute. J'en ai assez . Un vrai yo-yo.

Je voudrais que tu ne me prennes pas pour un menteur. C'est tout. Enfin, presque. Car aussi j'ai besoin de communiquer ce qui compte vraiment pour moi. Surtout ne pas que tu me prennes pour quelqu'un que je ne suis pas.

Qui donc, au juste, je ne suis pas ? Je ne suis pas quelqu'un qui se plairait à dire aux autres ce qu'il serait bon qu'ils fassent. Je n'ai pas la prétention de connaître ce genre de choses : comment devrait être le monde ; ce qui doit être changé et ce qui doit être conservé... je ne suis qu'un homme parmi les hommes qui cherche à s'en tirer honorablement. Que j'aille au diable si je te mens ! Je suis seulement quelqu'un qui, exprimant sa vérité, tente de parvenir à se dégager de quelque chose qui s'appelle un marasme, un cloaque, parfois une tempête, et qui essaie de rejoindre la rive des vivants, une terre accueillante, en paix.

Des précipices s'ouvrent devant moi lorsque je me dis que je n'arriverai pas à cela, à ne pas passer pour un menteur, à ne pas réussir à exprimer le plus important de moi.

Je voudrais que l'on puisse dire de moi : celui-ci a pris et a donné, celui-ci a aimé et celui-ci à cherché à faire face à l'adversité. Il n'a pas la prétention d'y être parvenu mieux que les autres. Quelquefois il n'a tout simplement pas pu.

Seulement quand il ne pouvait pas, au moins a-t-il essayé. En toute sincérité.

Le risque d'être incompris existe et existera toujours. Je dois tenter. Je n'ai pas le choix. Un auteur, je ne sais plus lequel, a écrit : « L'essentiel est de suivre son chemin de vérité ». Je ne fais que ça. Le doute m'assaille de partout : on va considérer que je suis fait pour ceci alors que moi je pense être heureux à cela... Que personne ne me dise ce qu'il estime être bon pour moi, même si tout laisse croire que je suis indécis. Je viendrai de moi-même demander mon chemin si j'en ressens le besoin.

Pour elle - cette grande démonstration de force qui devait changer la donne de tous les exclus et les moins-que-rien - on avait accompagné Joe, Will et Rell jusqu'en Cévennes. C'est grâce à elle que je t'ai rencontrée pendant la durée de notre camp à Finiels.

Songeant à l'issue du combat à venir, les ex-Dalton croyaient fermement à notre victoire. Klaus, lui, était certes intéressé, mais il semble tout traverser avec une sorte de distance, de distraction. Quant à moi, il y a eu plus d'un moment, je te l'avoue bien volontiers, où j'ai douté. Et je doute encore. C'est que souvent j'ai ce sentiment que toute action collective est vouée soit à l'échec, soit à être détournée de son objectif pour servir la cause de quelques-uns. C'est plus fort que moi. J'ai beau me raisonner, c'est ainsi. À Paris dans ces moments de défiance, ce qui m'intéressait moi : revenir à toi. Seulement, il y avait les amis. Je les ai suivis. Sans quoi je ne serais peut-être pas resté.

J'étais séduit par la méthode : on insistait sur le côté non-violent, à la façon d'un Gandhi. La non-violence absolue serait de rigueur à la fois par principe et pour éviter toute forme de stigmatisation facile par nos adversaires. Et sur le fond, je ne trouvais rien à redire à tout ça.

Que les choses changent ! Pour chacun, un toit au-dessus de la tête ! Et un emploi décemment payé grâce à un meilleur partage du travail, et si cela s'avère impossible, à tout le moins une redistribution des richesses qui garantisse à chacune et chacun un minimum vital décent, quitte à instaurer un revenu d'existence dispensant de l'obligation de travailler ou celle de chercher à le faire pour les chômeurs !

Enfin on donnerait raison à cette résistante aux nazis dont Vagabond m'avait parlé qui, pleine de bon sens, dés l'époque de la Seconde Guerre mondiale, évoquait le travail non en tant que valeur en soi mais plutôt comme le moyen de parvenir à concrétiser un projet quand projet il y avait ! Enfin quelques millions d'entre nous cesseraient de seulement survivre pour exister vraiment ! Ce serait encourager le côté poétique, contemplatif, des êtres humains ! Une formidable promesse pour la sauvegarde de la planète puisque la suractivité des hommes est la cause majeure du dérèglement du climat et de l'épuisement des ressources naturelles indispensables à la vie, qui peut nier cela ?

Les bases d'un progrès considérable seraient créées pour arrêter le massacre, permettre à notre espèce selon la formule du sage Michel Serres d'enfin « maîtriser sa maîtrise » de la Terre... Tu trouves cela idéaliste ? Et alors ? Sinon, que faire ? Rien ? Continuer comme si de rien n'était ? Quelle autre alternative à la disparition prochaine de tout ce que l'on aime en ce monde ?

Fin de ma belle errance dans Paris. Direction Saint-Michel, où l'on se retrouva Joe, Rell, Will, Klaus et moi au pied de la grande statue dans l'agitation piétonnière et routière tous azimuts du centre de la capitale.

On allait tous bien. Nous voilà presque aussitôt partis vers des réunions à droite et à gauche, des genres de meetings organisés ici et là dans Paris même et en banlieue : Ménilmontant, Barbés, Maisons-Alfort, Ivry...

Ces rassemblements nous occupèrent trois journées entières et autant de soirs. Il s'agissait de convaincre et de rameuter le plus de monde possible sans rien dévoiler des détails de l'opération à venir pour ne pas mettre sa réussite en péril. Joe, qui était au courant de tout, disait que ce qui se jouait durant ces trois jours était essentiel. Tout se déciderait sûrement là, dans notre faculté ou pas à mobiliser ces énergies du dernier moment. Ces ralliements de dernière minute devaient faire pencher la balance en faveur de notre camp.

Une semaine auparavant, des émeutes avaient secoué une partie de la région parisienne. Dans les médias, ces troubles urbains récents en Île-de-France avaient défrayé la chronique. La grande presse et les chaînes TV d'information en avait fait leurs choux gras et dans tout ce qu'elles avaient raconté à leur sujet, pas un mot, pas la moindre trace d'enquête visant à essayer de donner un début d'explication à ces actes. La sidération, comme d'habitude, réelle ou simulée (je crois plutôt à cette seconde hypothèse, d'ailleurs) : « Quoi ? Mais quelle désespérance sociale ? De quoi parlez-vous ? ». La France était victime en quelque sorte d'une malédiction divine, ou de monstres qui la haïssaient.

La semaine avait passé et tout était déjà oublié : la classe des intouchables était repartie de plus belle dans ses quartiers de détente. Alors quoi ? Recommencer ? Frapper encore ? Le principe de non-violence n'était pas évident pour tous. Moi j'étais convaincu de sa nécessité. J'avais en mémoire la façon dont les autorités avaient fait capoter l'énorme vague populaire contre la réforme de retraites de 2010. Une méthode ancienne et éprouvée : persuader l'opinion que le mouvement est orchestré par des extrémistes, qu'il constitue une menace sérieuse pour la République.

Cette année-là, comme la protestation ne faiblissait pas, à la moindre échauffourée, branle-bas de combat, on avait envoyé le GIGN. C'est ainsi que cela s'était passé dans ma ville : des gendarmes cagoulés aux carrefours des artères principales pour dramatiser la scène. Et à la Une des journaux gratuits distribués le lendemain matin, une photo avantageuse du Sauveur suprême : le CRS, héros des temps modernes, ultime rempart contre la barbarie.

Nous réussîmes assez bien à repousser les velléités de ceux qui menaçaient notre action avec leurs vues différentes et leurs reproches. Et de façon intelligente, preuve que l'on ne restait pas sourd à toute remarque, on accepta quelques amendements au projet qui ne remettaient en cause ni les objectifs énoncés plus haut ni la manière pacifique de les atteindre.

Le week-end précédent, outre les émeutes dont je t'ai parlé, deux manifestations contre la précarité sociale avaient été organisées à Paris au cours d'une même après-midi de samedi. D'un côté les Gilets jaunes, de l'autre des sympathisants d'un grand syndicat. Parfaite illustration de cette lamentable division des forces, le cortège des premiers avait tenté de rejoindre celui des seconds, dont les meneurs ne l'entendaient pas de cette oreille, pas plus que la police. Le tout s'était conclu par un fiasco retentissant. Désespérant. Toujours cette même désunion des POUR face à l'unité des CONTRE dont je te parlais avant de te raconter ma rencontre avec le fourbe L'Antoine en Ardèche.

Quand j'ai su au sujet de ces deux actions simultanées, sur le coup je me suis dit : « On atteint un sommet de bêtise. J'aurais voulu faire échouer les revendications, je n'aurais pas pensé à ça ! La misère a de beaux jours devant elle. Elle a vraiment de quoi prospérer. » Et puis après ce petit temps de désappointement, cela m'avait d'autant plus convaincu du bien-fondé de notre entreprise à nous.

Une aube claire se leva au matin du jour J. Il fallait peut-être y voir un heureux présage. L'idée était de faire converger des dizaines de groupuscules d'individus vers un lieu central jusque là tenu secret. Ils devaient eux-mêmes se rassembler un peu avant en autant de points différents situés dans la capitale ou proches de Paris. Seulement deux personnes au sein de chaque unité connaîtraient l'itinéraire à effectuer ainsi que le spot* final du parcours.

Après un bref et très chaleureux salut à Adèle et à Blanc-Sec (« Je compte sur toi pour ne pas faire le mariole ! » m'avait lancé ce dernier du haut des escaliers avec l'air de quelqu'un sachant ce qui m'attendait, ce que pour ma part j'ignorais tout à fait), je quittai l'immeuble de la rue Pascal où je logeais à bonne distance de l'agitation des grands boulevards. Puis je rejoins mes complices à pied sur le petit parvis de l'église Saint-Médard, au bas de la montagne Sainte-Geneviève. De là, nous ne tardâmes pas à partir, à dix environ, avec à notre tête Joe en guise de meneur.

On avait commencé à monter par la rue Mouffetard quand le creusois vint me trouver :

« - Veux-tu que je te dise un peu comment j'ai eu l'idée de ce que l'on est en train de faire et de ce qui va se passer dans

---

*   spot : destination. (Ndla)

les prochaines heures ? C'est moi seul qui l'ai eue dès le départ. Au printemps dernier. Je l'ai soumise au comité et c'est elle qu'on a retenue en fin de compte parmi toutes les autres. »

Cela m'intéressait, en effet. Que Joe fût bel et bien le metteur en scène de l'opération-mystère me paraissait plausible. Et même si tel n'était pas le cas, j'avais très envie de savoir où on allait et ce qui se mijotait pour calmer ma nervosité.

« - Voilà comment ça s'est passé. L'idée m'est, pour ainsi dire, tombée du ciel. Au sens propre comme au figuré... Des mois plus tard, ça me paraît toujours aussi insensé, ou plutôt le contraire : super sensé. L'hiver dernier, je suis venu là quatre jours. Je participais à un colloque sur le monde agricole organisé dans le quartier de La Défense. Je logeais près d'ici à l'hôtel. Dès que j'avais su que je viendrais, j'avais réservé pour une nuit de plus que je paierai de ma poche. Je voulais profiter un peu de la journée du lendemain. Cela faisait peut-être bien vingt ans que j'avais plus mis les pieds à Paris ! Je m'en faisais donc un plaisir. Je voulais en profiter pour me promener. Je participe au colloque... le colloque se déroule... arrive le jour de la balade.

Me voilà parti de bon matin. Je commence en passant exactement par ce chemin qu'on suit en ce moment. (Joe, moi et notre groupe on venait de dépasser la petite place de la Contrescarpe et l'on poursuivait tout droit). Après une visite à l'île Saint-Louis, au Palais de Justice et un tour sur l'île de la Cité, le temps de franchir la Seine en sens inverse pour revenir à pied aux abords du Quartier latin pour ma pause déjeuner, il s'était mis à pleuvoir des cordes et à faire sombre comme un soir. En fait, j'ignorais que les dernières prévisions météo parlaient d'une journée au cours de laquelle il tomberait autant de pluie qu'il en tombe habituellement en presque un mois. Et tu sais peut-être pas mais, le niveau des précipitations à Paris, c'est quelque chose...

Après ma pause-repas, la situation n'avait pas varié d'un poil. C'était une pluie torrentielle depuis des heures. Avec une humidité ambiante incroyable. L'eau semblait venir non seulement d'en haut, mais de partout : par les côtés, par le devant, par le sol...

Bien décidé à poursuivre mon idée de me promener, j'ai quand même continué. Je me disais que peut-être ça se calmerait un peu. Après tout, j'avais deux vêtements de pluie l'un sur l'autre avec chacun leurs capuches... J'ai donc commencé à visiter le Quartier latin sous ma longue cape noire apportée de la Creuse et qui me sert pour rouler sous l'orage à vélo. J'ai voulu me rendre à La Sorbonne, que j'avais encore jamais vue de près. Je me disais qu'elle m'abriterait un moment. Des vigiles m'en ont empêché pour des raisons de sécurité, il fallait montrer patte blanche avec sa carte d'étudiant. La crainte des attentats... raté

Du coup, où aller ? Mon plan promenade non seulement il prenait l'eau - c'était le cas de le dire - mais il tombait carrément à l'eau ! Et même il coulait à pic ! Les intempéries ne faiblissaient pas : le ciel pissait, pissait, pissait... Les rares piétons que je croisais me donnaient l'impression de ne penser qu'à rentrer chez eux au plus vite. Je me sentais le seul à vouloir rester dehors dans ce qui était devenu une grande cité sombre, ruisselante de partout et sinistrée.

Malgré tout, j'insistais encore...

Peut-être une heure plus tard, c'était une certitude : terminé. J'étais totalement rincé, lessivé, passé à la machine sans essorage. Je jetais l'éponge... et crois-moi, une éponge bien trempée.

Alors, que faire ? Le milieu d'après-midi n'était pas atteint et mon train de retour partait vers neuf heures du soir. La solution m'est venue du guide de tourisme que je transportais avec moi. Il me restait une option. C'était pourtant un endroit que je voulais éviter : trop emblématique de ce dont je voulais me tenir le plus à distance et qu'intérieurement je nommais en un mot " L'État ", ou si tu préfères " Les gouvernants " ; ce à quoi précisément je voulais éviter de penser le temps d'une journée de détente ; l'essentiel de ce qui pouvait me rappeler l'origine de beaucoup de malheurs ; ce qui me ramenait à de graves préoccupations : le manque de démocratie, l'injustice de la France avec certains de ses enfants... Alors, Jacques, tu ne devines pas de quel lieu il s'agit ? Je ne te parle ni de l'Assemblée nationale, ni de l'Élysée, ni du siège d'aucun ministère, ni de celui de tel ou tel corps d'armée, ou celui de la police. Non, je parle de l'un des emblèmes les plus prestigieux - si ce n'est le plus fameux - de cette communauté nationale justement si peu communautaire. Je parle du monument connu de tous sous le nom de Panthéon de Paris.

Je suis donc entré à l'intérieur du Panthéon en quelque sorte pour me sauver moi. Pour mon propre salut. Et une fois à l'intérieur, immédiatement - je veux dire deux ou trois minutes après m'être défait de tous mes vêtements trempés - j'ai eu une idée comme une illumination. Et en deux ou trois heures de temps que je suis resté là-bas dedans, mon illumination a été suivie de deux autres toutes aussi illuminantes.

Bien évidemment, à peine mis à l'abri dans l'illustrissime monument, d'abord : grand soulagement. Enfin sauvé des eaux ! Je me dépêche d'enlever ma cape, aussi ma parka. J'étais archi-trempé de partout... Quel plaisir ! Il fait sec et bon. Peu à peu, je recommence à savourer ma présence à Paris. Je revis. À chacun son parcours et si ma foi en ce qu'il me concerne il n'y aura eu pour moi rien de glorieux à cette entrée au Panthéon, contrairement à celles de personnages

historiques, au moins aura-t-elle été heureuse car salvatrice !
Je m'en contente. Se rendre la vie plus agréable n'est-ce pas
savoir apprécier de petites choses toutes simples ?

J'ai alors une seule idée en tête : prendre mon ticket au
guichet là en face et m'éloigner de l'entrée. Fuir l'air humide,
froid et venteux du dehors et trouver ma place dans
l'immense espace qui s'ouvre devant moi. Je sais pas, tu
connais le Panthéon ? C'est vraiment grand. Avec le temps de
chien enragé qu'il faisait ce jour-là, je m'y suis senti comme...
comme dans un abri merveilleux ! Absolument extraordinaire
!

Je veux m'y requinquer dans un coin tranquille le temps
de refaire complètement surface. Me débarrasser de toute
cette humidité qui m'accable depuis la fin de la matinée. Il n'y
a pas beaucoup de monde ce jour-là au Panthéon. Pas
surprenant, avec une météo pareille... Très vite, j'accède au
guichet. Une employée est là. Bonne surprise : entrée gratuite
pour les bénéficiaires du RSA. Immédiatement, je pense :
«Félicitations à vous, grands hommes de notre époque !
Gratuit, le Panthéon, pour vos désespérés !» Et puis je me
mets à réfléchir : «Pourquoi offrir l'entrée gratuite du
Panthéon aux miséreux, aux sans-emplois et autres
abandonnés à leur sort ? Pourquoi ici ? Pourquoi donc ?
Sérieusement ? Pour les divertir un moment ? Pour qu'ils
puissent passer un peu le temps ?» Je continue de réfléchir et
je ne parviens toujours pas à m'expliquer ça. Finalement, j'en
arrive à penser : quelle belle hypocrisie ! Quel tour de passe-
passe digne des plus filous ! C'est rien d'autre que laisser
croire à tous ceux de passage ici qui ne connaissent pas notre
misère à nous les méprisés (visiteurs étrangers peu au fait de
l'actualité française, gens distraits de tous poils...) qu'en
somme tout le monde dans ce pays est traité honorablement.
C'est malin. Il fallait y penser.

Mais puisque nous les sans ressources qui n'en trouvons pas parce qu'il n'y en a pas pour nous d'accessibles de façon honnête et qui, de ce fait, devons en être punis sévèrement durant toutes nos vies, pourquoi on ne tenterait pas de prendre ici-même le Système à son propre piège ? Pourquoi, puisqu'on nous y invite, on n'y viendrait pas en masse exposer au grand jour ce qu'est notre situation ? Il n'y en a pas tant que cela des endroits où l'on est autorisés de paraître ! Ce n'est pas dans les restaurants ni dans les bars à cocktails que l'on nous verra ! Alors oui, venons ici puisque c'est gratuit et qu'on a du temps libre ! Et venons-y si nombreux qu'on remplira un moment tout cet immense espace ! Peut-être qu'ainsi notre problème sera connu de tous ? Et peut-être que de cette façon on lui trouvera enfin une résolution ?

Cette idée m'est venue en tête comme ça, sans que je réfléchisse. Et après m'être séché et reposé, j'ai longuement visité les lieux en l'ayant mise de côté. Je me suis promené et j'ai vu de belles choses... intéressantes. Ainsi cette impressionnante et superbe œuvre : les statues des généraux de la Révolution française. Du marbre ? Ces révolutionnaires de la grande époque, la jeunesse de leurs traits et de leur allure m'a frappée. Cette sculpture la retranscrit parfaitement sur eux... Et quels regards que les leurs ! Et quels visages ! On y lit aussi bien que dans un livre ouvert leur héroïsme, leur détermination, tournés vers ce juste combat pour la liberté, l'égalité et la fraternité.

La vue de cette œuvre a été un choc. Je me suis dit que c'était celle-là qu'il nous fallait à nous de volonté pour notre combat à nous d'aujourd'hui pour la liberté, l'égalité et la fraternité. Et sans doute que si ces sacrés personnages étaient encore là, ils ne pourraient que nous soutenir !

Après quoi, j'ai poursuivi mon chemin dans la semi-pénombre de cet endroit à nul autre pareil. Et tout s'est enchaîné de façon aussi incroyable que magique et mystérieuse. D'abord, il y a eu la crypte en bas. Je suis descendu où sont réunies les sépultures des grands hommes. J'ai voulu aller voir celle de Jean Jaurès. Là-bas, surprise ! Sur son tombeau, j'ai trouvé un petit papier sur lequel figuraient quelques mots tracés à la main. Quelqu'un avait dû l'y déposer peu auparavant. Curieux de savoir, je l'ai attrapé, déplié et aussitôt lu. Il y était écrit ceci et seulement ceci : «Jean, protège-nous, ils sont devenus fous.»

Je me suis senti ébranlé, ému et tellement en accord. Cet appel au secours me confortait dans mon idée d'entreprendre une action d'envergure en faveur des déshérités. Je ressentais toute la justesse de cette phrase on ne peut plus parlante et aussi sobre que l'endroit où le document avait été déposé l'exigeait. En quelques lettres, l'essentiel était dit de ce que je vis au quotidien et de ce que supportent tant d'autres ! J'étais ému, oui. Je peux le dire. Ce mot, Jacques, j'aurais pu moi-même l'écrire tant il résumait bien ma pensée.

- Et moi aussi, Joe, et j'en comprends le poids et la sincérité », commentais-je à l'intention de mon ami tandis que l'on poursuivait notre marche et qu'après avoir atteint le haut de la montagne Sainte-Geneviève on avait redescendu entièrement celle-ci en continuant tout droit.

« - Un peu plus tard - Joe avait repris son récit - tandis que je me préparais à ressortir du Panthéon et à retrouver la pluie pour aller à la gare, j'étais encore marqué par la visite des lieux et notamment par le petit papier écrit par cette main anonyme, je m'approche du kiosque à souvenirs situé à l'intérieur même du bâtiment, je farfouille au hasard dans le présentoir à cartes postales, et face à quoi je tombe ? À l'une de ces cartes postales où est écrit en grosses lettres ceci qui me percute l'esprit, encore quelque chose à la fois de très court et limpide : « L'avenir n'est interdit à personne (Léon Gambetta). »

Mots miraculeux. Conclusion parfaite de ma visite, des émotions et des réflexions qu'elle m'a inspirées.

Après avoir lu ça, je me suis dit : non seulement l'idée de faire venir ici les malheureux de France est bonne, une de celles qu'il faut au moment et à l'endroit où il le faut, mais en plus le slogan est là, tout trouvé. Ça doit être celui-ci ! Donné par la plume de l'un des illustres personnages qui a fait l'Histoire de France et qui repose ici même ! Il est tout simple, ce slogan. Et il exprime le plus sobrement qui soit ce qui doit être dit et qui justifie le fait de se révolter : nul n'a le droit de nous priver d'avenir. Et nous priver d'avenir, c'est pourtant bien ce qui se passe dans le monde d'aujourd'hui. C'est exactement ça ! »

Depuis notre départ de l'église Saint-Médard, on avait marché sans s'arrêter. Joe n'avait pas cessé de parler durant tout le chemin. Maintenant qu'il avait terminé son récit, le silence entre nous s'était établi.

Je prenais tout juste conscience que je n'étais encore jamais venu dans ce quartier de Paris où nous nous trouvions.

À un angle de rues, on prit à gauche. Aussitôt apparut à une centaine de mètres, droit devant, la silhouette majestueuse et solennelle du Panthéon. On s'en rapprocha.

Sur la place bordant le glorieux édifice, nous stoppâmes enfin. Les paroles prononcées par mon ami habitaient encore mes pensées. En ce matin clair, en même temps que je dévisageais le monument, je me représentais comme il avait dû se révéler à la vue de Joe lors de ce fameux après-midi, sous les trombes d'eau. Il avait dû surgir tel un vaisseau à travers les flots déchaînés de la tempête, insubmersible et fier. Planté sur les pentes de Sainte-Geneviève, surplombant les immeubles du quartier et même bien au-delà tout ce qui faisait le cœur de la capitale de la France, le géant de pierre bravant les éléments devait ce jour-là posséder une prestance décuplée par la colère des cieux !

À en croire le récit mon ami, le Panthéon avait représenté en cette occasion pour Joe une nouvelle Arche de Noé, entièrement minérale, aussi fantastique que celle décrite dans la Bible. Et il y était entré tel un naufragé des temps modernes.

Je regardais le glorieux monument. Il possédait indéniablement de la grâce, de l'auguste. Il était sans la moindre fioriture. Avant tout de la simplicité dans les formes. Et que du robuste. Et de tout cela quelque chose se dégageait. Les pierres auraient-elles une âme propre ? Des parentés existeraient-elles entre eux ? Toujours est-il que celles du Panthéon m'en rappelèrent illico d'autres qui m'avaient favorablement impressionné il y a peu et avec lesquelles elles semblaient posséder un lien secret. Elles me ramenaient à ces monuments du vivant de ce pays de montagne où moi j'avais eu le sentiment de trouver asile au cours des dernières semaines, qui datant d'avant la présence humaine sur Terre étaient rescapés des temps immémoriaux, et que l'on utilisait là-bas depuis toujours pour bâtir des ouvrages sûrs : les énormes granits de mes chères contrées cévenoles.

Deux mois plus tôt au tout début de l'été, sept cents personnes environ, des sans-papiers en quête de régularisation et leurs soutiens, s'étaient rassemblées illégalement dans l'enceinte du Panthéon. Ils y étaient restés deux ou trois heures avant d'être évacués manu militari par les forces de l'ordre. Les médias en avaient très peu parlé :

une brève annonce dans les flashs infos de l'après-midi suivie d'un passage-éclair dans les journaux télévisés du soir.

Cet événement avait mis le doute dans l'esprit des membres du comité de pilotage de notre groupe d'indignés. Ceux-ci avaient songé à annuler notre entreprise. Après réflexion, au vu de la vitesse avec laquelle tout le monde était parti sur autre chose, il avait été décidé de ne rien changer.

En compagnie de la quinzaine de filles et de garçons qui nous accompagnait Joe et moi depuis le bas de la Mouffe, on entra sans autre forme de cérémonies ni de procès dans le légendaire monument avec ce que l'on considérait être une grande et belle idée derrière la tête.

J'avais déjà vu des images de l'intérieur du Panthéon par écran interposé. Le décor, l'ambiance, m'avaient marqué. Là, c'était encore autre chose. Selon moi, quiconque possède un zeste de sensibilité esthétique ne peut être que touché de pénétrer dans cette prodigieuse enceinte, un univers minéral clos sur lui-même, comme un tombeau, mais aux dimensions si vastes qu'elles annihilent tout sentiment d'oppression.

Chacun de nous s'acquitta de son ticket au bureau d'accueil près de l'entrée, façon de ne pas attirer trop tôt l'attention sur notre groupe. Après quoi l'on s'enfonça dans l'immense nef centrale, déambulant entre les colonnes de pierre géantes. Je me sentis aussitôt hors du temps, à moins que je ne fusse - je ne savais pas trop - dans un état de conscience intermédiaire entre la vie et la mort, quelque part entre ici-bas et je ne sais quel au-delà. Impression grandiose ! J'observai un moment de méditation et de silence, presque de recueillement. Cependant l'instant était grave, aussi ne tardai-je pas à revenir au présent et à son actualité.

Autour de nous, beaucoup de monde. L'édifice était ouvert aux visiteurs depuis pas mal de temps déjà. Parmi ceux-ci, combien de faux touristes complices de ce qui devait suivre ? Un grand nombre, assurément. Je pris soudain conscience que le compte à rebours de notre action de protestation était arrivé au point où rien ni personne ne pouvait plus le stopper à l'exception des agents de sécurité du Panthéon.

Rien de notable ne se produisit pendant encore une heure à ceci près toutefois que nous n'étions plus cent personnes, mais bien trois fois plus. Et la foule continuait de grossir. « Là, ça se voit vraiment que quelque chose se trame. Obligé on nous repère ! ». Je faisais cette réflexion à qui, je ne sais plus, Vagabond probablement, lorsqu'une voix recouvrit les bruits de l'assemblée. Elle avait jailli du ventre de la marée humaine. Celui qui parlait devait s'exprimer à travers un mégaphone, car moi qui me situais non loin de l'entrée du Panthéon, à une extrémité, je la percevais pourtant très distinctement.

Je dois t'avouer que d'emblée pour moi ce n'était pas « une », mais « LA » Voix. L'unique. La seule qui méritait d'être entendue. Pour la bonne raison que ce qui se produisait me remuait tellement que j'avais besoin de m'accrocher à du sûr, à du solide, à ce qui avait été prévu. Se raccrocher à cette voix pour ne pas paniquer ni me mettre à agir n'importe comment. Ne pas me laisser emporter par l'émotion.

LA Voix était mon phare dans ma tempête, tu comprends ? On ne faisait quand même rien de moins qu'annoncer à la face du monde qu'on allait camper le temps qu'il faudrait dans l'enceinte du Panthéon de Paris jusqu'à tant que l'on ne nous écoute pas du côté du gouvernement de la France ! Dans une vie d'homme, il y a des jours moins animés !

LA Voix fit un discours. Au moment où j'écris ces lignes, j'ignore encore qui prononçaient ces paroles jetées à la face de cette foule de quelques centaines de personnes ainsi qu'à celle de la République française et en fin de compte peut-être même bien du monde entier. Et sur le coup, bien incapable de chercher, car bien trop ému.

Je ne sais pas davantage ce que LA Voix dit. Je ne me le rappelle pas. Je me souviens juste que pour finir son discours elle cita la fameuse phrase de Gambetta sur laquelle Joe était tombée lors de sa précédente visite en ces lieux : « L'avenir n'est interdit à personne ». En guise de slogan revendicatif : « L'avenir n'est interdit à personne ». « L'avenir n'est interdit à personne ». Cette même courte phrase répétée deux, trois... dix fois... scandée par LA Voix surgie du mégaphone... reprise ensuite par toutes les gorges... une, deux, dix fois... jusqu'à ce que LA Voix se fut interrompue. Après quoi succéda un silence. Total et profond. D'un bout à l'autre du Panthéon. Avec tout le monde immobile. Pas un bruit. Et tout cela m'impressionna encore plus. J'étais stupéfait. Klaus aussi. La stupéfaction régnait partout.

Ça ne dura pas trop. Un mouvement de foule prit forme sur ma droite. Des gens s'écartaient, se poussaient, refluaient vers nous, un peu comme si derrière eux un véhicule d'urgence tentait de se frayer un chemin dans notre direction.

En fait, le désordre était dû à trois individus que je reconnus rapidement quand ils furent plus proches de nous : Rell, Will et Joe. Le premier était grimé en rouge des pieds à la tête, visage peinturluré, le deuxième en bleu, tout le corps également. Idem en blanc pour le troisième. Ils avançaient vite. Ils portaient une large banderole.

Spontanément, Vagabond et moi on se mit à les encourager. Nos voisins en firent de même, gagnés par une certaine excitation. Les ex-faux frères Dalton du marché de Ruoms devaient préparer quelque chose de nouveau dont nous ignorions la nature et ils avaient sans doute besoin de notre appui. Par conséquent, je leur offris le mien, sans vociférer, car il me paraissait évident que tout gros écart de comportement de leur part ou de la nôtre accroîtrait considérablement la probabilité d'une violente réaction des forces de l'ordre.

La foule se referma à la suite de leur passage. Rell, Will et Joe avaient disparu de notre champ de vision. Plus tard, je sus qu'ils étaient tous trois ressortis du Panthéon, s'étaient alignés le long de la façade en haut des escaliers et avaient déployé une bande de tissu sur laquelle était inscrit un message à l'intention des badauds et des premiers journalistes présents sur les lieux. Ils étaient restés à cet endroit stratégique quelques minutes puis étaient rentrés dans le monument par le même chemin.

Ils vinrent aussitôt se positionner en légère surélévation sur un côté de la vaste esplanade. Je compris seulement à cet instant que les trois Dalton de la place de la République à Ruoms s'étaient mués en symboles de la communauté nationale, « Bleu », « Blanc » et « Rouge » du Panthéon de Paris. Et comme ils avaient déplié devant eux leur encombrant linge qu'ils portaient tous trois à bout de bras, je pus lire cette autre phrase reproduite en guise de viatique sur l'étoffe qu'ils avaient brandie au-dehors. Son message ? En quelque sorte la signature de notre action commando :

AUX GRANDS HOMMES LA PATRIE
RECONNAISSANTE.
À TOUS LE DROIT DE VIVRE DANS LA DIGNITÉ.

Avec la citation de Gambetta, celle-ci m'allait aussi très bien. Tout le monde, je pense, avait compris qu'il s'agissait d'un détournement - ou plutôt d'un complément - apporté à la célèbre devise AUX GRANDS HOMMES LA PATRIE RECONNAISSANTE inscrite à l'extérieur, au fronton du bâtiment à l'intérieur duquel vraiment bien malin maintenant aurait été celui pouvant prédire comment les choses allaient tourner après ça.

Voilà. En un court laps de temps, l'essentiel avait été dit et fait de ce qu'à quelques centaines de citoyens - et sans doute même un peu davantage - nous souhaitions réaliser pour interpeller l'opinion, secouer de toutes nos forces non-violentes le cocotier de cette France démocratique et républicaine dans laquelle sont bafouées quelques-unes des valeurs morales et civiques qui l'ont fondée. Dès lors, grâce aux relais des médias et plus certainement à celui des réseaux sociaux du Net, peut-être que d'autres maltraités ne se résigneraient plus, eux non plus ? Peut-être aurions-nous suscité un sursaut ? Peut-être déclencherions-nous ce soir autour de certaines tables familiales des discussions, des disputes ? Peut-être, enfin, la France parlerait-elle de nous. Enfin, l'on s'invitait au bal ! Enfin, l'on forçait le monde à nous voir et nous entendre ! Nous et nos problèmes cessions enfin d'être inexistants, invisibles, ignorés, laissés de côté dans le malheur !

Un quart d'heure de folie pour tenter d'impulser un mouvement. Une résistance nouvelle. Quinze minutes, pas plus, et soudain plus rien. C'était tout. On restait là, cois.

Alors ? Qu'allait-il advenir ? Le plus étrange dans tout ça, je m'en rendis compte un tout petit peu plus tard quand le calme fut revenu, c'était justement ça : le calme général qui régnait dans cette enceinte. Je ne m'y attendais pas. C'était normal de notre part, je pouvais facilement le comprendre. On avait fait ce qu'on avait à faire et c'était tout. Mais là-bas vers l'entrée, de leur côté à eux ? Pas un mot. Pas un bruit. Pas une tentative de quoi que ce soit. Pas un geste. Pas un mouvement. Rien. C'était bizarre, ça ! Forcément, si l'on voulait que vraiment l'on parle de nous, l'expérience récente des sans-papiers qui s'étaient fait éjecter d'ici en moins de deux l'avait malheureusement démontré, on devait absolument tenir la place plus longtemps qu'eux ne l'avaient fait. On se devait de ne pas en bouger tant qu'il faudrait.

« - Allez, vaï ! A kuo faro bé ! * Bientôt tu seras de retour au pays de Cévennes. Ne t'inquiète pas ! » me lança Vagabond, à côté de qui j'étais assis dos contre mur dans un coin du Panthéon. Et l'ami teuton m'asséna un coup de coude qui me fit drôlement tressaillir. Il avait dit « de Cévennes » comme pour dire « de ses veines », je le savais... Il s'était déjà amusé de ce petit jeu de mots, manière de désigner tout à la fois toi, Iana - une femme dont je lui avais pas mal parlé, en termes élogieux, sans doute sur un ton inhabituellement excité qui lui donnait à penser qu'une nouvelle fois dans ma vie j'étais amoureux - et cette région géographique d'où nous venions, qui me plaisait bien et au hasard de laquelle je t'avais croisée.

Klaus s'était voulu rassurant. Il ne l'était pourtant pas plus que moi. Sa face arborait en effet un sourire trop large pour être honnête. D'ailleurs, je ne le lui connaissais pas ce rictus-là. Absurde et franchement laid. Lui aussi se sentait crispé. Peut-être plus que moi-même au même instant.

Pénétrer par petits groupes dans le Panthéon, puis occuper le bâtiment une fois qu'on y serait en nombre avant d'annoncer aux médias notre action ainsi que nos revendications pour que l'opinion publique et le pouvoir en soient informés... Vu comme cela, le plan était bien établi. Il pourrait peut-être produire des résultats.

---
* « Vaï ! A kuo faro bé ! » : « Va ! Ça ira bien comme ça ! Ça fera bien l'affaire ! » (en patois cévenol). (Ndla)

Les premières étapes avaient été un succès. Pas question de fanfaronner pour autant. Les ennuis potentiels restaient quand même nombreux : qui nous entendrait à travers le tintamarre permanent des chaînes télé et des sites Internet ? Qu'espérer de la part d'un pouvoir qui se distingue depuis si longtemps par sa passivité, pour ne pas dire sa cruauté, dans le domaine social ? Sans parler de la menace d'évacuation par les forces de l'ordre les plus fortes et les plus ordonnées, avec sur nos têtes, pour nous, diverses plaies et bosses en grande quantité, gravité et autres complications de type judiciaire par la suite... Un procès ? Pourquoi pas ! Cela permettrait justement de porter le débat sur la place publique. De donner un écho supplémentaire à la défense de notre cause.

« - L'absence de forces de l'ordre, c'est ce que l'on appelle un repli stratégique. Tactiquement parlant c'est ça » commenta Rell.

Nous avions exhorté les vrais touristes du Panthéon à se retirer à défaut de rejoindre la lutte. Ne restaient plus que nous. Nous et le silence. Nous et un ennemi invisible dont la non-réaction ne pouvait être qu'une feinte.

« Une fois le mouvement de protestation enclenché, les autorités policières et militaires commencent par quitter les lieux. Elles se rassemblent à l'extérieur, se concertent, avant de revenir en force avec une stratégie établie pour tenter de reprendre le contrôle des opérations et celui de l'espace public. C'est une tactique éprouvée », précisa notre ami ex-Dalton qui semblait être en mesure de pouvoir tout décrypter.

En attendant de savoir ce qui résulterait du remue-méninges des autorités et en espérant qu'elles ne viendraient pas remuer nos méninges à nous au sens propre, à coups de matraque, nous à l'intérieur du Panthéon on s'organisait pour tenir le siège. Et Vagabond et moi on se sentait soulagés de mieux cerner la situation.

Ainsi débuta la longue attente. Plus exactement, ainsi commença « La Longue Attente », du nom donné plus tard à cette période de l'Histoire de France qui suivit l'instant où Joe, Rell et Will rangèrent leur banderole et se mêlèrent de nouveau à la foule des occupants du Panthéon. (Iana, en te disant cela je m'amuse, bien sûr... Je pense au trait d'humour de Vagabond, celui dont il avait preuve lors de notre première rencontre. Je me dis qu'il en faut un peu ! Elle est précieuse, irremplaçable ! Tu es bien de mon avis, n'est-ce pas ? Quand on saupoudre les choses d'humour, on se sent quand même plus à l'aise et léger, non ? Dans le malheur, la vie paraît plus supportable. Et de ce sel, il y en avait eu très peu jusque là dans ce récit...)

Je reprends mon récit des événements extraordinaires de cette journée pas commune... Avec tout ça (le déclenchement de l'occupation, LA Voix, le stress de l'attente...) j'avais cru qu'on avait défié un géant et pourtant rien ne se passait. Tout le contraire de ce à quoi je m'étais préparé.

Cette réponse étonnante était le signe du bras de fer psychologique qui débutait entre eux et nous. « Eux », qui ? De qui au juste relevait cette affaire du point de vue de l'ordre et de la sécurité publique ? Sans doute du préfet de Paris. Sauf décision expresse du Premier ministre de s'en emparer en personne ou de la confier à quelque autre entité, mais à ce moment-là ce serait probablement de façon non officielle, car ce dernier en aurait-il pris le risque politique au cas où il y ait dérapage ?

Les guerriers prêts à en découdre que je m'étais imaginé voir se manifester dès lors qu'aurait été connue la nouvelle de notre action demeuraient absents.

Et cela dura des heures.

Rien. Aucun mouvement. Pas un son perceptible de leur part. Dans le même temps, de notre côté à nous on avait réussi à s'organiser. Pour l'accès aux toilettes du monument, on avait ainsi établi un strict protocole pour les trois cents et quelques occupants. Par conséquent, il y avait match nul entre eux et nous, aucune des deux forces en présence ne semblait avoir pris le dessus sur l'autre.

J'ignore si cette tactique d'invisibilité et de non-réaction apparente des autorités relevait d'une stratégie mise au point là-haut, en leur château, par ces grands messieurs et ces grandes dames de la Préfecture afin de vite nous affaiblir. Toujours est-il que si tel avait été le cas cela se traduisit par un échec total. Chez nous, personne - pas une, pas un - ne baissa la garde. On avait tous sur nous de quoi pique-niquer, on pouvait joindre nos amis et parents, prendre quelques forces physiques et morales... personne ne se découragea. Nul ne quitta l'enceinte du monument jusqu'au milieu de l'après-midi et ce moment où La Longue Attente subitement cessa.

Et aussi, où l'on nous coupa les communications.

Lorsque cela fut fait, quand nos portables furent réduits au silence, l'espace de quelques minutes je me sentis dans un état plus proche de celles et ceux qui dormaient au-dessous de nous dans la crypte que dans celui d'un vrai vivant.

Voulait-on nous assiéger ? Pourquoi ne pas aussi nous laisser crever de faim ou de soif ? Nous étouffer dans la pierre ?

Au sol, le Panthéon de Paris rappelle la forme d'une croix grecque : il est formé de deux branches de taille inégale qui se coupent en leurs milieux ; la plus longue constitue l'immense esplanade qui s'ouvre droit devant face à l'entrée ; la plus courte, ce sont les espaces situés sur les côtés quand on parvient au centre de l'édifice, à l'endroit où bien au-dessus de soi se dessinent les coupoles géantes laissant filtrer un peu de lumière solaire. La luminosité avait justement commencé de baisser lorsque ceux d'entre nous qui se trouvaient sur les côtés - j'en étais - virent soudain passer sous leurs yeux d'autres qui occupaient la branche principale. Ils refluaient vers le fond du monument.

Tout cela, car ILS étaient là. On LES voyait enfin. « ILS », je veux parler de ces gardes mobiles de la gendarmerie tout de noir vêtus, armés jusqu'à la gueule, genres de Robocops de la République que l'on voit déployés dans les rues en théorie seulement quand les autorités estiment qu'un rassemblement est susceptible de dégénérer, en pratique à peu près aussitôt que qui que ce soit extériorise des velléités revendicatives et croit nécessaire de devoir manifester un désaccord avec une décision politique.

Un premier cordon serré de quelques dizaines de ces « drôles » de zigs s'était mis en place sur toute la largeur du Panthéon, vers l'entrée. Une fois constitué, il avait avancé de quelques mètres, ce qui avait achevé de faire refluer la foule vers l'arrière du bâtiment, avant qu'une seconde rangée de ces hommes pénètre et prenne position juste derrière la première.

Forces de l'ordre vs protestataires. On y était.

Pour la première fois depuis le matin, des pièces bougeaient sur l'échiquier. S'assemblait un nouveau puzzle.

Passé l'effet de surprise, on décida de faire front. Plutôt que de reculer, la multitude se rapprocha de ses adversaires. Elle forma plusieurs rangées, bien droites elles aussi, quasiment au contact des cordons de gendarmes. Aussi, les uns se retrouvèrent face aux autres, chacun ayant l'air de dire à son vis-à-vis : « Quoi ? Qu'est-ce qu'il y a ? Ouais, j'suis là ! ».

Alors, se produisit de notre côté quelque chose qui ne se produisit pas du leur. J'ai douté, cru à une hallucination sonore, bien possible à cause de mon cœur battant la chamade. Et puis Vagabond se pencha vers moi pour me demander : « Tu as entendu ? » J'avais entendu. Et lui et moi avons pu constater qu'il s'agissait bien d'un murmure. Un chuchotement. Celui-ci prit rapidement de l'ampleur, pour devenir bourdonnement, puis grondement et enfin mélopée. Ce à quoi cela me fit penser instantanément, on aurait dit le chant d'un groupe d'esclaves face à ses maîtres et contremaîtres, à ces Bons et Grands Messieurs, ou leurs sbires tu sais, les types bien baraqués et impitoyables chargés de représenter ces derniers pour surveiller la « racaille nègre » dans les champs de coton du sud des États-Unis d'Amérique d'avant l'abolition de l'esclavage.

Tous ces hommes et ces femmes qui chantaient devant les gendarmes immobiles et raides comme des piquets, c'était saisissant. Et ça durait.

L'air entonné n'était pas vindicatif. Pas du tout. Plutôt quelque chose de lent, venant des entrailles de ses interprètes, de très loin à l'intérieur d'eux, qui remontait et passait à travers les gorges, extrait des profondeurs. Je me demandais si du côté des forces de l'ordre, cela ne leur faisait quand même pas quelque chose aux tripes de se trouver là à entendre le son entêtant de cette foule digne et figée... La chanson disait : « Nous ne bougerons pas ». J'apprendrai plus tard qu'il s'agit d'une vieille complainte syndicaliste effectivement américaine - *We shall not be moved* - traduite en français pour l'occasion. Elle résonnait à merveille entre ces augustes murs. Et tout le monde paraissait tout petit face à ce chant-là. D'ailleurs, depuis qu'on l'entendait nul Robocop n'avait plus esquissé le moindre geste, sauf un qui avait bougé ostensiblement un bras pour je ne sais quelle raison que ça c'était vu tout de suite au milieu de l'immobilité de tous les autres.

Au fur et à mesure qu'il gagnait en décibels, le chant prenait le dessus sur les protagonistes de la scène. Je veux dire par là que la beauté et l'à-propos de la mélodie faisaient que toute cette marée humaine semblait rétrécir en taille. Mon regard chercha à embrasser l'entièreté du tableau. « Nous ne bougerons pas ». Quand il y parvint, l'émotion serrait mon cœur. Je venais de me rendre compte que l'air repris en chœur les faisait tous rapetisser, tous excepté lui, le Panthéon. Et même, je peux te dire que plus les voix prenaient de l'ampleur, plus lui gagnait en majesté.

Durant la matinée, j'avais craint que l'annonce de notre acte d'occupation énervât un géant - l'État - et c'était un autre géant - le Panthéon de Paris - qui s'éveillait pour donner toute sa mesure, ou sa démesure, je n'aurais su dire.

Avec cette chanson reprise par trois cents voix et cette dramaturgie - le face-à-face tendu entre gendarmes mobiles et manifestants - c'était comme si l'on avait voulu le défier, lui, d'être au rendez-vous de l'Histoire, qu'on avait douté qu'il puisse quoi que ce soit à tout ça, et qu'alors le colosse, loin de décevoir, en quelque sorte se métamorphosait, étalait au grand jour toute sa grandeur et sa puissance.

Le chant avait agi comme une formule magique. Un génie sortait de la lampe. Quelque chose d'immense se réveillait entre ces murs de pierre dont je sentais tout à coup qu'ils battaient à la façon d'un cœur. Le mettre en demeure, lui, d'affronter une telle situation ! Non seulement il se hissait à la hauteur des événements, mais tout à la fois surplombant et enserrant policiers, manifestants, boucliers, grenades de désencerclement, lacrymogènes et autres fusils d'assaut, voici qu'il prenait les choses en main, au nom de tous les sacrifiés, de tous les torturés et de tous les fusillés des temps passés abrités sous ses majestueuses voûtes et dont je ne sais par quel prodige je pouvais ressentir soudainement dans ma chair les martyrs comme s'ils avaient été les miens et qu'ils dataient non d'âges anciens, mais de la minute précédente :

« - Vous êtes ici où depuis les siècles et les siècles des millions d'êtres ont placé leur amour, leur fierté, leurs rêves, leurs espoirs, certains m'ont donné toute leur force et leur courage jusqu'à y laisser leur vie. »

Quoi ? Comment ? Qui parlait ? J'étais sidéré. On aurait dit que le Panthéon voulait faire une confidence à tous les acteurs et témoins de ce face-à-face où des hommes armés menaçaient une foule désarmée. Et alors il continua de s'exprimer, toujours sans prononcer le moindre mot. Les éléments propices à une tragédie étaient en place et lui, l'Illustre, parvenait à en sublimer le caractère dramatique. Ses pierres décuplaient leur beauté tout en dévoilant une force tellurique incroyable, titanesque. Et à l'intention de tous, le Panthéon poursuivit, nous prenant en pitié :

« - Malheureux ! Je vais m'occuper de vous ! Vous ne serez pas déçus. Je vais vous montrer, hommes de ce siècle ! Je sais la Grande Histoire ! Je suis la Grande Histoire ! »

À quelques mètres de moi, son regard rivé sur le point de rencontre entre manifestants et forces de l'ordre, des larmes coulaient sur les joues d'une femme.

Joe - que pas mal appelaient Blanc depuis sa performance du matin en compagnie de Will et de Rell avec les couleurs du drapeau français - me tira par une manche de mon pull. Je sortis aussitôt de mon état halluciné.

Le Creusois m'incita à le suivre et m'entraîna dans la foule. Il marchait devant moi, totalement décontracté, dans un saisissant contraste avec l'extrême tension tout autour de nous. Cela m'intriguait. Joe savait-il par avance que rien de grave ne se produirait ? Du fait de ses responsabilités dans l'opération, il était assurément, de nous tous, l'un des mieux informés de ce qu'il se passait en coulisses... c'était peut-être ça ? Ou alors peut-être jouait-il la comédie pour tenter de faire diversion et alléger un peu l'atmosphère ? À deux doigts d'un bain de sang - à tout le moins d'une bataille rangée - à l'observer se déplacer on aurait dit qu'il prenait le frais devant sa porte par un doux soir d'été.

« - Tu vois ce cadran ? » me demanda-t-il en désignant une horloge située au-dessus en étage. « Il y a quelques années, il se trouvait dans un état d'usure catastrophique. Des membres d'une société secrète l'ont rénové sans autorisation, au nez et à la barbe du directeur du Panthéon, des salariés, de la sécurité... »

Voilà Joe parti à me raconter comment, au début des années 2000, ces gens avaient réussi cette prouesse incroyable en y allant au culot, sans ébruiter leur affaire.

Pendant des mois, ils s'étaient déguisés en ouvriers d'une même entreprise, avaient installé des équipements à la vue de tous, monté un échafaudage, travaillé sur l'horloge en question... Personne ne leur avait jamais rien demandé, soit que les maîtres des lieux s'en fichassent, soit qu'ils fussent persuadés que tout était réglementaire dans la mesure où rien n'était caché. Les imposteurs étaient même parvenus à s'introduire dans l'édifice de nuit en trompant la police avec de faux laissez-passer. Et tout cela pourquoi, en fin de compte ? Afin de réparer un objet digne d'intérêt sur le plan patrimonial pour lequel aucun financement n'était disponible.

De façon magistrale, ces types avaient maintenu leur opération secrète tout le temps de sa préparation et de sa réalisation, ce qui avait inspiré les gars de notre comité de pilotage pour mettre au point notre affaire à nous...

" No, we shall not be moved ". « Non, nous ne bougerons pas. ». Nous n'avons pas bougé. Et eux, les gendarmes, n'ont ni chargé, ni tiré, ni tenté quoi que ce soit. Ils se sont retirés. On a pu les voir s'en aller ainsi qu'ils étaient venus dans le calme et la discipline. Quel bonheur ! J'avais commencé à me sentir souris prise au piège. Tu parles d'un soulagement !

L'ambiance n'était malgré tout plus la même après cela. La lourdeur dans l'air ne s'était pas dissipée malgré cette victoire temporaire contre les forces de l'ordre. Avec la fatigue nerveuse, des questions venaient, quelquefois toutes bêtes : « Comment tenir ? », « J'ai faim. Que mangera-t-on ce soir ? »

Ici et là, il y avait aussi du ressentiment. Une colère, même. Beaucoup d'autres que Vagabond et moi n'avaient pas été informés au départ des beaux draps dans lesquels on les mettait. Ils avaient suivi en admettant cette part d'inconnue, mais de demeurer ainsi reclus en risquant la charge de la police et de voir engager contre eux des poursuites judiciaires, c'en était trop pour certains qui pensaient participer à une simple manifestation de rue.

Il a fallu prendre en considération leur mécontentement, pour certains d'entre eux leur revirement. Quelques-uns ont quitté le navire à ce moment crucial. Oh, pas nombreux ! Seulement ça suffit à plomber encore un peu plus l'ambiance de la soirée.

Le plus dur à accepter pour moi à ce moment-là était que je ne savais plus rien de ce qui se tramait au-dehors. Au cours de la journée, j'avais pu rattraper mon étourderie du matin de quand LA Voix s'était exprimée et j'avais appris ce qu'officiellement notre mouvement réclamait des autorités : la promesse d'États généraux de la grande pauvreté à très brève échéance, en particulier sur les sujets de l'emploi et du logement.

Avec la venue du soir, des questions me trottaient dans la tête et à d'autres que moi aussi : le pouvoir était-il seulement informé de cette revendication ? Si oui, se préparait-il à y répondre ? Parlait-on de nous au-dehors ? Et dans les médias ? Et l'opinion publique ? Savait-elle ? Et si oui, nous soutenait-elle majoritairement ? Tout ça tournait et retournait encore et toujours dans mon cerveau lorsqu'un cri résonna dans le blockhaus :

« - Ils vont rétablir les portables ! Ils vont rétablir les portables !

- Comment ça ? » En deux temps, trois mouvements, on vérifia. Aucune communication ne passait.

Le désarroi pourtant ne dura pas. Moins d'une demi-heure après le départ hors de l'enceinte du Panthéon du dernier d'entre nous qui avait baissé les bras de découragement, les lignes téléphoniques étaient effectivement réutilisables.

Quand on l'apprît et que de toutes parts autour de nous la nouvelle était confirmée par les tentatives d'appels des uns et des autres à leurs proches, cela n'avait l'air de rien... j'ai tilté ! c'était là un tournant. Le destin venait de basculer. C'était trois fois rien, pourtant... pourtant, je te jure que je me suis senti tel un marin naufragé apercevant la terre ferme !

« Mes filles, vous êtes belles et je vous aime » criait justement à son smartphone l'un de mes voisins d'infortune dont aujourd'hui encore j'entends l'émotion vive et vraie qui l'étreignait alors.

Si rien ne nous disait qu'on gagnerait la partie à la toute fin, cet événement nous apportait à tous un regain d'énergie. Le haut fonctionnaire de la préfecture ayant imaginé nous mettre dehors à coups d'intimidation avait peut-être perdu sa crédibilité auprès de ses pairs ? Faire entrer les gendarmes mobiles puis leur ordonner de sortir, couper les communications, puis les rétablir... j'ignorais ce qui avait été capital dans ces décisions apparemment contradictoires et cette stratégie peu lisible des autorités. Je l'apprendrai seulement un peu plus tard : la foule à l'extérieur.

Peu à peu, une marée humaine s'était rassemblée sur la grande place ainsi que dans les rues adjacentes. Elle ne cessait de grossir. Sans elle, nous n'aurions pas subi un autre sort que les centaines de sans-papiers ici même quelque temps auparavant. Là avait été la clé. L'écho de notre action sur les réseaux sociaux, dans les médias et les réunions publiques de ces derniers jours avaient servi aussi à cela et s'étaient révélées être un coup de maître. Les autorités n'avaient plus les coudées franches pour intervenir, tu comprends : difficulté d'accès au Panthéon, impopularité de l'emploi de la manière forte inévitable pour « nettoyer » le monument et ses abords, risque de dérapage accru...

Au contraire de nous évacuer, on nous achemina victuailles, boissons et couvertures ainsi que de quoi ne pas transformer l'intérieur du prestigieux édifice en dépotoir. Dès lors, même les plus circonspects d'entre nous se décontractèrent.

Et si la force tellurique des somptueuses pierres du Panthéon nous avait secourus pour de vrai ? Et si après « La Longue Attente » venait « La Nuit du Siège » ? « La Nuit précédant la Victoire» ?

« - Jacques !
- Hein ? Quoi ? »

C'était Rell. Accroupi près de moi qui m'étais allongé et endormi, l'ancien Dalton alias aussi Bleu souriait tout en me dévisageant. Il me tirait d'un sommeil pas serein, son regard calme et chaleureux me fit du bien.

« - Ah, fis-je en bâillant. Tu as bien fait de me réveiller...

- Viens faire un tour. Un soir comme celui-là ce serait bien d'en profiter quand même, non ? »

Je l'imaginais exhiber une fiole argentée pleine d'un bon vieux rhum martiniquais ambré. J'en salivais d'envie. Ce n'est pas ce qu'il advint... Tant pis ! Il eut un rire retenu lorsque je le lui dis et me tendit la main pour m'aider à me soulever.

Deux siècles plus tôt, le Panthéon, paraît-il, avait servi d'église. Cela ne m'étonne pas. Tout le temps de notre occupation, personne n'y célébra de culte, il ne s'agit pas de cela. Seulement avec nous, le prestigieux temple laïc retrouvait sa vocation de refuge. Notre coup d'éclat pour la bonne cause des grands pauvres ravivait la religiosité des lieux.

Au cours de cette nuit-ci, tandis que l'on s'était mis à s'y promener Rell et moi, il y régnait une atmosphère positivement surnaturelle. Cela tenait au fait que la journée avait été prometteuse pour la suite, et qu'au fond de nous-mêmes on se pinçait pour le croire.

Bien qu'il y eut assurément des points de ressemblance entre les situations, c'était autre chose que ce que Joe avait dû vivre quand il avait échappé à son déluge de pluie.

Tandis que l'on déambulait entre les colonnes de l'immense esplanade, ce que l'on avait sous les yeux me ramenait encore une fois à une scène marquante d'un film de science-fiction dont je ne me rappelais pas du titre - je l'ai retrouvé depuis : il s'agit de *Soleil vert*, autre chef d'œuvre du genre - et qui se déroule dans une église reconvertie en abri de la dernière chance pour des protagonistes, femmes, enfants, vieillards, blessés, handicapés et malades de tout poil, installés à l'intérieur à demeure afin de se protéger de je ne savais plus quelle apocalypse.

La similitude était forte avec notre situation. En effet, en principe à cette heure avancée le Panthéon aurait dû être fermé et par conséquent vide depuis longtemps. Or, on était au cœur de la nuit, la lumière résiduelle éclairait à perte de vue des corps protégés de couvertures allongés à même les dalles de marbre ou bien assis recouverts de leurs plaids... on nageait en plein fantastique. Surréalisme total.

Au Panthéon, cette nuit-là, on y rêvait, on y ronflait, on s'y déplaçait peu (lorsque tel était le cas c'était en toute discrétion). On y chuchotait, on y lisait, on y jouait aux cartes... rares étaient ceux qui consultaient leurs instruments de communication par souci d'en économiser les batteries. Et beaucoup certainement y cogitaient, sans trop le montrer à leurs proches, car il me paraît clair qu'aucun d'entre nous n'imaginait son sort enviable en dépit du fait de compter parmi les seuls à avoir le privilège de dormir dans le saint des saints de la République française. Si l'on avait bel et bien obtenu le gain de ces instants volés à la force de notre volonté revendicative, bigre que notre avantage restait maigre et fragile !

Et au Panthéon durant cette nuit, le sensationnel cohabitait avec le sordide. Le sol était dur sous les chairs et, ne t'y trompe pas, malgré le calme de surface il y avait dans les têtes de quoi se sentir de toutes parts encerclés, épiés, surveillés par ce qui se faisait de plus professionnel.en terme de police et d'espions de tous poils.

Rell et moi ne faisions rien d'autre qu'oublier un moment cette réalité pesante. Notre fuite : la contemplation de ces œuvres d'art officiel disséminées au sein du gigantesque vaisseau de pierre squatté et assiégé. Ainsi, tout au fond du monument dans un espace occupé par quelques dormeurs, l'une d'elles attira plus particulièrement notre attention : le tableau *Vers la gloire*, fresque picturale géante où de grandioses personnages étaient représentés de façon épique.

« Tout cela est à nous maintenant », déclara Rell mi-péremptoire mi-fataliste. « Je plaisante ! » s'empressa d'ajouter le natif de Chazelles-sur-Lyon, bien trop féru de mémoire collective et de patrimoine pour s'arroger un tel droit.

Ce *Vers la gloire* si imposant me donnait à réfléchir. Sa grande beauté formelle me paraissait évidente. Cependant, quelle gloire célébrait-il au juste ? La peinture représentait une scène du dix-huitième siècle. Il avait été réalisé dans les années 1920. Était-ce le prestige rayonnant sur tous les continents de la France républicaine à l'origine de la Déclaration des droits de l'homme et du citoyen ? Ou celui de la France coloniale, empire belliqueux, expansionniste et xénophobe qui bien après la Révolution s'était cru en droit de soumettre des populations et de donner des leçons de civilisation aux « sauvages » ? La République est une et indivisible et son histoire doit être appréhendée dans sa globalité, c'est en tout cas ce que l'on m'a répété, mais n'y a-t-il pas des limites ? L'unité à tout prix est utile et nécessaire lorsqu'il s'agit de contrer dans l'urgence le fondamentalisme religieux par exemple. Toutefois, réclamer qu'elle soit permanente est déjà pour moi une forme de terrorisme. Si elle doit permettre de valider les atrocités commises en Indochine, au Maghreb, en Afrique subsaharienne, je ne sais où encore, merci pour cette gloire-là ! Paix et harmonie suffiraient bien !

Je me demandais si ce tableau *Vers la gloire* ne symbolisait pas quelque chose de dévoyé dans ce Panthéon par ailleurs magnifique. N'était-il pas au moins autant l'émanation d'un appareil d'État soucieux de sa pérennité et de son développement et prêt pour cela à perpétrer bien des violences que l'incarnation d'une nation porteuse de l'idéal démocratique ?

Et cette confusion des genres, n'apparaît-elle pas également parmi tous ces « grands hommes » reposant au sous-sol dans la crypte ? Je me le demandais aussi, sans être sûr d'avoir raison, en consultant leurs noms : beaucoup étaient des militaires totalement inconnus de moi. Dans quels combats glorieux ou indignes s'étaient-ils illustrés ? « Aux grands ogres, la patrie reconnaissante » écrivit un jour Jacques Prévert, peut-être au retour d'une de ses poétiques errances dans le Quartier latin, en s'inspirant lui aussi de la devise républicaine inscrite au fronton du Panthéon de Paris...

Rell et moi poursuivîmes notre promenade, imprégnés de l'atmosphère merveilleuse propre à ces heures extraordinaires que l'on était en train de vivre. J'oubliais mes inquiétudes nées de ma contemplation de l'œuvre d'art précédente auprès de la sculpture dont m'avait parlé Joe au début de la journée et qui représentait plus vrais que nature les généraux de 1789 figés dans des attitudes passionnées. Eux au moins étaient de bons exemples.

Je puisais encore plus de ce courage dont j'aurai besoin pour la suite là où l'on se rendit Rell et moi pour finir et où l'on marqua un arrêt plus long : au pied d'un autre monument, érigé en hommage aux matelots du Vengeur, épiques défenseurs de la liberté qui en 1794 affrontèrent la marine anglaise afin de permettre à la République de recevoir l'approvisionnement d'une flotte de cent soixante navires venus d'Amérique pour la ravitailler. Ceux-là aussi, oui, étaient nos frères ! Il y avait une gémellité entre notre cause et celle qui avait été la leur. N'auraient-ils pas eux aussi souhaité être des nôtres si d'un coup de baguette magique ils avaient pu revivre et nous rejoindre en ce siècle ?

Pour l'heure, d'autres que ceux-là s'apprêtaient à venir pour augmenter notre nombre...

Le vent s'était levé, par conséquent toutes les issues avaient-elles été fermées. On ne sentait ni son souffle continu ni ses fortes rafales balayant dehors tout ce qui se trouvait sur leur passage. Simplement, de temps à autre on en percevait l'écho dans le silence de la nuit. Annonçait-il des temps nouveaux ? Il était deux heures de la nuit quand on tambourina contre la même porte par laquelle la veille au matin on était entrés. Boum ! Boum ! Boum ! :

« Au nom du Tout-Puissant, ouvrez ! Ouvrez ! Ouvrez-nous ! »

Comme l'on tardait à s'exécuter, la voix ajouta :

« Par tous les anges de la Création, ouvrez donc ! »

On obtempéra, se demandant bien de qui et de quoi il pouvait bien s'agir.

Un prêtre apparut alors. Ou plutôt cinq. Ils approchèrent. D'où sortaient-ils ? Que venaient-ils donc faire ici ? Le vent avait encore forci, on entendait son sifflement aigu... tout de même pas au point d'avoir déplacé jusqu'à nous ces cinq-là depuis le Royaume des cieux !

Lorsque l'ambiance qui du coup s'était tendue à nouveau se fut complètement apaisée, on se fit un devoir de les écouter. Et l'on comprit.

Ils arrivaient d'une paroisse à l'autre bout de Paris. Ces hommes d'Église se disaient très au courant « des affaires de ce genre », très en lien avec les sans-logis, les sans-papiers, les sans-je-ne-sais-quoi... « Jésus le serait sans aucun doute lui-même s'il était présent physiquement » crut d'ailleurs bon de remarquer l'un d'eux.

Parmi ceux d'entre nous qui ouïrent alors le Père Benoît - ainsi s'appelait celui qui semblait être le porte-parole du groupe - beaucoup étaient plus que circonspects sur la capacité de ces gens à faire avancer notre cause du moindre centimètre. Toujours est-il que l'incident de l'irruption fut déclaré clos, chacun tâcha de se rendormir, la journée du lendemain promettant d'être riche en péripéties et autres émotions fortes. Un silence, fébrile, se réinstaura peu à peu au sein de la noble enceinte.

Cependant, les hommes d'Église ne furent pas lâchés par les membres de notre comité de pilotage. Ces derniers se relayèrent à leurs côtés. En poursuivant la conversation, ils apprirent que si les autorités avaient refusé l'accès au bâtiment à des personnalités civiles, à des syndicalistes ainsi qu'à des politiques qui en avaient fait la demande officielle, on avait laissé ces cinq-là venir dans le but de nous convaincre de continuer notre lutte d'une autre manière que barricadés ici.

On comprit que Père Benoît avait en quelque sorte berné le pouvoir, car ces prêtres étaient en vérité solidaires de notre action. D'ailleurs, les quatre curés qui l'accompagnaient ressortiraient au petit matin, mais lui resterait. C'était décidé. Aux médias, il déclara d'ailleurs un peu plus tard :

« Outre que leur combat est respectable et juste, ces hommes du Panthéon sont des êtres pacifiques. Je voulais en juger par moi-même, leur rencontre m'en a fourni l'intime conviction. Et comme prêtre tout autant qu'en mon âme et conscience de citoyen, je leur accorde ma confiance. Je reste au milieu d'eux afin de garantir leur sécurité. Écoutons ces femmes et ces hommes ! Entendons-les ! Entendons ce cri d'humanité ! »

Un Tout-Puissant en provenance d'une étoile lointaine avait en définitive peut-être bien joint ses poings à ceux de

Père Benoît pour frapper à notre porte durant la nuit ! Qui pouvait savoir ? Peut-être même cet Être majuscule se tenait-il, muet, à nos côtés, allongé incognito sous sa couverture ?

Quand le soleil se leva, il dévoila aux abords et dans le ventre du Panthéon une scène contrastée. La lassitude physique et mentale, l'incertitude de notre sort à venir, autant d'éléments qui pesaient lourd sur nos épaules au moment de devoir affronter une seconde journée d'occupation. La lumière avait à peine triomphé des ténèbres que déjà, donc, des ombres menaçantes planaient au-dessus de nos têtes.

Fort heureusement, nous avions pour nous cette foule camarade encore et toujours massée là, à l'extérieur. Elle se manifesta sitôt qu'on entra en contact avec elle. Son secours était inestimable. Elle nous portait. Sa présence sur la place publique au-dehors matérialisait la réponse à nos doutes. Il suffisait de la regarder, de la côtoyer, d'échanger quelques mots avec elle - simplement - et alors on pouvait se rendre compte qu'elle était tout à la fois promesse d'avenir et preuve palpable d'un renouveau déjà enclenché.

Des rassemblements permanents se tenaient en soutien aux occupants de Paris dans une bonne dizaine de villes du pays. Et ailleurs, dans plein d'autres lieux, on organisait aussi ceci ou cela pour témoigner sa solidarité, y compris même dans des villages, et jusqu'aux plus reculés d'entre eux !

Grâce à la foule parisienne massée autour de son Panthéon, à défaut de pouvoir me laver ou me changer je pus au moins déjeuner. Assis par chance en haut des marches du palais républicain sur l'une des rares chaises de jardin que l'on avait disposées là, surplombant le théâtre des opérations, j'observai cette mer humaine magnifique, amicale et fraternelle. J'y discernais des jeunes, des vieux, des adultes, des enfants, toutes sortes de personnes : des pompiers, des musiciens, des de couleur jaune, grise, noire ou blanche, des infirmiers... bref, de tout. Y compris un caniche aboyeur à tout va dans les bras d'une femme ! Sans oublier : de la joie et de la bonne humeur en même temps que de la détermination (il faut bien le dire, car c'était frappant). Sans doute la population présente souriait-elle de se voir si dense et belle.

Sur le coup de dix heures, le soleil lui-même se mit de la partie. La place était remplie, on eût presque dit un remake de la Libération de Paris, les cloches sonnantes des églises de la capitale en moins !

Vers midi, la rumeur se répandit dans nos rangs de l'imminence d'une seconde intervention policière en vue de nous déloger. Rien ni personne ne vint la démentir. Alors, sans paniquer le moins du monde, sans trop tarder non plus, de nouveau les portes du bâtiment furent closes avec nous à l'intérieur.

Mon avis est que l'être humain, partout de par le monde en toutes époques, ne peut rien mener à bien d'important s'il n'en ressent pas le désir ardent dans ses entrailles, le fond de son cœur et au bout de sa raison aussi, ni sans être convaincu de la justesse morale de son acte. Rell disposait de tels atouts. Depuis le début. En cette heure incertaine, il s'apprêtait justement à prendre la parole, muni du même mégaphone à travers lequel LA Voix s'était exprimée la veille. On se rassembla autour de lui :

« On ne marche pas seuls » - commença-t-il en désignant d'un geste notre groupe ainsi que la foule au-dehors. Prouvant ses dires, il égrena un à un les noms de localités où un soutien à notre action avait été organisé : « Reims : cinq cents personnes hier, le double aujourd'hui. Avignon : mille hier, trois fois plus ce matin... »

La liste des lieux concernés était longue et le nombre de participants démontrait de façon éloquente la popularité de notre mouvement. Chaque nouvelle annonce fut ponctuée de hourras. Ceux massés à l'extérieur devaient se demander pourquoi les murs du Panthéon résonnaient de tels cris. Celui qui peut-être déjà la veille avait été LA Voix enchaîna :

« Seuls, mes amis, nous ne l'avons d'ailleurs jamais été. Et quoi qu'il arrive, nous ne le serons jamais ! Il suffit pour s'en convaincre de se pencher sur ce qu'il s'est passé autrefois à cet endroit. »

Rell évoqua alors les événements qui se déroulèrent dans cette même vénérable enceinte un siècle et demi plus tôt, lors des journées d'insurrection de juin 1848. LA Voix se lançait dans un récit historique façon « Il était une fois... » :

« Au cours de ce printemps lointain, la crise économique sévissait en France depuis plus d'un an. Elle venait d'ailleurs d'entraîner une révolution et l'avènement de la Deuxième République. Cent mille ouvriers parisiens étaient privés de tout travail et de toutes ressources. Pour leur en attribuer, on créa ce que l'on appela «les ateliers nationaux ». Les chômeurs y étaient embauchés, sur des chantiers d'intérêt général, au pavage des rues ou pour des travaux de terrassement.

Parmi les bourgeois et les nantis, ces ateliers avaient très mauvaise réputation, on les rebaptisait «râteliers nationaux», manière de dire qu'ils existaient uniquement pour permettre aux fainéants de voler l'argent des honnêtes gens. Responsables de ces calomnies, quelques politiciens aussi habiles que menteurs affirmaient qu'ils coûtaient une fortune au contribuable. Un nouvel impôt venait d'être créé. Ces mêmes individus véreux firent croire que ce dernier servait à financer les ateliers nationaux, alors qu'il avait été mis en place pour rembourser à ces mêmes gens fortunés et aristocrates prompts à fustiger les ateliers l'intégralité des biens qui leur avaient été confisqués par la Révolution. Bref, une énorme supercherie... qui fut couronnée de succès puisque les députés, victimes de cette propagande, votèrent la fermeture des ateliers nationaux. Ce qui déclencha aussitôt une insurrection populaire. Celle-ci fit près de cinq mille morts parmi les ouvriers. Au Panthéon, où mille cinq cents insurgés s'étaient retranchés, l'armée fut envoyée pour les déloger. On défonça les portes au canon. Les victimes y furent très nombreuses. »

Rell faisait forte impression auprès de son auditoire. Nous l'écoutions tous. Ses talents d'orateur et de conteur, le fait de se trouver sur les lieux mêmes de cet épisode de l'histoire qu'il contait, qui plus est dans une situation en somme assez similaire à ceux dont il était question, tout cela nous faisait en même temps vibrer et frémir.

Rell continua :

« Par la suie, les historiens de tous bords s'emparèrent de cette affaire. Certains, marxistes, affirmèrent que cet événement avait été une révolte de la faim. D'autres qui n'avaient rien de marxiste soutinrent qu'il s'agissait d'une nouvelle poussée de fièvre révolutionnaire de ce peuple ouvrier si violent et dangereux.

La vérité ne se trouve ni dans la première affirmation ni dans la seconde. La vérité, mes amis, c'est qu'un siècle et demi avant nous ces gens se sont battus pour une idée, un principe juste. Ils portaient en eux la même revendication qui est la nôtre : celle du rejet d'une forme de République de façade qui tolère l'oppression des minorités par la majorité, leur asservissement, leur soumission à durée indéterminée. Les révoltés de cette époque luttaient pour l'avènement d'une vraie République, qui s'engage à œuvrer pour l'émancipation de chacune de ses composantes !

Pour cela, combattons et soyons prêts à aller jusqu'au bout ! Nous en sommes là ! Exactement ! Le pouvoir ne peut plus se comporter de la sorte aujourd'hui ! Il ne nous attaquera pas au canon comme il l'a osé en 1848 ! Il ne fusillera personne sur les marches du Panthéon comme il le fit plus tard durant la Commune de Paris ! Raison de plus pour nous montrer à la hauteur de nos héroïques prédécesseurs engagés dans le combat pour la justice, la dignité et pour - ainsi que Léon Gambetta lui-même l'a proclamé en son temps - offrir à chacun «le droit à un avenir», slogan imprimé ici-même de nos jours sur des cartes postales que l'on vend aux visiteurs comme si de rien n'était, comme si les autorités, nos dirigeants politiques, notre société pouvaient se prévaloir d'avoir accompli le vœu de Gambetta ! Honte à eux, mes amis ! Et courage à nous tous ! »

Rell reçut un triomphe en retour de son allocution. LA Voix avait encore une fois convaincu. Puis il passa le mégaphone à Père Benoît, qui avait réclamé son tour. Le curé ajouta seulement :

« Et mes amis, n'oublions pas qu'ici sur la place du Panthéon avait été établi le grand village servant de refuge à tous les malheureux après l'appel de l'abbé Pierre à la radio lors de la fameuse insurrection dite de la bonté de février 1954 ! Cela nous portera chance ! »

Les deux orateurs furent longuement acclamés. À présent, on sentait dans chaque cœur la même détermination qui était celle de Rell et du Père. Volonté farouche de réussir notre coup et assurance d'être dans le vrai habitaient chacun d'entre nous. Nous étions comme le marcheur sûr de lui et de son pas, qui sent une terre ferme sous ses pieds et distingue bien l'horizon. Pour accomplir un jour quelque chose de grand, il nous faut voir clair en nous au sujet de cela. Lorsque tel est vraiment le cas, ce qui paraissait la veille impensable devient réalisable. Soudain les plus grands exploits sont rendus possibles.

Veux-tu bien te souvenir de ce que je t'ai écrit à propos de la non-violence ? Nous nous y étions engagés vis-à-vis à la fois des personnes et des biens. C'était, j'en suis persuadé, la principale différence avec nos prédécesseurs de 1848. Gandhi, ses théories, sa pratique étaient passés par là. Aussi, quand les gendarmes mobiles revinrent - car ils revinrent - n'eurent-ils pas besoin de faire donner le canon sur notre porte, ni d'en forcer sa serrure. En effet, si ses battants étaient tirés elle demeurait ouverte. Il leur suffît de pousser pour entrer. Cette attitude de notre part te surprend peut-être après cette harangue volontariste de Rell et le succès qu'elle avait rencontré dans nos rangs. C'est pourtant bien ainsi que cela s'est passé. Les principes pacifistes sont les principes.

" *We shall not be moved* " - la même scène que celle vécue la veille se renouvelait. « ILS » étaient de retour, les hommes vêtus de sombre, harnachés de la tête aux pieds, casqués, bottés et armés. J'assistai à l'intrusion des gardiens de cette République qui tolère l'écrasement des faibles par les forts et me refuse à moi et à mes amis le droit à un quelconque avenir contre l'avis de Léon Gambetta et celui de bien d'autres qui dorment dans la crypte du Panthéon.

Alors un flot d'images et de pensées traversa mon esprit. Me revinrent en mémoire les souvenirs rapportés par mon père de François Mitterrand ici même. C'était au début d'un lointain été, l'été 1981 : l'allégresse accompagnant les pas du président fraîchement élu... Le discours d'André Malraux à l'occasion de la cérémonie en hommage à Jean Moulin entendu sur le lecteur CD familial : les larmes que son écoute faisait naître dans les yeux de papa...

Il y eut un mouvement de foule... une vague... puis une autre... Je me trouvais compressé entre ceux des nôtres tout près de la sortie de l'édifice et ceux placés plus en arrière. Pris dans cet étau, je vacillais à plusieurs reprises.

Dans le même temps, en moi continuaient de déferler des idées. Ainsi, je pensais à la mémoire des soldats de la Première Guerre mondiale que l'on avait fait entrer au Panthéon peu auparavant par l'entremise de l'un d'eux - Maurice Genevoix - à la fois acteur, témoin et écrivain de la Grande Guerre. L'un de mes arrière-grands-pères fut lui aussi un Poilu du front et des tranchées, et *Ceux de 14* - livre de Genevoix qui leur était consacré - figurait dans la bibliothèque familiale...

Justement, oui, la famille : je songeai aussi à nouveau à vous deux, maman et papa, à l'image emblématique pour vous et vos amis de votre génération à vous de ce même Quartier latin où je vivais à mon tour mes heures chaudes. Pour vous, cela avait été tout à côté d'ici, boulevard Saint-Michel : printemps 68, sous vos banderoles, vos rangs serrés bras dessus, bras dessous ; et par la suite, vos autres luttes généreuses et solidaires ; vos espoirs en un monde meilleur et en paix. Épris de justice et de liberté autant que quiconque et bien davantage que la plupart, je savais, moi, que vous aviez du respect pour le président de la République d'alors, De Gaulle, l'homme du 18 juin 1940, le libérateur.

Pour accomplir sa très grande œuvre, libérer le pays du joug nazi, « le Général » n'avait-il pas lui-même désobéi ? Ne s'était-il pas révolté, lui le héros consacré comme tel quatre ans après la débâcle de 1940 par le peuple de France, le 26 août 1944, autre journée à laquelle précisément je pensais le matin de ce deuxième jour d'occupation quand je parcourais du regard la foule massée sur la place du Panthéon ?

Les Robocops nous faisant face représentaient pour moi le contraire de ce que de Gaulle avait accompli : ils symbolisaient l'obéissance aveugle.

Papa, maman, vos existences à vous ainsi que celles de bon nombre de vos amis de la fin des années 60 et des années 70 témoignent elles aussi de cet esprit de lutte pour les valeurs honorées au Panthéon : non à la culture hyper consumériste et orgueilleuse de l'après-guerre et ses prétentions arrogantes ; combat pour une société plus ouverte, plus démocratique, plus égalitaire, moins hiérarchisée ; démilitarisation internationale ; libération des femmes ; écologie ; antiracisme... Un documentaire très sérieux diffusé sur une grande chaîne de télévision m'avait appris que le général de Gaulle lui-même reconnaissait après-coup la légitimité de votre combat en 1968. Plus d'un demi-siècle a passé, où donc êtes-vous honorés ici, au Panthéon, papa, maman, vos amis ? Où ? Il me semble que cette absence vaut oubli des valeurs que vous portiez, et que cet oubli, nous tous des générations suivantes ne cessons d'en payer le prix au quotidien. Je ne m'étonne plus du pourquoi de cette misère dans nos rues et de cette désespérance dans les foyers !

En ces instants de grande tension, mon esprit et mon âme, éreintés par un jour et une nuit ininterrompus de siège, rejetaient en bloc l'autorité représentée face à nous par les gendarmes mobiles. Mais attention, moi, face à eux ? Ne céder ni à la peur ni à la démence.

La tête me tournait de plus en plus. La terre tremblait. Une image après l'autre, ressassement après ressassement, au bout du bout j'arrivais pour finir à cette série de questions face auxquelles un insondable abîme s'ouvrait : « N'est-ce pas ce même Système qui t'a détruit, Pauline ? Et après ça, qui n'a pas su nous épauler, papa et moi, pour surmonter la douleur de ton départ, au point que papa n'y a pas survécu ? »

Je songeai pour m'encourager : « Sur la lande battue par le vent. Libre, inarrêtable. Je suis le vent qui court libre, indompté, sur la lande cévénole à la cham de L'Hermet. »

Puis revint à moi la figure souriante de Jacques Prévert : « Monsieur le poète de mes premiers jours si joyeux dans Paris ! Toi, ici ! » Alors à nouveau se matérialisa sous mes yeux ce rêve que j'avais fait au début de mon périple, à la veille de quitter le Grand Nord, et dans lequel je m'étais transformé d'un coup en oiseau pour échapper à une menace. J'aurais tellement aimé... Je m'imaginais là, planant de mes ailes de plumes au-dessus de l'assistance... Ensuite, je me serais envolé très loin par-dessus les toits du Quartier latin.

Il y eut un mouvement dans la foule et je sombrai. Pour moi, c'était terminé.

Ô Cévennes

Tomber dans les pommes au plus fort de la bataille du Panthéon, tu te rends compte ? C'était stupide de ma part ! Voilà comme ça s'est fini. Si je le pouvais, j'échangerais volontiers cette conclusion contre une autre. Seulement, même avec la meilleure volonté du monde il arrive que la vie vous joue des tours. Tous, y compris ceux qui s'efforcent de tout diriger de leur existence et possèdent toutes les armes pour ce faire, doivent bien admettre qu'ils sont de temps à autre impuissants. Quoi qu'ils veuillent et quoi qu'ils fassent.

J'étais HS, le SAMU fut appelé et une ambulance m'emporta loin de mes compagnons de lutte.

Je garde en mémoire de mon départ des images floues et des sensations confuses : gyrophare, masque à oxygène, visages inconnus penchés sur moi... Dans mon esprit, je quittai le Quartier latin telle une souris la souricière. Cela ne correspondait pourtant pas vraiment à la réalité. Certes, les gendarmes mobiles étaient de retour et des policiers en uniforme ou en civil devaient se dissimuler partout dans ce coin de Paris, mais la foule citoyenne entourant les nôtres dans leur retranchement, toujours aussi dense et déterminée, constituait une garantie solide pour que rien de trop fâcheux ne se produise.

Durant mon transport, un jeune urgentiste veilla sur moi. Je me souviens lui avoir demandé où on allait :

« À l'hôpital la Pitié-Salpêtrière » - me répondit-il avec détachement.

Je me dis qu'il ne se serait pas exprimé de la sorte si j'avais été à l'article de la mort. En même temps, tenir le coup dans sa profession nécessite de s'endurcir, pareil que pour nous autres dans notre situation d'exclus. Conclusion : je n'étais pas à l'aise, transbahuté ainsi à l'horizontale dans un véhicule à la sirène hurlante.

« Le Pétrin-Salpêtrière » plutôt que « la Pitié-Salpêtrière », oui...

Ce garçon qui me veillait pendant notre traversée de Paris aurait pu être mon fils, ou celui de Martin, ou celui de Pauline. Cela me le rendait familier et me donnait envie de me confier à lui. Je croyais lui parler, lui dire mon désarroi, alors qu'en réalité je ne faisais que poser mes yeux sur lui. Je lui racontais en rêve des histoires de chômeurs :

« Vingt ans d'inscription ininterrompue sur les listes d'abord de l'ANPE, après celles de Pôle emploi... on ne peut plus rien me mentir ! S'il y'en avait du travail, je l'saurais ! »

Une anecdote m'était revenue en tête de ma vie de quartier là-bas chez moi d'où j'étais parti en juin. De petits voyous y sévissent en cambriolant les voitures en stationnement. Les riverains avaient réagi en écrivant sur les trottoirs : « Casseurs de vitres, briseurs de c... » ou encore : « Casseurs de vitres : que fait la police ? ». « Égoïstes de propriétaires ! » croyais-je m'exclamer dans l'ambulance. « Ça ne les choque pas le moins du monde que de pauvres types soient dans une telle misère qu'ils doivent risquer la prison pour si peu ! En revanche, que l'on s'en prenne à leurs voitures... L'auteur de ces actes, ce pourrait être moi. Il faudrait leur répondre à ces idiots que si la police n'intervient pas, c'est qu'elle est trop occupée à surveiller que les miséreux le restent bien et que les plus riches continuent de s'engraisser. Vous vous rendez compte de la largeur de vue de ces gens ? Pour eux, les extrémistes, les radicalisés, c'est nous ! »

En réalité pas un traître mot ne filait de ma bouche, même si je regardais bel et bien mon interlocuteur dans le blanc des yeux. Mon cerveau abîmé était juste en train d'évacuer pour lui-même des miettes de conscience enfouies loin dans ma mémoire. Peut-être cela me soulageait-il ? Sans doute que je me délestais d'un poids trop lourd à porter pour après me sentir en mesure de revenir dans le monde des vivants ? Dans mon délire, mon ange gardien de l'ambulance s'était mué en interlocuteur attentif et curieux. Je croyais m'adresser à lui comme l'on se met à parler à un passager inconnu lors d'un long trajet en train quand la personne ne paraît pas antipathique. Pourtant, si mes méninges s'activaient, si mes yeux fixaient le jeune à mes côtés, sinon tout le reste de moi avait démissionné.

À la façon que lui avait de me regarder étendu sur mon brancard, au bout d'un certain temps je crus comprendre - parce que lui non plus ne pipait mot - ce que mon soignant me suggérait de faire : tout laisser de côté. Qu'il s'agisse de la marche du monde, des soucis, des projets... tout ça ne devait plus avoir aucune espèce d'importance. Pas maintenant. Tout ça, c'était la vie et l'on avait vu ça. Ses yeux me disaient :

« Maintenant repos, monsieur. Repos, mec ! Repos absolu. Laissez. Laissez le reste. Plus tard, peut-être... »

Du reste, une immense fatigue s'empara de moi avant notre arrivée à destination. Tout de moi et tout en moi se mit à se moquer éperdument des problèmes des Terriens, de mon propre avenir... j'étais au-delà de ça, quelque part en un point où je n'en pouvais plus. Pouce ! J'arrête ! Drapeau blanc ! Je n'étais que corps, esprit et âme éreintés, éteints.

Je suis du style à ne pas m'en laisser compter. J'aime faire appel à autrui uniquement par plaisir ou curiosité, jamais par nécessité. J'apprécie de considérer que je peux décider moi seul de ma route, sauf dans une proportion infinitésimale de cas. Mais même les plus forts de tous ne peuvent le demeurer que s'ils consentent à accepter l'existence de la défaite. Les grands compétiteurs sportifs, eux le savent bien, par exemple : ils détestent perdre, mais s'ils refusent l'idée, alors ils ne font pas long feu en haut de l'affiche.

Au fond, nous ne sommes que des fétus de paille trimballés par le vent. Parfaitement, Iana. Ce n'est pas être faible que d'admettre ça. Ainsi, la vie et la mort nous montrent quand cela leur chante qui de nous ou d'elles sont les plus forts. La plupart du temps on oublie cette réalité. Pourtant, c'est inhérent à notre condition d'humain. Un jour à Finiels dans la petite bibliothèque de Bédouin, le propriétaire du camping, je suis tombé sur cette phrase tirée de la Bible et contenue dans un roman, *Le hippie cévenol* : « Tu leur retires le souffle : ils expirent ; et retournent dans leur poussière. Psaume 104-29. »

L'essentiel est écrit là en quelques mots. On prévoit des tas de choses pour conserver ou recouvrer la santé... on produit des tonnes d'efforts pour se maintenir en forme, retarder le vieillissement, perdre ou prendre cinq kilos... ce genre de considérations occupe nos esprits les trois quarts du temps passé l'âge de quarante ans... et tout cela pour quoi au fond ? Pour que l'existence se charge de régler elle-même brutalement la question dans un sens ou dans l'autre, quand bon lui semble, au hasard du petit bonheur la chance, sans prévenir ni crier gare, pour le meilleur et pour le pire. Alors quand cela survient et qu'on a le temps de se retourner une minute, on se dit qu'on a été bien sot de gaspiller tant d'énergie à réfléchir à tant de détails insignifiants. On aurait mieux fait de vivre vraiment. D'en profiter vaille que vaille.

Seulement comme on nous fait croire depuis tout petits qu'on devient mille fois plus heureux et plus épanouis quand on possède le pouvoir de modifier le comportement de nos congénères alors la plupart d'entre nous s'emploient à ce travail sans se soucier d'abord de leur propre sort, jusqu'à s'en rendre malades. Acquérir de l'influence, de la puissance, encore et toujours davantage, on nous dit qu'il n'y a que ça qui compte. On nous rentre tellement ça dans la tête ! Mais si sur Terre ça marchait ainsi, cela se saurait ! Et l'on en ressentirait les bienfaits !

Mon ami islandais dont je t'ai déjà parlé a posé un jour à la cantonade cette question tout à fait à-propos : « Qui peut, en dehors des politiciens, croire que la vie a un sens ? Elle n'en a pas. Non. »

Parfois je suis convaincu que cette pensée est juste. Exemple : si effectivement j'avais eu du flair en mettant tout en œuvre pour concrétiser mon projet de voyage après en avoir eu la subite envie cette fameuse d'hiver et de neige où j'avais rêvé d'Esther, l'épisode de mon accident puis de mon évacuation du Panthéon ne s'est-il pas chargé de me démontrer qu'en certaines circonstances on a rien à faire d'autre que de subir les événements, de les prendre comme ils viennent et d'ingurgiter les fruits tantôt sains tantôt indigestes cueillis pour nous par le Grand Hasard ?

Deux autres seniors solidaires de notre cause, Patrick et Noémie, étaient devenus mes amis durant le camp d'été. Tous deux sont des baroudeurs dans l'âme. Ils possèdent une maison en bois auto-construite très agréable et très coquette située sur le territoire de la commune de Finiels. Ils l'occupent à l'année lorsqu'ils ne sont pas en voyage de par le monde.

Quand je suis sorti de La Pitié-Salpêtrière, j'ai rembarqué directement pour les Cévennes et le camping de Bédouin. J'y ai recroisé le couple le surlendemain de mon retour, autrement dit peu après ton départ à toi pour Carcassonne.

J'étais alors complètement ailleurs. Tu le sais bien, puisqu'on te l'a raconté. Sans doute n'avais-je pas été hospitalisé assez longtemps. Trois jours au total, tu parles ! Le docteur du service des urgences m'avait mis en garde avant de me rendre ma liberté : « Monsieur, vous DEVEZ vous reposer maintenant. C'est impératif. Je vous renvoie chez vous, mais observez dans les prochaines semaines la plus grande prudence avec vous-même ! Dans un mois, vous repasserez une batterie de tests et on refera le point. »

Mon malaise m'avait laminé. En même temps, le savant s'était voulu quand même rassurant puisque rien d'inquiétant ne découlait des analyses pratiquées. L'hypothèse d'après lui la plus vraisemblable était que cet accident résultait de l'agoraphobie dont je lui avais fait part au préalable. La bousculade engendrée par le retour des gendarmes dans le Panthéon combinée au stress dû à l'état de siège et de confinement subi à l'intérieur du monument depuis vingt-quatre heures expliquait que mon corps et ma tête avaient failli. Cela aurait pu arriver à un autre, cela m'était advenu à moi.

Les jours suivants ma sortie de l'hôpital, j'expérimentais à mes dépens que l'affaire ne s'arrêtait pas si facilement. Chez Bédouin, après avoir physiquement récupéré j'ai commencé à ressentir ce sentiment d'oppression que tu connais puisque tu as constaté les dégâts qu'il occasionnait en moi, même si ce ne fut que plus tard alors qu'il avait bien baissé d'intensité. Je n'ai pas envie de revenir là-dessus, je t'ai tout raconté, depuis les crises de panique sévères qui m'empêchaient quand elles survenaient de quitter de la chambre en dur que l'on m'avait prêtée, jusqu'au retour de la peur de croiser ces fameux bandits de grand chemin auxquels je redoutais déjà d'être confronté le matin de mon arrivée en Ardèche (ils n'avaient pu entrer dans ma destinée par la porte, ils tentaient d'y pénétrer par la fenêtre). Hyper angoissé ou seulement hyper tendu selon les instants, j'étais devenu juste invivable pour qui que ce soit. Prostré, muet, parano, je ne me relâchais jamais intérieurement. Sans ressort, sans joie, je craignais que l'on me prenne au mieux pour quelqu'un sans intérêt, au pire pour un fou.

De nouveau, je glissais, je glissais... toujours vers le bas je glissais.

Après deux semaines de ce calvaire, Patrick et Noémie qui s'étaient bien rendu compte que cela ne tournait pas rond en moi au fur et à mesure de leurs visites au camping se mirent en tête de m'emmener pour un séjour dans ce qu'ils appelaient « leur Amazonie à eux ».

« - Qu'est-ce que c'est ? ai-je demandé, inquiet (je n'étais pas d'attaque pour partir en territoire hostile et sauvage...)

- Une Amazonie tout ce qu'il y a de plus douce et paisible, s'étaient-ils empressés de préciser en vue de me rassurer. On la désigne comme ça au sens de «poumon-réservoir de la Terre» et pas à celui de «jungle impitoyable» ! »

Voilà qui me convenait mieux...

Ma chérie, vu mon état je me suis dit que je n'avais pas grand-chose à perdre. Par tous les Grands Manitous, pourquoi donc ne pas tenter cela ?

Certains l'appellent la Cévenne des Cévennes. Connue sous le nom de Vallée Française, elle est, paraît-il, de toutes les vallées de cette contrée celle restée la plus longtemps secrète. Je l'ai découverte sur le tard à ce moment de mon voyage. C'est une terre bien étrange. En tout cas est-ce ainsi qu'elle m'apparut.

Il y avait Patrick, Noémie et puis le frère de celle-ci qui répondait à l'amusant sobriquet de « Doux Balou » (ne me demande pas pourquoi ce nom...). Ces trois ne sont pas pour rien dans le souvenir que je garde de mon passage là-bas, entre été et automne qui, dans ces contrées, en particulier dans les lieux éloignés des routes importantes, se trouve être ô combien propice aux réjouissances et favorise gaieté et optimisme, hors les fameux épisodes de pluies diluviennes bien connus des météorologistes dont les journalistes ne manquent pas de s'emparer à tel point que l'on associe communément l'adjectif « cévenol » et donc l'ensemble de la région à cette calamité naturelle, ce qui se révèle opportun pour la préserver des dégâts bien réels du tourisme de masse sur les écosystèmes.

À Paris, l'occupation du Panthéon s'était achevée. La façon dont l'affaire s'était conclue satisfaisait plutôt ses initiateurs. En effet, à la surprise d'un certain nombre d'entre nous, le gouvernement avait répondu à nos revendications en s'engageant pour dans deux mois à une large concertation sur les questions de la précarité sociale et du sans-abrisme qui prendrait la forme d'un rassemblement sur trois jours dans la capitale, au Grand Palais, avec tous les acteurs concernés. Cette attitude en rupture avec des décennies de je-m'en-foutisme permettait d'entrevoir un avenir plus clément pour tous les plus exclus de France. Cela faisait du bien aux têtes. On respirait mieux, même si personnellement cela ne me touchait guère du fait de mes troubles de santé qui m'accaparaient, ne me laissant aucun répit.

Lorsque je repense à la Vallée Française, instantanément me revient en mémoire cet endroit aquatique que j'ai connu après trois ou quatre jours sur place. Il se trouvait à quelques kilomètres en contrebas de la maison. Tout le monde là-haut m'avait conseillé de le visiter. Sonné par mes problèmes doublés de l'éprouvante canicule qui continue de sévir cet après-midi-là et qui rend le moindre mouvement pénible à effectuer, c'est tout juste si j'entends le chant de la rivière quand Doux Balou et moi on s'en approche flanqué de Balou Junior, son fiston âgé d'une quinzaine d'années.

Nous avons rejoint le maigre groupe d'estivants occupé au repos ou à la bronzette. Je décide d'aller à l'eau sans attendre. Le bassin et les baigneurs, en petit nombre eux aussi, sont à quelques pas. J'arrive sur site, suffocant de chaleur. À peine un coup d'œil sur les lieux. Le Gardon, large ici d'une dizaine de mètres, fait comme une vasque protégée du soleil par une forêt d'arbres.

Je me trempe. Fraîcheur intense. Quand je me serai habitué, je pourrai m'immerger tout entier. Il faudra un peu de patience, c'est tout. Personne pour me presser ou me bousculer. J'avance. Voilà... dans la rivière, à mi-cuisse. Un long temps est nécessaire pour m'enfoncer plus profondément. Tout en continuant à progresser, de biais en direction du centre du bassin et de la rive opposée, je m'interpelle intérieurement, prenant conscience grâce à la fraîcheur de l'eau de l'état de léthargie dans lequel je me trouvais jusque là : « Eh Jacques ? Tu es où ? Y'a quelqu'un ? » L'impression de sortir d'un coma sans trop savoir si j'en suis vraiment sorti. J'ai encore pied. Je me lance, fais quelques brasses. Autour de moi, deux ou trois autres nageurs. Attitudes convenues, polies. Tous ont l'air occupés à se faire du bien. Hors les sons provoqués par les mouvements du corps dans le bassin, le silence de la campagne.

Je continue de nageoter. Désormais à l'aise dans mon nouvel environnement, je considère la température de baignade : parfaite, vraiment, c'est-à-dire suffisamment élevée pour pouvoir rester dans l'eau indéfiniment et assez basse pour maintenir en permanence une bonne sensation de fraîcheur. La montagne, au loin vers l'horizon, magnifiquement vierge de tout signe d'occupation humaine...

Jeux d'ombres et de lumières à travers le feuillage... Vaguelettes... Scintillements mouillés... Cette oasis, quel bonheur !

Position tout confort, les pieds fermement calés au sol sur un rocher, je trempe jusqu'au cou. Soudain, qui m'accable, une chaleur à l'intérieur de moi, dans mon ventre. Un nœud serré, une formidable pression, une tension, sensible jusqu'au sternum.

C'est tout au fond de moi. Je le sens. C'est une présence mauvaise au-dedans.

Elle me remonte de là où elle est apparue et se tenait terrée en quelques secondes à peine, atteint les poumons, la poitrine... elle continue son chemin et je l'évacue en un seul spasme par quelque chose qui commence par un hoquet, se poursuit en forte expiration par la bouche et le nez et s'achève en un cri primal, libérateur. En un souffle et moins de temps qu'il ne faut pour le dire, j'ai expulsé hors de moi cette énergie négative, pesante et malsaine. C'est fini.

Je sens que je vais mieux. Bizarre... très bizarre... car je me sens mieux non seulement que l'instant d'avant, ou que depuis le début de mon séjour ici, ou que depuis celui de la vague de chaleur, ou même que depuis mon retour dans la région, ou que depuis mon accident dans l'enceinte du Panthéon, mais mieux que depuis... une éternité.

Cette chose étrange et invisible, c'est expulsé. Elle est partie devant moi. Elle s'est propagée au-dessus à ras la surface de l'eau puis a suivi la brise, s'est élevée, s'en est allée et s'est dissipée. Elle a disparu, disséminée dans l'air. Que s'est-il passé au juste ? Je n'en ai pas la moindre idée. Pour tout dire, sur le moment je m'en fiche éperdument. Je suis soudain si bien ! J'aurais perdu dix kilos et dix ans d'âge que je n'irais pas mieux.

Je me sens si léger. Je respire si bien, suis si serein. Tout est si calme, si agréable !

Quand l'énergie nous manque, vraiment, et que l'occasion se présente de se revigorer tout entier - l'ensemble de nous-même : notre personne physique, notre psychisme, tout ce qui nous fait être nous-même - je crois qu'il nous faut nous mettre en capacité de saisir la chance au vol, sans hésiter, et le cas échéant accepter d'avoir besoin de nous consacrer pleinement à cela, à nous-même et seulement à nous-même. Penser et agir de la sorte est tout sauf de l'égoïsme. Pourvu que cela ne s'éternise pas ni que cela dure trop, cela peut s'avérer juste indispensable. Il sera bien temps après de revenir aux autres. De voir clair. De réfléchir et de décider de bonne façon. De nous comporter comme nous nous disons que nous le devons. Charité bien ordonnée ne commence-t-elle pas par soi-même ?

De la même façon qu'à la suite de mon accident parisien les événements m'avaient contraint à lâcher prise, à cesser de tenter de maîtriser seul mon sort, j'éprouve encore à cet instant, au bord du Gardon, la présence d'une force que j'appelle du nom de Grand Hasard. Reconnaître l'existence de cette dernière dans la vie est un soulagement. Car comprenant cela, il n'y a plus lieu de s'échiner à toujours vouloir trop modeler la réalité. Et secundo, on a la satisfaction de penser que rien n'est tout à fait écrit d'avance : l'imprévu, la chance et la malchance ont leur place.

Je prends tout mon temps dans l'eau.

Une fois sorti, je m'assieds sur le bord du rocher dominant le bassin puis je contemple d'un œil neuf le lieu où je me trouve, un périmètre de quelques dizaines de mètres carrés, petit monde en soi au sein duquel règnent paix et beauté. Combien sommes-nous ici ? Si peu. D'après ce que l'on m'a dit, les endroits comme celui-ci, dans les Cévennes, au temps des hippies l'on venait s'y baigner avant d'y faire l'amour à son aise, à peine dissimulé par la végétation, sans se préoccuper de rien ni personne. Pour sûr, ce doit être l'un de ces sites ! Il correspond bien au profil.

Mon attention est retenue sur ma gauche par les marches d'escalier taillées à même la roche que j'ai empruntées tout à l'heure pour descendre dans l'eau. Sans doute sont-elles fort anciennes et pas près d'être effacées. Je m'ébahis de cet ouvrage en partie seulement émergé. Surtout par ces temps de grosse chaleur : l'image même du bonheur ! Et le signe d'une vraie intelligence humaine sachant reconnaître le génie de la nature, qu'elle retravaille et réaménage de façon très simple, discrète et charmante.

Trois mètres au-dessous de moi, ce bassin dans lequel je viens miraculeusement de retrouver d'un coup tout mon allant et toute mon énergie. J'ai la ferme conviction de n'y avoir expulsé en un spasme - un seul - rien de moins que la douleur enfouie de tous mes malheurs personnels : ma vieille solitude subie, ces mornes et sombres années dans mon triste appartement, les décès de mes proches... Comme s'il restait quelque chose de ces époques-là qui n'était pas passé, sans que je le sache, et que ceci de pas bon, nauséeux et terrible était remonté du plus profond de moi et avait été évacué le temps d'un battement de cils.

Je sens la présence autour de moi de mes chers disparus. Une fois encore, ils sont là, je sens leur compagnie. Je me trouve à l'aise où je suis et me contente de rester là, assis à ne rien faire. Tout sentiment de manque est absent. Présentement, je n'ai besoin de rien. Idem un peu plus tard en retournant à la voiture. Je marche, l'impression d'être délivré d'un poids doublé de quelque chose comme un mauvais sort. C'est depuis ce qu'il s'est passé durant la baignade, je suis libéré de ça. Et je savoure juste le panorama. La douce vue.

Cela et seulement cela. J'apprécie la touffeur à présent supportable du jour qui finit. Je contemple les beautés pastels quelque peu irréelles d'un horizon s'étendant sûr de lui et de son devenir en direction de la montagne sauvage et bleutée.

En Amazonie cévenole, on s'est tenus à mille lieues de toute terre habitée. Aussi loin que ça de la planète des hommes. En tout cas dans nos têtes.

La route par laquelle on est arrivés chez Patrick, Noémie et Doux Balou, de mémoire je n'en ai pas emprunté plus de trois ou quatre de cet acabit dans ma vie. Si certaines possèdent une âme ainsi que je l'imagine quelquefois, tout porte à croire que celle dont je te parle n'en revenait pas de nous voir. Parce qu'en effet, en roulant trois-quarts d'heure, à bonne allure, dans la forêt, sur une chaussée à double sens tout juste large pour s'y sentir à peu près en sécurité soi seul et avec jamais rien d'aménagé pour se ranger sur un côté ou l'autre si toutefois une autre voiture se montrait, on n'y a distingué aucune habitation visible nulle part à l'horizon et rencontré juste un véhicule (une voiture venant de face qui tirait une caravane, un homme et une femme à l'intérieur, des Hollandais, avec au volant l'homme, hilare).

Notre conducteur a fini par s'engager sur un chemin avant de se garer le long d'un terre-plein situé dans une sorte d'impasse au bas d'une forêt en pente dont on ne voyait pas le sommet. « On y est ». J'ai donc pensé qu'on était arrivés. Pas du tout. Nous voilà partis à pied sur un sentier qui montait droit. Pourcentage sévère, effort ardu au point de devoir marquer une bonne pause. Vingt minutes d'ascension et apparaissait la maisonnette de la voisine, infirmière de profession vivant seule ici depuis la perte de son compagnon, en autonomie complète sans eau courante ni électricité, et sans craindre l'isolement. Un tout petit peu plus haut dans la montagne, cette fois on y était vraiment.

Voici quelques jours, je lisais sur le Net un article mis en ligne par un site d'information réputé fiable dont le titre avait titillé ma curiosité. Il y était question des endroits du monde où rien dans l'environnement sonore ne suggère la présence des humains. Son auteur, soi-disant fin spécialiste de la planète, prétendait : « Je ne crois pas que de tels lieux existent encore en France ». J'ai sursauté, après quoi je n'ai pas pu m'empêcher de me remémorer la Vallée Française et ce jour de mon arrivée là-bas !

Il y a de quoi s'inquiéter du niveau de connaissance de l'Homme moderne. Dans quelle mesure, en dépit de ces nouvelles technologies vénérées telles les divinités les plus populaires des âges anciens, ce dernier est-il plus érudit que ses aïeux d'il y a quatre ou cinq cents ans ? Si ces ancêtres présentaient de grosses lacunes, ils possédaient tout de même des savoir-faire ainsi que de justes certitudes dans plus d'un domaine. Nous, entre des bêtises comme celles que j'ai lues à propos de ces environnements sonores vierges de toute présence humaine, les fake news et tout le reste... Je ne me réjouis pas de cet état de fait, crois-moi. Pas du tout ! Car où progresse l'ignorance, croissent les périls et les ténèbres.

Te voilà chez Doux Balou.

Ni jungle, ni Amazonie, mais un cadre de vie on ne peut plus sauvage. Une clairière enfouie au sein d'une immense forêt. À un bout, s'y niche, presque cachée, une humble demeure. Au-devant d'elle, juste ce qu'il faut d'espace pour constituer une terrasse sur laquelle bien vivre tout l'été, autour d'une table de bois à l'ombre d'une tonnelle. Plus loin, à une vingtaine de mètres, un vieil autobus intriqué dans la végétation et néanmoins transformé en habitation bis. Encore plus éloigné, au double de la distance, une authentique yourte au confort certain. Ailleurs, ici et là, des caravanes disséminées et reconverties elles aussi en résidences. Enfin, lorsque les hôtes sont trop nombreux, quelques toiles de tente poussent sur ce terrain telles des champignons géants.

Tes W.C. seront des toilettes sèches exilées à cent mètres. Tu te laveras, ou te rafraîchiras, dehors, sous les arbres, grâce à un savant système de douches extérieures élaboré à deux extrémités du domaine, sauf si tu leur préfères au loin, à cinq minutes de la maison dans le dos de celle-ci, plus profond dans la montagne où le chemin fait un creux ombragé, le bassin en pierre construit pour recueillir une part des eaux du torrent qui tombe d'une cime cachée et poursuit sa chute plus bas dans la vallée.

Dans le silence et l'obscurité du cœur de la nuit, tandis que tu croiras le reste du camp endormi, un hibou se manifestera tout à coup, rompant cette paix de son hululement énigmatique, rond et parfait. Surpris et intrigué, tu le seras encore quand brusquement le gros chien de berger partira en trombe pour nul ne saura où ni pourquoi, mystérieusement appelé par la forêt profonde. Toi aussi peut-être pour la première fois de ton existence, comme ce fut mon cas à moi, coucheras-tu à cette occasion dans l'une des caravanes, seule, où tu feras - l'endroit sera bien choisi, cela ne s'invente pas ! - tout un tas de rêves de voyages au long cours en terres exotiques, le premier te transportant à New-York, à Manhattan, dans le milieu de la Bourse et des traders, Wall Street, toi qui pourtant pas plus que moi n'entretiens le moindre lien avec ce milieu et ne connais absolument rien à cela.

Il y aura donc cette baignade que je t'ai relatée et dont il te semble que tu ignoreras à jamais la nature exacte de la chose incroyable et bénéfique qui s'y est produite. Après quoi, certains jours tu ne feras rien d'autre que de t'immerger dans cette Nature qui te ceint de toutes parts, et t'y raccorder toujours davantage. Si, pardon ! plonger en toi. Car, à telle ou telle occasion volontairement, d'autres fois sans même l'avoir voulu, dans la touffeur de midi tu sentiras bien plus intensément que de coutume battre la Vie en toi.

Tu sentiras la chaleur de la Vie t'envahir, circuler dans tes veines des pieds jusqu'à la tête ; tu sentiras son fluide, son énergie ; tu sentiras qu'elle est exclusivement ce fluide et cette énergie ; tu découvriras, ou plutôt tu éprouveras, non sans stupéfaction, à quel point dans ton corps et ton esprit la Vie est reliée comme par d'invisibles liens, ondes, fils et racines à toutes les formes de Vie autour de toi, les proches et les moins proches, ces énergies, cette Énergie, ces flux plus ou moins tempérés et ces sèves qui t'entourent ; chacune de ces Énergies y compris celle délimitée par le périmètre de ton corps (note, je ne dis pas « la tienne » tant à ce moment-là tu te sembleras intégré au sein d'un seul et même grand organisme, en symbiose) te paraîtra se nourrir de toutes celles qui l'environnent, les unes qui bruissent ou frémissent, les autres assoupies ou endormies ; tu te diras « C'est cela, la Vie, ce flux propre à tous » ou plutôt c'est ce que tu ressentiras intensément : cette sensation, ce battement de cœur, cette sève, ce fluide de chaleur unique pour tous, végétaux, animaux, minéraux.

Ici et maintenant (peut-être parce que ce sera le plein jour, l'été et que régnera en ce désert humain un calme absolu avec la seule présence de cette nature tout autour qui de toutes parts vibrera ou se reposera, ou fera les deux à la fois) - la texture de ce qu'est la Vie, ce fluide, te deviendra sensible par tous tes sens et tous tes pores ; tu appréhenderas ceci comme un bienfait, en même temps qu'une pure énigme, te traversant entièrement, c'est-à-dire que de toutes parts, le fluide qui fait la Vie et qui demeurera ici discret, dissimulé, invisible, tu le sentiras faire battre tes tempes, circuler, se déployer, se métamorphoser, suer, s'alanguir, s'ébrouer, échanger, soupirer, communiquer ; à son contact en cette clairière, ce flux sera si présent, si varié et semblera y être tellement chez lui que, sans même esquisser le moindre geste durant de très longs moments, demeurant les yeux fermés ou entrouverts, là-bas tu cesseras de vieillir, de fatiguer, tu te nettoieras, te purifieras, te purgeras, te régénéreras, par instants tu reverdiras.

Quand le soir à nouveau succédera au jour, sur la terrasse située devant la maison une table d'amitié se dressera tôt ou tard ; tu y prendras place ; mets et boissons seront déposés dessus ainsi que tout le reste de ce qu'il y a lieu d'y apporter ou de ce que la fantaisie des uns et des autres agrémentera ; il ne manquera rien ; comme ça, la nuit reviendra ; douce nuit d'été ; plénitude ; harmonie ; tu songeras à l'étrangeté de cette Terre aux allures de Paradis susceptible en rien de temps, à la faveur d'un changement météorologique, de devenir Enfer ; étonnant et éclatant jardin d'Eden en apparence quasi inamovible, immuable, intuition trompeuse, l'expérience te prouvant qu'il est en réalité éphémère, si fragile.

Et forcément, tu la vivras cette nuit-là où le ciel au-dessus de toi s'embrasera d'étoiles. Comment ne pas être absorbé par la contemplation de la voûte céleste ? Depuis l'Ardèche, elle m'accompagnait. Comment l'ignorer ? Comment ne pas remarquer sa présence à la verticale de toi, partout lorsque le temps sera clair ainsi qu'il l'est souvent ? Un autre Univers, c'est le cas de le dire, aura émergé des cieux à la faveur de l'obscurité, qu'il peuplera jusqu'à l'aube. Planètes, comètes, quasars, pulsars, nébuleuses, Bételgeuses... milliers de points fixes ou mobiles. Tu songeras peut-être : « C'est un océan, des centaines de milliards de milliards de fois plus vaste que ceux d'ici-bas. Scintillent ses phares, sources d'énergie. Y résident les mystères des origines de la Vie que nul sur notre Terre n'a résolus, de toute Éternité. » Ce fluide vital si délicieux à sentir circuler en toi cet après-midi, si intense, si chaud, qui fait que te voilà animée, oui sans doute vient-il de quelque part là au-dessus. D'où, précisément ? Tu auras beau scruter : rien.

Planètes, comètes, quasars, pulsars, nébuleuses, Bételgeuses ! Si la Vie, étrange énergie qui court dans tes veines et en toutes choses vivantes sur cette Terre, provient d'une seule source, la Source du Vivant, quelle pourrait bien être la forme de celle-ci ? Alors tu imagineras quelque caverne perdue dans l'Espace - La Caverne - lointaine grotte extragalactique à jamais inaccessible à tout regard et où se produit cette alchimie dont aucune intelligence ne percera jamais le secret.

Quatorze jours et quatorze nuits passèrent ainsi et comme ceci aussi : mes amis m'accompagnaient sur les bords du Gardon ; j'y découvrais d'autres lieux savoureux propices à la baignade ; en leur compagnie toujours, je retournai m'imprégner de l'endroit connu en premier (lors de ce fameux bain magique et mystérieux) pour lequel je ressentais depuis que cette chose incroyable et inexpliquée s'y était déroulée un attachement très fort ; les matins défilaient si vite qu'on se rendait à peine compte de leur existence (bien que nous chassions les habitudes comme des êtres indésirables, il faut dire que la plupart du temps ceux-ci étaient pour partie dévolus aux tâches indispensables, mais on traînait beaucoup aussi autour du petit-déjeuner, car c'était le moment frais de la journée).

Les après-midis, quand la chaleur retombait et si notre humeur s'y prêtait, il arriva que l'on se promenât sur les chemins des environs, ce qui nous mettait dans d'excellentes dispositions puisqu'il est bien vrai qu'un peu de marche vivifie toujours le corps et rend l'esprit plus gai, ce qui est encore plus exact lorsqu'elle se pratique en terre saine ; plus d'une fois, mes trois compères reçurent des visites, certaines prévues de longue date, quelques-unes impromptues, si bien que de jour comme de soir ou de nuit, tantôt des amis se retrouvaient, tantôt il en était qui se redécouvraient, s'appréciaient ou se séparaient de nouveau.

Ainsi vécut-on deux semaines d'immersion totale dans la nature.

Durant ce laps de temps, on ne se préoccupa de rien d'autre que de notre plaisir à court terme et en ce plein été radieux de tenter de nous fondre, corps, âme et esprit dans cette campagne exubérante et prodigue à souhait. Ce faisant, nous choisîmes de mener en complète autarcie une existence d'inspiration libertaire. C'est-à-dire que personne n'imposa rien à son prochain que ce dernier ne désirât point, que toutes les décisions concernant l'organisation de la vie collective furent prises en commun et que chacun fut son propre chef pourvu qu'il ne mît pas en péril la tranquillité d'autrui.

Une parenthèse enchanteresse. Une pause de tout repos en toute quiétude. « Une coutume dans la vallée », me renseigna Doux Balou. Le solide gaillard d'une cinquantaine d'années au visage resté pourtant un tantinet poupin m'expliqua que les gens d'ici cessaient volontiers leurs travaux une semaine durant - voire un peu davantage - afin de seulement profiter de l'existence et des beaux jours, même si cela ne se faisait pas trop savoir. Appuyant ses dires, mon nouvel ami me récita ce qu'il m'affirmait être quelques vers locaux : « ... Et se hâlaient les peaux filles ou garçons / Sans dogme, sans doctrine, ni religion / Et voletaient des belles leurs jupons. »

Je ne sais pas si ce que me racontait Doux Balou était du lard ou du cochon, car il s'était montré un plaisantin de première catégorie durant tout le séjour. Quoi qu'il en soit, j'avais pour ma part le sentiment d'avoir été chez lui - ou chez eux tous les trois, j'ignore toujours ce qu'il en est véritablement - revigoré, épanoui et comblé. J'avais vécu d'intenses sensations, favorables à tout mon être. Arrivé là dans le fâcheux état que je t'ai décrit, j'en repartais resplendissant de santé et de bien-être. Je me disais : « Tant de personnes sur Terre tireraient tant de bénéfices de se ressourcer de la sorte ! ».

Loin de moi pourtant l'idée que notre expérience était très originale. Et si toutefois j'avais eu la tentation de croire cela, Doux Balou s'était chargé par avance de me détromper en me rapportant un propos du poète allemand Holderlin : « Ne faire qu'un avec toute chose vivante. Retourner par un radieux oubli de soi dans le tout de la nature. Tel est le plus haut degré de la pensée et de la joie. La cime sacrée. Le lieu du calme éternel. » Voilà qui résumait exactement ce qu'avait été pour moi ce séjour en cette vallée connue sous le nom de Vallée Française.

Évoquer l'Amazonie cévenole me ramène à d'autres souvenirs d'expériences jouissives : plus tôt dans l'été à ce moment de mon voyage quand ce vieux rêve de La Communauté de mon adolescence avait surgi des limbes de ma mémoire le soir où je contemplais le village de Labeaume depuis le belvédère en surplomb de la rivière ; à ceux, un peu plus tard, de début août et du jour de notre périple d'arrivée en Cévennes par la route du mont Aigoual en compagnie de

Joe et Will, quand je m'étais interrogé sur les hippies d'autrefois...

En y réfléchissant un peu, ces deux semaines en Vallée Française avec Patrick, Noémie, Doux Balou et son fils avaient été très proches dans leur contenu à la fois de l'utopie de jeunesse imaginée par notre petit groupe de lycéens durant mon adolescence et des rêves d'existence rustique des beatniks de l'après-mai 68.

Durant le camp de Finiels qui préparait l'action du Panthéon, j'avais consacré pas mal de mon temps à tenter d'établir LA Vérité au sujet de ce qu'il s'était passé autrefois dans les Cévennes et ailleurs avec les hippies au cours des décennies 60 et 70, en particulier de ces tentatives de retour à la terre et aux sabots, bref à la vie paysanne sous une forme originale, communautaire.

Je consignais des informations susceptibles de m'éclairer. J'enquêtais à ma façon. Ces barbus chevelus aux senteurs de patchouli et leurs alter ego féminins aux robes longues à fleurs et aux bijoux d'inspiration orientale avaient-ils été des pionniers, des avant-gardistes, des exemples, ou bien tout ceci n'avait-il été qu'une vaste blague ? Que devais-je croire ?

Au moment où j'écris ces lignes, j'ai le sentiment d'avoir encore sans doute pas mal à apprendre sur le sujet. Mais ma réflexion a progressé. Avec les propos du poète Holderlin cités par Doux Balou, je me suis rendu compte que se rapprocher de Gaïa, notre Terre mère nourricière, alimentait les rêves de certains hommes depuis bien plus vieux que la fin des années 60 du vingtième siècle. Le projet existait déjà il y a deux cents ans...

D'autre part, j'ai la conviction que même en continuant à chercher, la réalité dans ce domaine ne m'apparaîtrait ni toute noire, ni toute blanche. Entre la légende colportée par ma tante Lili et les railleries de ceux qui manifestement ne tenaient pas les beatniks en haute estime, il y avait eu des parcours et des destins divers, multiformes.

Auprès des gens de Finiels et des alentours, j'appris que certains des habitants actuels considérés comme des femmes et des hommes du cru étaient bel et bien des babas venus il y a une cinquantaine d'années. Je fis d'ailleurs succinctement connaissance avec l'un d'eux. C'était une amie de Bédouin native d'une grande ville du nord de la Loire. Elle était arrivée avec un groupe ayant fondé communauté sur les pentes du mont Lozère. Je pus me rendre compte à cette occasion que rien ne m'aurait permis de distinguer cette personne de n'importe quelle autre si l'on ne me l'avait pas présentée. Xénophobes de tous poils, racistes prompts à fomenter des pogroms contre tout inconditionnel des groupes de pop-phares de cette époque, les Crossby, Stills & Nash, Ange et autres Jefferson Airplane, tenez-le vous pour dit : ces êtres sont de la même espèce que vous et moi.

Parallèlement, je continuais de progresser dans ma connaissance historique sur le sujet via le web. J'appris que le mouvement hippie s'était développé dans les années 60 à partir des USA, plus précisément de San Francisco. Oui, la plupart de ces gens étaient des jeunes. Oui, beaucoup portaient les cheveux longs. Surtout, ils firent considérablement avancer le combat pour la paix, les droits civiques des personnes de couleur, créèrent Greenpeace et initièrent les luttes pour la protection de l'environnement naturel...

Tout était parti du contexte de la guerre du Viet Nam dans laquelle les États-Unis étaient massivement engagés, à laquelle ils s'opposaient et qui était vue par beaucoup d'Américains comme une barbarie sans nom. Tu penses bien que ceci leur a valu de devoir se coltiner pas mal de farouches adversaires ! Des va-t'en guerre et patriotes de tous poils se sont mis en travers de leur route, les traitant de dépravés tout juste bons à se droguer (c'est vrai qu'on ne se méfiait pas du LSD à l'époque, on n'en connaissait pas les dangers...), à se criminaliser et à détruire toute forme de vie civilisée.

Ce que l'on appela alors « l'affaire Charles Manson » tomba à pic pour diaboliser les beatniks. Charles Manson était un faux gourou qui évoluait parmi les hippies de Los Angeles et se réclamait de cette culture. Il tenait sous son emprise des jeunes femmes avec qui il vivait en un endroit replié. Rendu fou par la défonce et parce qu'il n'avait pas réussi à percer dans la chanson, il se vengea du milieu artistique en transformant celles-ci en meurtrières à son service. Montée en épingle, le fait-divers a grandement contribué à rendre le mouvement Peace and Love impopulaire. Ronald Reagan, plus tard élu président des États-Unis et alors gouverneur de Californie, a bâti sa réputation sur la férocité de son opposition et de sa répression à l'encontre des babas. Et cette animosité à leur encontre s'est vérifiée bien d'autres fois ailleurs dans le monde.

Ainsi, en France, postérieurement au cas Charles Manson outre-Atlantique, un autre événement a été politiquement utilisé de la même façon : l'affaire Pierre Conty. Ce type, un gars de la ville venu en Ardèche pour y devenir agriculteur, s'était mué en braqueur et en tueur face aux difficultés de la tâche. De cet autre fait divers, les médias en avait fait des tonnes pour décrédibiliser la mode beatnik.

Toujours grâce au Net, un soir je dénichais l'existence d'un roman contant les aventures cévenoles d'un banlieusard parisien au plus fort de la vague hippie. Je m'empressais de commander l'ouvrage et de le lire. D'après son auteur, la plupart d'entre eux avaient effectivement échoué à s'installer sur place. Neuf sur dix n'y étaient restés que le temps d'un songe évaporé avec la fin de l'été, au plus tard dans le courant de l'hiver suivant. Cela n'avait été pour ceux-là qu'une fantaisie passagère. Aussitôt descendus de leurs barres d'immeubles, aussitôt extasiés par les beautés de la nature, aussitôt blasés des paysages sans foules modifiés par les changements de saisons et, pour finir, aussitôt retournés à leurs villes de béton et de gaz d'échappement (l'artiste Renaud - encore lui ! - fit de ces revirements le thème de l'une de ses chansons, lui qui intégra dans le coin du mont Lozère où il s'en fonda pléthore une communauté baba rapidement dissoute après intervention de la gendarmerie).

Mes recherches entreprises de visu et sur La Toile m'informèrent par ailleurs que d'autres régions avaient vu elles aussi déferler les hippies. Ainsi, dans le Larzac voisin. Là-bas, quelques fermes collectives existaient toujours datant de cette époque. Peu de personnes les habitaient en rapport avec la masse de celles et ceux en ayant eu le projet un jour. Idem en Ardèche, particulièrement dans le sud, dans une moindre mesure peut-être. À propos du 07, je tombais sur un podcast passionnant où une expérience communautaire de retour à la nature était narrée de la bouche même de quelques-uns de ses propres acteurs. La composition du collectif avait évolué au fil des ans, son organisation aussi, notamment après la naissance d'enfants au sein du groupe. Ceux qui racontaient étaient toujours sur place, bien intégrés à la société locale et se disaient épanouis et heureux. Au final, ces gens n'estimaient ni ne paraissaient pas avoir tourné le dos à leurs rêves de jeunesse. Je ne manquais pas de m'enfoncer cela dans le crâne pour ma propre gouverne.

À l'une des rares occasions où je reçus des nouvelles de l'extérieur durant ces quinze jours en Amazonie cévenole, ce fut pour apprendre par téléphone la prolongation de ton absence. Quelle déception ! Mais pas question de me lamenter sur mon sort : je me persuadais que quoi qu'il en soit on serait vite de nouveau ensemble.

Septembre tirait sa révérence, le temps demeurait superbe. Dans la voiture nous ramenant Noémie, Patrick, Doux Balou, son fiston et moi de là-bas au camping de Finiels chez Bédouin, j'allais d'une pensée légère à l'autre tout en savourant la présence à mes côtés de mes nouveaux amis.

L'heure des retrouvailles avec Vagabond, Joe, Will et Rell avait sonné. J'étais avide de les revoir. Je comptais bien ne pas en avoir fini tout de suite avec les bons moments de la vie. J'envisageais même la suite immédiate avec délectation. Il n'y aurait plus en principe d'épisode de canicule avant des mois, et pour l'instant à peine une ondée de temps à autre. Une teinte différente ornait la lande et les grandes étendues vierges, néanmoins toujours enchanteresses. Je m'émerveillais de constater comment cette Lozère avait changé par rapport à quinze jours en arrière. Malgré tout, la campagne conservait son caractère vivifiant et serein dans sa beauté sauvage.

Comment se lasser d'un tel spectacle ? L'autoradio branché sur la FM passa Gloria Gaynor , *I will survive*, un titre qu'en règle générale je fuyais à force de l'avoir entendu. Ce coup-ci, la mélodie et les paroles pénétraient sans le filtre de l'habitude si bien que je trouvais la chanson juste entraînante et optimiste. Je pensai à notre *We shall not be moved* du Panthéon. Pour moi qui ne cherchais pas plus que ça à comprendre le reste du texte en anglais, ces deux chansons c'était un peu du pareil au même. Si dans un cas, certes on s'exprimait à la première personne du singulier tandis que dans l'autre c'était à la première du pluriel, le propos était identique. " I will survive ", n'était-ce pas cela que mes compagnons et moi avions chanté à la face du monde à

Paris ? Oui. Bien sûr ! " I will survive ", ces trois mots prononcés de façon tout aussi convaincue et convaincante qu'ils l'étaient par la bouche de Gloria Gaynor, au fond c'était ce que je me souhaitais à moi-même ainsi qu'à mes proches pour le futur.

Cette pensée s'évapora aussitôt. À croire que ma tête la trouvait déjà trop grave et sérieuse...

L'heure était à la décontraction. Je passai d'une idée légère à l'autre, à l'instar des éléments du paysage qui se succédaient derrière la vitre de la voiture. Je m'adressais pour de rire à Dame Nature, comme si cette dernière constituait un être réel, en chair et en os. Je la complimentais : « Oui, oui, toi Dame Nature ! C'est à toi que je dis bravo ! Pas la peine de rougir ! Merci à toi d'avoir répandu tes bienfaits tout l'été ! » J'étais dans de très bonnes dispositions à l'instant de retrouver notre ancien camp de base du mois d'août et de revoir ceux-là qui m'accompagnaient me semblait-il maintenant de longue date, dont je ne savais pas trop ce qu'ils devenaient et avec qui la veille au soir encore aucun rendez-vous n'avait été acté.

Mon vagabond d'ami, Klaus, avait trouvé refuge ici d'où je t'écris, Iana, à L'Hermet, sur la cham. Ainsi donc, le coquin s'était arrangé pour faire halte là même où le paysage l'avait laissé pantois d'admiration quand il avait découvert la région ! Il ne fallait plus dorénavant que je m'inquiète pour lui, il saurait très bien se débrouiller ! Depuis plus d'une semaine, il aidait aux champs et à la ferme chez des copains de Bédouin. Il bénéficiait en échange du gîte et du couvert et pouvait à ses heures perdues poursuivre l'exploration de ces lieux qui le fascinaient.

Les trois ex-Dalton arrivèrent eux à Finiels un jeudi, en fin d'après-midi, tous les trois ensemble en un seul paquet. On se salua avec force embrassades. Ceci dit, cela ne dura pas, chacun d'eux étant passablement fatigué par le voyage depuis

Paris et la somme d'énergie dépensée ces dernières semaines, période au cours de laquelle selon leurs propres dires jamais des chômeurs à temps partiel n'avaient aussi peu chômé. Et c'est bien simple : je ne les revis plus de toute la soirée. Et tout le lendemain ce fut pareil : ils restèrent au lit à dormir et à traîner.

Nos amis cévenols avaient décidé de faire du retour de Vagabond, Joe, Will et Rell une occasion de fête à célébrer tous ensemble. Leur idée était de se rassembler pour un banquet en l'honneur de « ceux du Panthéon », comme ils nous appelaient, dans un mas susceptible de recevoir quelques dizaines de convives.

Au jour dit, on se mit en route en milieu de matinée pour Saint-Jean du Gard. On se serait crus encore en plein été. Un ciel d'un bleu tout aussi pur et dépourvu du moindre nuage qu'à la date de notre arrivée en Cévennes deux mois auparavant. Fin septembre, une lumière de début d'août !

Les organisateurs comptaient m'intégrer au groupe des individus qui seraient honorés. Je demandais à ne pas y figurer, au motif que je n'étais pas resté jusqu'au bout dans le Panthéon assiégé. Impossible de le leur faire admettre. Il voulait que j'en fusse.

Iana, imagine cinquante personnes d'âge des plus divers et de tous genres rassemblées dans une maison de campagne vaste comme une ferme - d'ailleurs c'était bien l'un de ces mas - par une journée de grand beau temps. Ce ne doit pas être trop difficile de te représenter la scène ? La noce parfaite. C'était ça. Et si la recette de ce genre de manifestation n'est peut-être pas si compliquée à concevoir et à réaliser, le mets qui en résulte, lui, est d'une délicatesse...

Une grande table avait été dressée pour partie sous la grange, pour partie sur le devant de la maison, dans le pré. Elle formait un rectangle fermé afin que tous pussent se voir.

Avec toute son organisation autour, c'était un vrai banquet à l'ancienne, une drôle d'assemblée ripaillant et chantant dix heures durant, avec toutes les générations représentées depuis les petits et tout-petits jusqu'aux aînés et tout le monde jovial !

Le repas dura le temps d'un festin en bonne et due forme. Il fut pour Rell et moi, placés côte à côte à table, une nouvelle occasion de discuter, longuement. J'appris que celui-ci était venu une à Finiels bien avant tout le monde. C'était en février. Il avait rencontré Bédouin et deux ou trois autres pour la première fois à cette occasion. Ensemble, ils avaient préparé tout ce qui avait suivi concernant le camp du mois d'août. Si lors de ce rendez-vous initial leurs échanges n'avaient pas été si fructueux et s'ils n'avaient pas senti entre eux un bon feeling, qui sait si tout ce qui le reste se serait produit ? Notre rencontre à toi et moi n'aurait peut-être même jamais eu lieu.

J'appréciais le mont Lozère pour sa topographie, ses immenses perspectives, la beauté de ses paysages « ouverts » (comme disent les gens de là-bas), les anecdotes à son sujet et pour ses particularismes (ainsi, j'avais pu vérifier par moi-même qu'y vivaient les derniers Lozériens se passant de l'électricité et de l'eau courante). Ma curiosité fut encore accrue par ce que me raconta Rell de sa visite hivernale à Finiels. Moi-même, depuis qu'en août durant notre idyllique séjour à Le Pont-de-Montvert on s'était rendus au pied d'un de ces fameux « clochers de tourmente », je savais que, les années où le réchauffement global ne le métamorphosait pas trop, le coin devenait tout autre, au point qu'il fallait faire attention vraiment, lors des périodes de mauvais temps, à ne pas se promener dehors la nuit, même en restant sur les routes. L'aventure pouvait s'avérer chaotique, voire meurtrière si le vent le décidait et déplaçait tout à coup des monceaux de neige, brouillant tous repères.

Au cours de son voyage initial, huit mois plus tôt, les différents interlocuteurs de Rell - l'office de tourisme, Bédouin lui-même - ne s'étaient pas privés de le mettre en garde : « Attention ! Le mont Lozère, c'est le mont Lozère ! Ce peut être spécial ! » En dépit de ces avertissements, en ce jour de février dernier le pauvre était arrivé peu après un épisode neigeux dans une voiture de location sans pneus adaptés. Parvenu à Finiels, il avait traversé le village, n'avait pas trouvé Chez Bédouin et n'avait pas songé à se garer aux abords du petit groupe d'habitations pour continuer à chercher à pied. En conséquence de quoi il s'était trouvé embarqué malgré lui vers le col dans le vent, sous les flocons qui s'était remis à tomber et un brouillard qui à chaque mètre qu'il parcourait devenait plus dense.

Une panique l'avait alors saisi. Dans l'impossibilité de faire demi-tour à cause d'une largeur de route insuffisante, il avait stoppé puis était reparti en marche arrière jusqu'au bourg, à la va-comme-je-te-pousse et en coupant les virages. « Excellente initiative », lui avait-on fait remarquer un peu plus tard... sauf qu'il aurait pu avoir de très sérieux soucis si un autre véhicule était arrivé par derrière lui ou si le sien avait glissé, quitté la chaussée et versé des mètres plus bas. Rell en avait été quitte pour une grosse frayeur.

Chez Bédouin ce jour-là on avait réussi à s'entendre sur les modalités d'organisation du futur camp. Il devrait être un modèle en matière de durabilité : on s'équiperait pour la gestion des déchets, la mise en place de toilettes sèches... Lors du conciliabule, quelques Cévenols avaient fait remarquer qu'eux aussi, à l'instar de ces citadins sans toit ou sans ressources auxquels on leur demandait de se solidariser, étaient confrontés à une dégradation de leur cadre de vie.

Ces formes de précarité tout à fait inconnues de Rell, on avait décidé que les campeurs se joindraient aux gens d'ici pour les combattre également, de la même façon que Bédouin s'engageait d'une certaine manière dans notre lutte en acceptant d'accueillir bien plus d'hôtes que de coutume sur son aire naturelle de stationnement.

L'arrangement s'était révélé fructueux au mois d'août. Certains travaux - le défrichage de chemins embroussaillés, la remise en état ou l'entretien de béals * - avaient été fort utilement réalisés. En outre, cette relation gagnant-gagnant avait scellé une entente, établi un respect réciproque sincère entre les uns et les autres, créé un ciment entre nous. Ainsi pouvait-on parler en l'espèce d'une vraie rencontre entre gens de la ville et gens des champs.

Rell chercha durant le banquet à me convaincre de m'investir dans une nouvelle entreprise. À Paris - c'était là une des raisons pour lesquelles ils y étaient restés si longtemps après l'affaire du Panthéon - les trois ex-Dalton et ex-Bleu, Blanc et Rouge avaient acté avec d'autres le fait de se mêler au jeu politique par la fondation d'un club dont l'objectif initial serait de peser sur les élections et qui, plus tard, s'il le fallait, présenterait ses propres candidats. Bâtir en s'appuyant sur les acquis de notre lutte.

Face à l'ampleur de la tâche, Rell aurait aimé que j'intègre le projet. Cela signifiait devoir y consacrer l'essentiel de mes occupations pour plusieurs mois. Je refusai malgré toute l'amitié que j'avais pour lui et pour les deux autres. Si j'avais participé à l'action de Paris par esprit de solidarité avec les copains, pour tenter d'améliorer mon sort et celui des gens de ma condition et pour entreprendre quelque chose

---

*   béals : petits canaux d'irrigation utiles aux prés, aux fontaines, aux moulins... (Ndla)

d'inhabituel en faveur des sans-abris, j'étais très loin de l'idée de m'engager dans un parti politique. À supposer que cette organisation puisse ne pas être dévoyée, détournée de ses objectifs par l'appétit de pouvoir et de puissance de ses dirigeants, elle impliquerait de ma part une forme de travail que je me sentais incapable d'accomplir. Pour être efficace dans ce domaine, il faut être opiniâtre, patient, savoir se montrer conciliant et bon stratège. Autant de qualités que je ne pense pas posséder. J'ai besoin également pour m'investir dans un projet d'en mesurer des résultats à court terme, sans quoi je me décourage très vite. C'est un constat. Je ne tire aucune fierté de ça. Aucune. C'est comme ça. Je n'y peux rien.

Rell n'insista pas vraiment. Il connaissait l'estime que j'avais pour lui. Peut-être se dit-il aussi que je pourrais être amené à changer d'avis et que, tout du moins, au jour J d'une prochaine mobilisation telle que celle de l'occupation du Panthéon de Paris il pourrait compter sur ma participation ? Cela ne nous empêcha nullement de trinquer ensemble.

Voilà d'ailleurs ce qui me marqua plus que tout et que je veux retenir de cette journée bon enfant de ripailles au soleil des Cévennes méridionales: notre rassemblement était autant que le reste une fête en hommage à l'amitié, à la vie, à la joie qu'il faut prendre de suite lorsque se présente l'aubaine d'un fort sympathique moment, chaleureux et convivial, à passer sur Terre. La preuve en est que je n'y entendis pas du tout parler politique en dehors de notre conversation avec Rell ainsi, tout de même, que d'un mot rapide des organisateurs et d'un ban à l'heure de l'apéritif afin de saluer « le coup d'éclat réalisé dans la capitale début septembre ». D'ailleurs, deux couples de touristes hongrois logés non loin en chambres d'hôtes qu'on n'avait pas voulu écarter de la fête et un représentant de commerce néerlandais solitaire hébergé sous le même toit que les personnes précédentes étaient là, ignorant tout de ce qui s'était produit à Paris et chez Bédouin les semaines et les mois d'avant. Ils furent très bien accueillis et tout heureux de se retrouver au milieu d'une telle assemblée de joyeux. Ce mas isolé au vert exhalait le bonheur d'être au monde.

Au cours de l'après-midi, tandis que j'avais quitté un moment le groupe pour m'allonger, repu et paisible, en contrebas dans l'herbe du pré, j'entendis au loin des cris de mômes, leurs jeux, des rires... Tout cela me fit penser à je ne sais quelle fête de la Saint-Jean de ma plus lointaine enfance, souvenir dont je n'aurais su dire s'il était vraiment tiré de mon expérience ou le produit de mon imagination. Je songeai aussi : « Que ne pourrait-elle jamais s'achever, pareille existence, que lorsque je serai âgé autant qu'un vieux bois sec, et que j'aurai accompli l'essentiel de ce que j'aurai cru bon d'entreprendre ! »

Vagabond, Rell, Will, Joe, Bédouin, Patrick, Noémie, Doux Balou, tous les autres, c'était un peu comme si chacun d'eux avait voulu faire en sorte que cette journée-ci tout particulièrement se déroula parfaitement. Comme elle était belle cette Lozère ! Et quelle mémorable fête ce fut, mon amour !

Ma méfiance vis-à-vis du milieu politique m'incitait à ne pas partager l'optimisme de mes amis au sujet de suites de notre action du Panthéon. Contre leur avis, je ne pensais pas - et je n'ai pas changé d'opinion depuis - qu'elle fut une victoire. Des États généraux de la grande précarité sociale sous l'égide du gouvernement français ? Ce serait bien trop beau ! Mon petit doigt me dit que quelque chose dans les jours à venir leur prouvera qu'ils ont eu tort de pavoiser. Ils se réjouissent trop vite. Personnellement, je n'y croirai pas tant que des mesures concrètes n'auront pas été décidées, votées, promulguées, appliquées.

Cependant, durant cette fête, je dois avouer qu'à certains moments, pris par l'ambiance...

Je repense à cet article de presse affirmant à tort qu'il n'existe plus en France d'endroits à l'écart des sons de la civilisation humaine. Voilà ce que c'est Internet, ou plus exactement l'une des illusions créées par le web : on estime être en capacité de connaître finement le monde rien qu'en surfant sur la toile depuis son salon car on peut y observer en temps réel par caméras interposées ce qui est en train de se produire à l'autre bout du globe, ou parce qu'on peut avoir accès à des nouvelles fraîches en provenance des quatre coins de la planète dés leur publication. Il suffit de bouger un peu pour constater à quel point tout cela est faux, archifaux.

J'ai pris encore plus clairement conscience de cela en lisant une interview, éclairante celle-là, d'un homme qui avait traversé la France à pied en empruntant des sentiers de randonnée. Sa principale satisfaction, racontait-il, résidait dans le fait d'avoir pu côtoyer des gens dont on n'entendait pas parler, nulle part, qui existent pourtant bel et bien et dont la préoccupation première au quotidien n'est pas le terrorisme mais la disparition des abeilles.

Je fais le rapprochement avec ce qu'a dû ressentir Rell lorsque l'hiver dernier ses interlocuteurs de Finiels lui avaient fait part de leurs propres problèmes. À cette occasion, c'est à peu de choses près comme s'il avait rencontré des extra-terrestres et si deux univers parallèles s'étaient rejoints. Où sont-ils sur le web ces gens-là et ce qui fait leur vie ? Dans mon Grand Nord, la lecture de cette interview m'avait incité encore un peu plus à prendre la route pour partir à la découverte de ces territoires cachés et de leurs populations.

J'arrête là mon discours sur le monde.

Voilà, Iana. Tu sais tout ce que je voulais que tu saches.

Je constate ceci : jusqu'à présent, j'évoque bien plus facilement les lieux et moments que j'apprécie et ai apprécié plutôt que les êtres que j'aime et ai aimé. Je le regrette, c'est ainsi. Je pense que cela me vient de ces dernières années compliquées, trop solitaires, trop tout en mal.

En dépit de ce handicap sévère que j'assume, il me semble qu'à travers mes mots, malgré tout, une lucarne laisse percer une lumière où ce que d'aucuns nomment l'humanisme n'est pas absent.

Oh, pour sûr, je doute que cela fasse de moi un bien fameux auteur de la grande, belle et brillante littérature ! Mais c'est ma prose à moi. Je ne l'ai emprunté à personne. Pas plus que je ne maquille les sentiments, je n'usurpe d'identité. Et pour moi qui ai dû plus souvent qu'à mon tour me raccrocher vaille que vaille à de fragiles lueurs, je mesure à ma façon la valeur de mon écriture.

De : Klaus, 28 oct. 09:57

À : Jacques

Jacques,

Je lis et parle bien meilleur la langue française mais tant pis : j'écris.

Mardi matin, quand je t'ai vu sortir, prendre la voiture et partir, j'ai trouvé étrange. De loin je voyais et je ne sais pas pourquoi : étrange. Étrange un peu, pour dire. Tu partais bien plus tôt que les autres jours : pas plus que 9 heures. Ce n'était pas l'habitude du tout... « Bon », j'ai juste dit. Et j'ai pensé à la suite de mon jour à moi (je prenais le café et le croissant et je devais pas attendre, Aude venait pour aller avec moi faire le maçon dans pas longtemps : 9 heures 15, donc le café, le croissant et hop ! Dans la voiture, les maçons :-) !) Mais le soir à Florac : pas de Jacques. 8 heures... 9 heures... pas de Jacques. Rien. J'ai dit : « Bon, alors ? C'est un voleur ? Il est parti avec mon argent ? » (En Ardèche, dans le camping pendant les premiers jours, j'avais pensé ça déjà : un jour, plus de Jacques et plus de porte-feuilles ! Exactement pareil que toi tu as pensé ! Restera la désolance dans laquelle je vais être encore plus ! « Grösse Kastastroffe ! » - comme disent les Allemands !) Mais non ! Impossible n'est pas français mais après tous ces jours et ces kilomètres impossible le sale coup de Jacques ! Je pense que tu es un bon ami pour toujours. Pour la vie ! Et même + : une autre vie entière si réincarnation

! Et même si moi réincarné en chat et toi en souris ou le contraire :-) !

Et alors, Jacques ? Qui est Iana avec qui tu écris et avec tu communiques ? Ah, Iana : l'invention de mon ami Jacques le coquin !!! J'ai bien ri ! Avec Iana à la cham de L'Hermet en amoureux !!! Tu préfères ça à être avec Klaus dans Florac !!!

Et l'invention le Panthéon ? Pas mal ça, aussi ! Ah, ah ! Pas mal, oui !!!

Après quand la nuit tu n'es pas revenu, je n'ai pas dormi beaucoup (bon ce n'est pas de l'amour mais de l'amitié, je précise !) Je pensais avec le stress : ils ont enlevé Jacques. Mais qui a enlevé ? Les Martiens ? Pourquoi lui l'enlever ? Aucun intérêt... Car Jacques n'a pas le pouvoir ! Pas le pouvoir du tout ! Ni grand ou petit !

Dans la nuit j'ai mis la lumière, j'ai regardé la chambre, le mur, la table et la chaise, et je me suis posé la question avec ce livre sur la table, nouveau objet sage comme tout dans la chambre. Je me suis levé, j'ai pensé tu l'avais posé exprès. Et voilà, moi découvre la première page du livre et je lis : « Jacques. C'est moi Jacques. Je raconte. »

Alors te voilà devenu écrivain ou quoi peut-être ? J'ai découvert le pot des roses de tes longs absences enfermé dans la chambre ou les absences des longues promenades. C'était donc pour l'écrire le livre, L'Ébahi !!! Par chance pour moi le lendemain pas de travail, pas de maçon, pas de Aude à cause des pierres sèches qui ne livrait pas, donc panne de travail... et donc lecture du livre de mon ami Jacques. Mais j'avais un peu peur pour toit. Je pensais : Il est parti avec le bonnet de la Jamaïque jaune, vert et rouge sur la tête, tout romantique, comme dans ta jeunesse et la mienne, c'était bien ici ou à Kingston, Jamaica ou à quartier de Brixton, London, ghettos, dub & riot & ganja's gang ! Mais il part avec le bonnet aux trois couleurs et on l'arrêtera sur la route pour contrôle de police ! C'est dommage...

Le lendemain matin, comme ça stress. Et puis après la poésie reprend le dessus pour moi : café, croissant, lecture, soleil et direction le parc de Florac (on est d'accord : ce magnifique jardin, très original, un vrai parc des Cévennes miniature : par exemple en haut près de la cascade, tu sais...) : là-bas lecture de Jacques le matin, pizza de la belle pizzeria le midi à emporter, observation des animaux, des plantes, et l'après-midi, parc encore et lecture. Trois jours et le week-end comme ça et pas autrement : sosies tous l'un de l'autre ces cinq jours. Et les soirs aussi, j'ai lu. J'ai lu. J'ai lu l'Ébahi : tes aventures seul chez toi là-bas en ville, après en Ardèche seul, et après avec Vagabond le clochard, moi-même. Hier soir la dernière page. Point final. Et après ça aujourd'hui toujours dans ce parc de Florac où je suis, c'est là comme vous dites les Français : je prends la plume pour écrire à Jacques. Je n'ai pas trouvé l'oiseau mais malgré tout j'ai pris la plume :-) !

Bon... Contrairement à toi, Jacques, je pense que notre situation n'est pas in et luctable. En tout cas : in je suis sûr. Elle n'est pas. (j'avoue : luctable, je ne sais pas, tu dois m'expliquer ce que c'est). C'est dur, mais tous 2 on a discuté, pensé. Par surcroît tu as écrit avec sang froid.

Ici dans les Cévennes, moi Vagabond je veux rester. Tu le sais. J'ai discuté de ça avec Will. Je veux pas vendre la peau de l'œuf avant de l'avoir tué, mais oui : je vais m'installer !

Et toi continue, Jacques ! Oui, Jacques ! Continue : écriras. Écriras encore ! Tu as écrit pour se délivrer et aussi pour se délivrer moi. Écris les rires et les larmes de nos vies. Déjà on se regarde en face dans la glace. C'est bien, déjà. Et donc les autres en face aussi. Pas les yeux en bas, avec les autres : en face ! Et l'esprit avec la lumière ! Et la paix après les guerres ! Dernières années de vie, pas d'autre solutions :-) : soleil !

Mais dis-moi, Jacques ! Toi que veux-tu ? Toi aussi t'installer ici ? Ou alors rester sur les routes ? Je ne sais pas. Dis-moi s'il te plaît.

Conclusion de tout ça : même si je sais pas que tu vas faire demain ni après demain mais pour plus loin que demain et après demain oui je pense savoir ce que tu vas faire : positif. (car pour ça tu me connais, moi et mes yeux de toute façon : en effet : au loin je vois très bien et au près je ne vois pas, il faut les lunettes ! Rire !)

Plus généralement, plus loin que demain et après-demain je crois tu as de l'avenir. Alors, sérieux, comme vous dites cette expression que j'aime : Jacques tu feras ton bonhomme du chemin.

Ami, où est-tu ? Et je vois avec plaisir : tu ne laisses pas gagner en toi ô rage ô désespoir. Merci !

Vagabond

De : Jacques, 28 oct., 18h13
À : Klaus

Vagabond,

Je suis pas très loin. Je suis à Mende depuis quelques jours. Je vais remonter chez moi pour revoir quelques copains... Je reviendrai à Florac ensuite. Je lis que tu seras là toujours. Tant mieux. Attends-moi. Je ne serai pas absent bien longtemps, quelques semaines au maximum, pas quelques mois. Promis !

Tu me demandes de te répondre ce que je désire le plus : voyager ou rester en Lozère... Les nomades ? On ne devrait jamais mépriser ceux qui vivent de la sorte ! J'admets volontiers que cela me titille à moi d'être nomade. Mais puisque tu veux savoir, je me trouve un peu vieux pour cette vie.

L'autre jour à Le-Pont-de-Montvert j'avais commencé de parler de ça à la terrasse de l'auberge avec Will. Non, moi je me verrais bien prendre racine dans un endroit comme là-bas. Une maison sans prétention. À l'ancienne. Un petit terrain, un jardin... tout ça un peu sauvage et peu entretenu pour faire corps avec les éléments.

Tu écris que l'on peut s'installer ici. Je ne sais pas. Florac, les Cévennes... j'ignore si pour nous tout ça peut être un genre de Californie, une terre d'accueil, ou alors si c'est un mirage. Une illusion.

Notre rêve est le même que celui des hippies autrefois. Will t'a raconté à toi aussi les hippies ici et là ? Oui, sans doute, car elle-même elle est une hippie dans l'âme. Est-ce qu'elle t'a dit ce qu'elle a fait un jour à Alès ? Son idée de moderniser et de transformer la ville en « Cité de l'Amour » ? Avec un collectif, elle avait le projet de poser sur les murs des rues des plaques commémoratives d'un genre spécial. Non plus rendre hommage à des militaires, des entrepreneurs, des notables, de riches commerçants, je ne sais qui... non, on parlerait de celles et ceux qui ont vécu, d'hommes et de femmes sans notoriété particulière durant toute leur vie et qui simplement se sont aimés les uns les autres. Par exemple :

« Dans cet immeuble, JEANNE et RENÉ se sont aimés d'amour pendant vingt-cinq ans de 1964 à 1989. Pour RENÉ, JEANNE s'appelait " TRÉSOR " et pour JEANNE, RENÉ était " MON COEUR ".

PASSANT, SOUVIENS-TOI. »

Ces plaques auraient raconté des choses vraies, bien sûr ! Il y en aurait eu un peu partout dans différents quartiers. Will et ses amis pensaient qu'ainsi ces belles histoires resteraient dans la mémoire collective pour les générations présentes et à venir et qu'elles favoriseraient une meilleure atmosphère générale. Vagabond, si cela n'est pas hippie fouette-moi jusqu'au sang !

Toi, tu parles de fuir la ville où s'exacerberait la folie de l'homme moderne. Sache, Vagabond, que moi aussi il me plairait de pouvoir me tenir ainsi à l'écart, d'exister au plus près du rythme des saisons. Ce rêve je l'ai fait il y a très longtemps dans ma jeunesse, comme tu le sais puisque tu écris que tu as lu mon histoire. Et en venant ici - c'est un aspect magique : les paysages, certains endroits, des gens d'ici... - mon songe s'est trouvé matérialisé sous mes yeux. Le charme incroyable de la Lozère. Le projet, avant l'autogénocide de notre espèce, d'une existence tout simplement humaine, imbriquée au milieu des formes de vie autres que la notre et sans lesquelles nous ne sommes rien, ou en tout cas plus nous-mêmes. Mais quand on parle des hippies, attention vois-tu ! Tu as bien lu de ce que j'ai appris de ce qu'il s'est passé à leur époque ? À moi Will m'en a causé aussi, et attention ! Si l'on se présente comme tels, il ne faudra pas s'étonner d'une forte opposition !

Attention, Vagabond ! Toi et Will voyez ce phénomène au mieux comme un exemple à suivre, au pire comme un folklore sympathique, mais tout le monde ne le perçoit pas ainsi. Il a encore ses détracteurs et des ennemis déterminés. Prudence ! Comme tu l'écrivais : ne pas vendre la peau de l'œuf avant de l'avoir tué. Et si on t'ennuie mon ami, moi je te donne ce conseil : commence par dire à ton ennemi d'aller se faire cuire un ours ! Vois ensuite ce qu'il te répond. :-)

Klaus, si tu as le moindre problème, tu te souviens de ce que l'on nous a raconté en Cévennes à propos des clochers de tourmente que l'on faisait sonner durant les tempêtes de neige ? Nous, notre génération, au moins nous avons cette chance que les anciens n'avaient pas : notre clocher de tourmente ce sont nos téléphones portables. Le tien, en cas de problème, secoue-lui ses cloches, veux-tu ? Si ton existence devient invivable, tu m'appelles ou tu me SMS ! Mon ami, je répondrai. Jacques L'Ébahi sera là.

Bises et amitiés !

De : Klaus, 30 oct., 11h42

À : Jacques

Jacques,

Merci pour le clocher de portable de tourmente. Tu as raison. On fera sonner si la neige tombe par kilos au mètre carré et rend bigleux sur le chemin de la vie.

Pour te dire, à propos de l'avenir : Le-Pont-de-Montvert, les amis... je crois vraiment tout recommencer ici c'est possible. Comme renaître. D'autres l'ont fait. Souviens-toi le reportage télé. Je sais, c'est la TV. Mais des nouveaux boulangers arrivent ici... des métiers très différents... Et il y a les métiers qui peut-être ont besoin de nous dans la tradition des Cévennes : avec les ruches, les châtaignes, les champs, les maçons comme je suis aujourd'hui en compagnie de Aude.

Moi comme toi je pense bientôt fin du Vieux et début d'un Nouveau Monde. Mais pas comme toi qui penses repos global des travailleurs. Moi je pense au contraire que le travail en nombre à la campagne pour nous bientôt. Pour aider les paysans ! Car nouveaux paysans : fini les poisons dans les sols, nouvelle alimentation saine dans terres saines... donc, main-d'œuvre obligatoire ! Rendre service à la Terre et aux pauvres en même temps grâce au travail de la nouvelle agriculture !

Les amis m'ont dit aussi : ici les services à la personne. Donc pourquoi pas, alors ?

Il y a eu les hippies autrefois et d'autres avant. Beaucoup d'autres, avant et après. Will m'a parlé de ça, les Cévennes c'est une terre où depuis toujours des étrangers sont venus vivre-re, sont partis-re de zéro. Et du travail on trouvera si tu veux venir : aide à droite et gauche pour les amis... On nous débrouille. Et nous on débrouille. Je ne veux pas m'affoler de joie, mais j'y crois ! Il faut croire les pieds sur la Terre, mais croire. Rappelle-toi nos discussions : nous ne sommes pas plus mauvais que les autres. Et peut-être meilleurs que pas mal.

Et si moi, attention pour le hippie mal vu, toi aussi attention ! Tu as l'amour des voyages, des rencontres que l'on y fait, mais tu n'es pas riche. Alors tu es vagabond. Et le vagabond ? Souvent mal vu. Je le sais bien, moi. Ça existe. Depuis des centaines d'années : la colère contre les vagabonds. Inutile de connaître ton expérience avec le policier en Ardèche pour ça. Prudence aussi, Jacques ! La prochaine fois, pas de discours le policier... mais directement arrêté et placé Jacques en garde à vous !

Et les pauvres ? C'est comme ça, nous, les pauvres ! Les pauvres toujours nous avons deux Everest à gagner : Everest de l'indifférence et Everest du mépris. Très dur, grimper Everest. Et toujours quand échec, on doit recommencer. Se remettre debout et repartir. C'est comme ça depuis... ? Depuis la Terre est ronde !

Aïe, aïe, aïe ! Pour eux, les radicaux, c'est pas eux : c'est nous. Incroyable tour de passe-passe. Ils sont les magiciens de la parole. Mauvaise magie.

Courage et sourire, Jacques ! La vie est là et l'honneur et l'espoir aussi. À bientôt !

Ce Klaus, Ce Vagabond

De : Jacques, 30 oct., 13h24
À : Klaus

Vagabond mon cher ami,

Obrigada pour tes conseils, ton affection. Shukraan very much et gracias molto pour tout ça[*].

Je veux visiter un village situé entre Florac et Mende, à l'ouest. Je l'ai repéré depuis la nationale. Il ressemble beaucoup à un village de mes rêves que j'ai longtemps contemplé en carte postale sur mon mur chez moi dans le Nord. Accroché à la montagne, il défie le monde et le temps qui passe, par sa beauté et son côté un peu à l'écart, sans arrogance, juste avec classe. Peut-être bien que quand je serai dans ses rues je le trouverai moins séduisant que depuis la route. Peut-être que le paysage ne sera jamais plus joli qu'il ne m'apparaît d'ici, depuis la route, et que là-bas je ne verrais plus alors le monde que dans sa triste banalité : c'est-à-dire avec la route telle qu'elle est en réalité, avec son trafic incessant de voitures et de camions... Au fond, il en est peut-être de ce village comme certains des rêves que l'on réalise : rien ne valait la vie que l'on avait avant quand ils étaient encore à l'état de songe. Peut-être... mais peut-être pas. Peut-

---

[*] Obrigada, shukraan, gracias : merci (respectivement en langue portugaise, arabe et espagnole). Very much, molto : beaucoup (en anglais puis italien). (Ndla)

être aussi qu'il y a en ce lieu quelque chose d'autre d'invisible depuis ici et de vraiment magnifique !

Toi qui me parlais d'écriture dans ton premier message... Hier à Mende dans un kebab, figure-toi, c'est pas du tout mon habitude, que je me suis mêlé à une discussion entre une adulte et une ado à une table voisine de la mienne. Faut dire que la première parlait à la seconde à voix haute, sans aucune gêne. Apparemment, elle devait être la tutrice de l'autre (j'ai pensé à une fonctionnaire du ministère de la Justice chargée de la surveillance d'une jeune fille qui aurait été éloignée de sa famille pour telle ou telle raison) et elle partait du principe que tout le monde se foutait de ce que toutes les deux pouvaient bien se raconter. Elle l'interrogeait sur ses fréquentations, ses amis... Elle lui donnait aussi conseil sur conseil. À un moment, elle lui dit : « Mais tu peux m'écrire, aussi. Ça marche aussi comme ça. Je te lirai. Tu me racontes et je te lirai. » Puisque de toute façon on ne se gênait pas pour me mêler au débat, j'ai décidé d'intervenir. J'ai dit : « Oui. On peut écrire à quelqu'un et ça peut être utile. On peut même écrire à soi-même, sans le montrer à personne, et c'est quelque chose qui peut beaucoup servir à soi aussi. » J'avais peur que cette jeunette ne puisse jamais avoir un moment de répit dans sa vie tu comprends ? Que jamais on la lâche un peu...

Cela n'avait l'air de rien, mais toutes les deux m'ont regardé, très surprises. Surtout l'adulte. Elle m'a donné l'impression de quelqu'un ébranlé dans sa certitude que personne ne se sent concerné par quoi que ce soit de la vie de son prochain. Elle me dévisageait telle une bête curieuse. Elle a fini par répondre pour faire bonne figure : « Oui. C'est vrai. Aussi. » C'était pour reprendre la main. Ensuite, elle a poursuivi comme avant, en parlant plus bas.

Eh bien, imagines-toi que quand je suis parti et leur ai dit au revoir, tandis que la tutrice n'a pas bronché la jeune fille m'a fixé bien droit dans les yeux, m'a donné un franc sourire et m'a dit : « Merci. » Ça m'a fait penser à une chose : on se demande quelquefois comment tracer sa route dans la vie. Peut-être que déjà, on irait mieux en faisant en sorte de pouvoir se dire le soir quand va se coucher : « J'ai réussi à accomplir au moins une chose de bien dans ma journée ». Aussi en se donnant le droit de temps à autre de se mêler d'une affaire pour laquelle on n'a rien à gagner, juste parce qu'elle s'est retrouvée sur notre chemin et que l'on a décidé qu'elle ne nous laisserait pas indifférent.

Je t'embrasse amicalement.

ÉPILOGUE

Jacques écrit pour Jacques. Jacques n'écrit plus pour Iana ou pour celui-ci ou pour celle-là mais pour lui-même. Journal de bord pour moi-même... ainsi que pour Vagabond puisqu'il sied à ce monsieur de lire mes aventures telles que relatées :-) !

Avec ces situations que ma fragile condition m'amène à vivre malgré moi, je pourrais remplacer ces trois lignes que je viens d'écrire par la suivante : « Journal du capitaine Jacques, commandant à bord du vaisseau *Enterprise*, en route vers les étoiles à la recherche de nouvelles terres et de peuples inconnus aux confins du cosmos. » Parodier *Star Trek* pour souligner le caractère étrange, chaotique et périlleux de ma vie. Quoique si elle était moins ardente et foldingue, ne serais-je pas malheureux à pierre fendre ? Ne mourrais-je pas d'ennui ? Pour certains d'entre nous bien vivre n'est pas autre chose que ça : ce désordre sans nom !

Ma dernière halte en Lozère. J'ai voulu m'abreuver autant que je le pouvais à la source de cette terre pour moi si vibrante. Mende, dimanche de début d'automne, fin de journée : j'étais attablé à l'une des terrasses de la grand-place d'où la vue est large et saisissante de contraste entre d'un côté la civilisation humaine - les pierres joliment travaillées des demeures de la vieille ville, au fond l'imposante cathédrale - et de l'autre la montagne toute proche, impressionnante et sauvage ; la même sensation, déjà perceptible à Florac, de me trouver dans un espace-frontière entre ces deux mondes.

J'aurais aimé rester là des heures. Seulement voilà, prolonger de trop ce moment m'aurait stupidement mis en danger car il y avait toute cette route à faire qui doit me ramener à mon point de départ.

J'ai quitté les lieux à regret, direction la voiture rangée à quelques centaines de mètres. Dans la cité assoupie, quasi déserte, seul un trio devant moi sur le même trottoir - deux hommes, une femme - troublait le silence avec des commentaires scabreux sur sa soirée de fête de la veille.

La portière qui claque. La clé. Contact. Me voilà reparti. Cinq minutes de route, la sortie de la ville, c'est le soir, je suis lancé plein nord sur la N 88, veilleuses allumées. Bonne nouvelle : la chaussée est large, très peu fréquentée. La voie est libre. Un rythme est trouvé, adapté à ce long trajet qui m'attend. Un marathon. Je privilégie la régularité dans l'effort, l'endurance à la vitesse. La conduite est facile d'autant que nulle fatigue n'est perceptible. Aucune altération des sens.

Bien au contraire...

Je rentre, j'ai le sentiment d'avoir changé en profondeur, gagné en vitalité, en fraîcheur d'esprit, en tout. Et j'ai fait quelques belles rencontres. C'est bien. Très bien. Mais je dois me l'avouer et l'admettre : j'ai eu de la chance. À certains moments, le voyage aurait pu mal tourner. Alors à haute voix je remercie ma chance. Je lui souris : « Merci ma chance. ».

Quelle étrange existence, tout de même ! Au printemps de ma vie et même durant son été, à aucun moment lorsque je m'envisageais un avenir je ne m'imaginais devoir rester éternellement un être aux abois. Pourtant : si. Ça a duré, ça dure et ça dure encore et encore. En fin de compte, le mieux que j'ai à faire consiste probablement à comprendre que cette situation est devenu ma condition sur le long terme. Du moins à l'appréhender comme quelque chose que je n'arriverais sans doute jamais à modifier franchement dans le bon sens. C'est injuste, révoltant, mais cela n'empêche : c'est la réalité. Petit renard du Grand Nord *ad vitam aeternam*, qui devrez vous comporter comme tel et ne jamais cesser de lutter pour tenter de survivre à votre enfer...

Tout individu peut être confronté à cela et doit être en mesure de faire face. Ainsi que des centaines de millions de semblables qui au cours des âges et de par le monde avaient fantasmé être ceci ou cela et sont tombés en fin de compte sur toute autre chose, le meilleur que je puisse faire est peut-être d'intégrer intellectuellement qu'en dépit de tous mes efforts cette précarité de situation marquera de façon indélébile mon passage sur Terre.

Moi qui rêvais d'un destin singulier, mon existence prendra peut-être un sens par ma capacité à résister à la déchéance accélérée due à cet état de fait. À encore et toujours résister. À aider mes frères et sœurs avec moi dans le besoin. Et enfin à témoigner à l'intention de ceux qui viendront après nous - s'ils veulent bien se préoccuper de cela - ce que fut notre sort et ce que furent nos luttes pour tenter d'améliorer celui-ci.

Témoigner aussi pour que dans un futur proche ou lointain, l'Histoire juge de notre valeur et de celle des maîtres du jeu, ceux qui aujourd'hui détiennent les leviers de commandes et œuvrent si bien à ce que rien ne change fondamentalement pour nous, les miséreux.

Je reviens dans le Grand Nord bien plus en forme. Avec de l'espoir au cœur et à l'âme, bien davantage de lucidité, une meilleure confiance en moi et plus d'assurance et de détermination. À mon retour, certains qui me croiseront dans la rue me regarderont et se montreront élogieux tout bas. Ils penseront : « Oh ! Celui-là, alors ! En voilà un au moins qui croit à son étoile ! »

Les étoiles... Je n'arrive pas vraiment à faire le deuil de ma mortalité à si court terme. La plupart d'entre elles vivent des milliards d'années. Nous, à comparer, c'est le temps d'un battement de cils. Sachant cela, quelqu'un a-t-il songé à réclamer à son propre corps et à son esprit de vivre cent fois plus vieux, ce qui serait toujours cent millions de fois moins longtemps qu'elles ? En arguant de cette injustice d'avec les étoiles, cela marcherait peut-être ?

La route suit son cours. La nuit pointe. Comme elle est belle, cette lande qui m'entoure... Terre sauvage, à perte de vue, où les traces d'hommes et de civilisation sont si rares. La vision est d'autant plus merveilleuse qu'il fait une météo clémente comme si on était encore à la fin de l'été.

Voilà que je pense à vous trois, maman. Aussitôt des larmes viennent. Ne pas pleurer. Au bord des larmes, mais je ne pleure pas. Et je te dis : « Je me sens mieux de vous savoir là tous les trois à mes côtés. Ne t'inquiète pas maman, tous tes sages conseils sont là, près de moi. En moi. Il n'en manque aucun. Et ils m'accompagnent sans répit. Sois-en certaine.

Et aussi, sois sûre, ma maman, que je ne ferai jamais rien pour précipiter la venue de ce jour qui viendra je l'espère et auquel j'ai tant pensé déjà, cet instant si heureux, où bien au-delà du système solaire j'apercevrais soudain votre nouvelle chaumière, ta silhouette, là-bas dans les étoiles et le lointain du ciel.

Tu seras sur le seuil, figée, immobile, je te reconnaîtrais, guettant attentivement l'horizon que tu auras commencé à fixer dans ma direction comme par une espèce d'intuition et moi je reviendrai tout simplement à toi. À vous. À ta lumière. Si avide de tes sourires, de tes bons mots. De vos rires. Si ému à l'idée de vous revoir. De vous avoir près de moi. De vous retrouver. »

Vagabond, mon ami islandais dont je t'ai parlé (qui est en réalité, je te l'avoue maintenant, un écrivain que je n'ai jamais connu autrement que pas ses écrits : Jón Kalman Steffánson) m'a fait remarquer une chose : la plupart des livres racontent une histoire d'absence et de deuil. Et en effet, n'est-ce pas cela - l'absence et le deuil - et à peu près rien d'autre qui résume cette histoire que je conte depuis des mois ? Rien que de très classique, en somme ! Comment en est-il arrivé à savoir cela, celui-là ? Comment en est-il arrivé à tirer cette conclusion si pertinente ? Si je me trouve trop dans ce que je pourrais appeler « la réflexion », cette considération à son sujet me rassure un peu : je ne suis pas le seul à être fait de ce bois-ci.

Quelle sera ma fin ? En général, on ne choisit pas. La mort survient un jour et c'est tout. Mais si je pouvais décider ? Et comment terminer ce livre de ma vie ?

Petit cinéma intérieur : un film asiatique que j'ai vu en salle il y a deux ou trois ans, dont le nom m'échappait, encore un, et que depuis j'ai retrouvé, encore une fois... il s'agit de *Mademoiselle* de Park Chan-Wook. J'y pense car à la fin il y avait une drôle de chanson dont j'ai noté les paroles sous-titrées : « J'entends un bruit lointain / Qui ressemble au pas de mon amour / Un écho qui fait manquer / Un battement à mon cœur / J'attends dans la nuit / Et jamais mon amour ne se montre / Comme elle est éternelle cette nuit / Où je me tourmente sans répit / Attendant le son des pas / De mon cher amour / Attendant le son des pas / De mon cher amour / Mais voilà que mon cœur frémissant / Est submergé de bonheur / Te voilà dans le lointain / Tu viens vers moi / M'offrir le rêve d'une vie nouvelle / Et m'éblouir de bonheur / Dans mon cœur frémissant / Les fleurs commencent à éclore / Viens vite, mon amour, viens à moi / Tu m'as tant manqué / Rêvons ensemble aux jours heureux / Comme autrefois. »

Cette lande mélancolique au milieu de laquelle je roule, baignée de cette lumière entre chien et loup qui la magnifie encore davantage. Impression surnaturelle de paix inébranlable.

L'autre soir, j'ai à nouveau rêvé d'Esther. On n'avait plus quatorze ou quinze ans, ce coup-ci c'était un songe au présent. Elle m'est apparue telle que cela pourrait être le cas tout à l'heure ou demain si je la recroisais au détour d'une rue. Elle se trouvait au milieu d'un petit groupe de proches parmi lesquels l'homme partageant sa vie. Elle resplendissait de beauté et de sérénité. Elle avait toute la grâce d'une fort séduisante femme dans la force de l'âge : l'expression de son visage, ses yeux, dégageaient une vive intelligence ; et son corps, ses formes, n'avaient rien perdu de leurs charmes.

Nous nous sommes reconnus au premier coup d'œil. Fait curieux, son copain comme s'il pressentait quelque chose a instantanément réagi à ma présence de façon mi-ironique, mi-agressive. Instinctivement, il pensait sa relation menacée. Avec toutes les conséquences qu'avait eue sur ma vie la nuit de l'hiver dernier durant laquelle Esther avait réapparu, je ne pouvais pas ne pas lui raconter cet étrange moment où elle était réapparue dans mon existence. Lorsque dans ce second rêve je lui ai confessé que j'avais rêvé d'elle, j'ai senti que je faisais mouche. Dans nos regards, quelque chose nous unissait au plus intimement.

Mon esprit vagabonde franchement à l'approche de Langogne, le long de cette N 88, sur cet immense plateau de la Margeride. Il déambule, libre, sur ces terres plates de tourbières, de forêts, ces prés d'herbe rase étendus à l'infini où affleure parfois un champ de pierres.

Je m'imagine là, quelque part loin de cette route, au sein de ce paysage féerique, ma compagne à mes côtés. Nous irions à pied dans le grand silence et le désert du soir. Nous marcherions vers je ne sais quel ferme logis, ce lieu notre où s'organiserait sans s'organiser tout à fait une existence d'homme et de femme postés au cœur du vivant, de la magie exhalée par la Terre, et où nous attendrait la douceur d'un foyer, l'incomparable chaleur d'un feu de cheminée. Nous serions seuls tous les deux, avançant sans un mot et sereins, main dans la main au sein de cet incroyable éden immuable et tranquille. Je nous y vois déjà dans cet espace stupéfiant où toutes choses se tiennent presque immobiles et où la vie pourtant est si présente.

Il y a quelques jours, j'ai écrit : « Je regrette de parvenir à évoquer bien plus facilement les paysages et les moments que j'aime plutôt que les êtres qui me sont chers. » J'ai eu tort, ce n'est pas si grave. Car les uns mènent aux autres.

Certains lieux communiquent avec nous, dialoguent et modifient nos états de conscience. Les Indiens d'Amérique et les aborigènes d'Australie savaient ça. Le romancier Jim Harrison l'avait bien compris lui aussi qui chaque matin écoutait ce que les terres proches de son domaine lui confiaient. Et à moi, durant mon périple des rivières me sont apparues comme des êtres à part entière. Puis, rappelle-toi, dans les Cévennes j'ai senti la montagne et les éléments exprimer et transmettre des humeurs bienfaitrices. À Paris, le Panthéon lorsque je l'ai visité m'a semblé doté d'une vie propre. Et là ce qui s'est produit à l'instant sur ce plateau de la Margeride et que je viens de te décrire - le songe de ma compagne en rêve et moi allant sur ces chemins splendides - cela participe de ces échanges fertiles, essentiels, entre l'Homme, son imaginaire et la nature autour de lui. Interactions jugées souvent hors de propos voire même déviantes dans notre monde urbain aseptisé où tout ce qui n'est pas soumis à la domination exclusive de l'espèce humaine devient suspect, et qui existent pourtant depuis toujours et dont je me suis nourri goulûment ces derniers temps. Cela s'appelle une vision. Ce type d'interactions entre les hommes et leur environnement est par ailleurs une illustration parfaite d'un processus spirituel qui a toute son importance et que j'ai un jour entendu évoquer d'une phrase - une seule - par un grand maître bouddhiste. Il publiait un ouvrage de photos de paysages du monde et il a écrit :

« L'émerveillement conduit au désir d'harmonie ».

Langogne est passée. La nuit est tombée. Il fait si doux que j'ai baissé la vitre. Je file encore et toujours, émerveillé justement. Ici, le plateau désertique. Au loin, face à moi en contrebas, les lumières d'une ville. Elles forment un halo. Le Puy, sans doute. Plus vive que tout à l'heure à Mende, l'impression de me situer dans un mince intervalle spatial entre deux univers séparés par un sas invisible. Bientôt je serai de retour où la désespérance est grande, où le malheur sévit bien plus fort... Bientôt la porte vers l'autre univers... Bientôt le retour dans cet autre monde, le monde très autre...

Un bruit venu du dehors résonne, dont l'origine provient de non loin de moi, sur ma gauche, du côté opposé de la route. Un tintement net dans le noir de la nuit. C'était une simple cloche au cou d'une vache dans l'obscurité d'un pré. Elle a tinté très distinctement. Je l'ai interprété comme un au revoir amical. Et ce son incongru pour qui voyage en automobile accompagné du seul ronronnement du moteur avait une seconde fonction. C'était un rappel, un avertissement : « Prends garde à cette civilisation mécanique vers laquelle tu retournes... Roule et agis lentement. Nous, êtres de ce monde-ci qui la tenons à distance, notre lenteur et notre rusticité font notre force. » Elle a dit tout cela, cette musique. De plus, elle a ajouté : « Essaie de ne pas nous oublier, une fois là-bas ! Et si tu veux, reviens-nous ! ».

Ce simple tintement de cloche en passant dans la nuit, il a tinté si vrai pour moi... Il y a des signes qui surgissent, parfois.

Puis-je finir de raconter mon histoire à moi et celle de mes proches ainsi ? Je ne le crois pas. Pas tout à fait.

Heureusement, on ne peut briser les ailes du poète en qui chacun de nous peut à volonté se muer, libre de voler et d'aller où bon lui semble. Mais il y a aussi toute cette misère... Et il y a vous, mes amis... Et toi, que je ne connais pas encore, ne connaîtrais peut-être jamais ou qui ne t'es pas dévoilée... Et vous, mes disparus... Et puis vous, des cabanes et des trottoirs de là-bas et d'ailleurs... Et vous des mêmes nuits blanches et jours de malheur et de désespoir des villes du Grand Nord et d'ailleurs... À vous je veux vous montrer cette lande à la fois si jeune et si âgée et partager avec vous la sensation plénitude qu'en toutes choses autour d'elle elle répand et que j'aimerais que vous appréciez un peu déjà.

Cette lande verte et infinie qui calmement, patiemment, silencieusement, prodigue de tels bienfaits, la désirez-vous ?

« L'émerveillement conduit au désir d'harmonie. »

Puis-je finir ainsi ? Car il n'y a pas de fin. Le Grand Univers est-il fini, lui ?

Brillez en moi pour toujours, soleils de mes amours et de mes amitiés passées, présentes et à venir ! Ô venez à moi, belles espérances de ce qui vibre et palpite !

J'aurais voulu pouvoir terminer par de la musique ainsi que par des mots. J'avais pensé à un fameux air classique, du violon. Mais non. Pas là. Pas maintenant. À ce moment-ci, je ne voudrais rien d'autre que quelque chose qui dit à quoi parfois la vie ressemble et qui me paraît être capital. Pas grand-chose, je t'assure : juste une ritournelle drôle et légère ; celle de ton choix ; une petite mélodie comme il en surgit de temps à autre au détour d'une rue, d'un chemin, d'une campagne... un petit air cueilli au hasard, tout simple, entraînant et joyeux.

Au lecteur 7

PREMIÈRE PARTIE ..... Se sauver 9

In the road veritas 46

DEUXIÈME PARTIE .... Ravancer 93

TROISIÈME PARTIE ...... S'élever 159

Paris poème, Paris misère, Paris la joie *160*

Aux jours J *176*

Ô Cévennes *222*

ÉPILOGUE 269